# TOD AUF DEM WASEN

Die geborene Badenerin Martina Fiess genießt seit über zwanzig Jahren das herzliche »schwäbische Exil« in Stuttgart – und machte die Landeshauptstadt als Dank zu ihrem bevorzugten Tatort. Als Journalistin stöberte sie Leichen im Keller anderer Leute auf, trennte als Sachbuchlektorin Fiktion von Fakten und manipulierte als Werbetexterin den schönen Schein. »Tod auf dem Wasen« ist ihr sechster Roman um die ebenso kreative wie chaotische Stuttgarter Werberin Bea Pelzer.

MARTINA FIESS

# TOD AUF DEM WASEN

*Stuttgart Krimi*

emons:

**Bibliografische Information der Deutschen Nationalbibliothek**
Die Deutsche Nationalbibliothek verzeichnet diese Publikation
in der Deutschen Nationalbibliografie; detaillierte bibliografische
Daten sind im Internet über http://dnb.d-nb.de abrufbar.

© Emons Verlag GmbH
Alle Rechte vorbehalten
Umschlagmotiv: mauritius images/imageBROKER/Michael Weber
Umschlaggestaltung: Nina Schäfer, nach einem Konzept von
Leonardo Magrelli und Nina Schäfer
Umsetzung: Tobias Doetsch
Gestaltung Innenteil: César Satz & Grafik GmbH, Köln
Lektorat: Susann Säuberlich, Neubiberg
Druck und Bindung: CPI – Clausen & Bosse, Leck
Printed in Germany 2018
ISBN 978-3-7408-0396-4
Stuttgart Krimi
Originalausgabe

Unser Newsletter informiert Sie
regelmäßig über Neues von emons:
Kostenlos bestellen unter
www.emons-verlag.de

Für meine Mutter

# Prolog

Das Dröhnen der Motoren auf der Mercedesstraße war zu ihrer vertrauten Schlafmusik geworden. Was Emily in dieser Nacht aufschreckte, waren lautstarke Rufe aus Richtung des Cannstatter Wasens. Die Aufbauhelfer begrüßten das Ende ihrer Schicht und den Feierabend.

Seit Ende Juni wuchsen die riesigen Festzelte auf dem Freiluftgelände am Neckar gegenüber von Emilys Wohnung in die Höhe. Tagsüber schallte der Baulärm durch das Wohngebiet Veielbrunnen zwischen Bahnhof und Mercedes-Benz Arena, abends das Geschrei der Bauarbeiter aus aller Herren Länder.

Noch war der Lärmpegel einigermaßen erträglich. Das Volksfest wurde erst am Freitag eröffnet. Siebzehn Tage lang würde sich das Kreischen der Fahrgäste mit den Spaßbotschaften der Ansager in den Fahrgeschäften vermischen und sich mit dem Gegröle Betrunkener bis in den späten Abend zu einem Geräuschangriff steigern, dem man als Anwohner nur durch Flucht oder Ohropax entkommen konnte. Wegweiser zum Wasen brauchten Besucher von außerhalb nicht. Zerbrochene Glasflaschen, achtlos weggeworfene Essensreste und Urinpfützen markierten die üblichen Trampelpfade der Feierlustigen.

Wie viel Uhr mag es sein?, fragte sich Emily. Durch die Schlitze des Rollladens drang noch kein Tageslicht herein, nur der sanft orange Schimmer der Straßenbeleuchtung. Emily tastete hinüber zur anderen Hälfte des Bettes. Statt des erhofften warmen Männerkörpers neben ihr spürte sie nur die kühle Glätte des Lakens. Wieder einmal war ihr Freund gegangen, ohne sich zu verabschieden.

Er wollte mich nur nicht wecken, sagte sie sich. Dieser Gedanke spendete ihr Trost, auch wenn sie tief in ihrem Inneren wusste, dass sie sich etwas vormachte.

Emily rutschte hinüber auf die andere Seite des Bettes und vergrub ihr Gesicht in der Weichheit des Daunenkissens. Es duftete nach Kräutershampoo und Zigarettenrauch. Und dem würzigen Geruch seiner Haut, der sie an ihren ersten gemeinsamen Spaziergang denken ließ. Hoch über Esslingen waren sie an einem heißen Frühsommertag Hand in Hand durch den üppigen Mischwald geschlendert. Emily hatte eine Handvoll Fichtennadeln zerdrückt und den Duft der ätherischen Öle tief eingesogen. Noch Tage später hatten ihre Finger nach Glück gerochen.

Die Stimmen draußen wurden lauter. Emily zog die Decke über den Kopf und verkroch sich in ihrer warmen Höhle, die angefüllt war mit Berührungen und Erinnerungen. Noch war sie nicht bereit, sich der Realität zu stellen, zu schön waren die letzten Stunden mit Charlie gewesen. Manchmal konnte er so zärtlich und offen sein, als hätte er seine emotionale Ritterrüstung abgelegt. Sie waren selten, diese Augenblicke, und deshalb umso bedeutender. Emily wagte dann kaum zu atmen, um die Nähe nicht zu vertreiben. Jede Berührung, jeden Kuss von Charlie speicherte sie als kostbare Erinnerung ab.

Ihr war klar, sie war diejenige in dieser eigenartigen Beziehung, die mehr liebte. Sie würde die Verliererin sein, das war vom Schicksal vorprogrammiert. Doch bis dahin wollte sie alles auskosten, was dieser verschlossene Mann ihr schenkte.

Zu sehr durfte sie Charlie nicht bedrängen, das hatte sie inzwischen gelernt. Besonders, wenn er ihr vom tragischen Ende seiner Jugendliebe erzählte, das sein Herz in Stücke zerbrochen und nie wieder hatte heilen lassen. Ob er dieses Mädchen noch immer liebte? Ob er an sie dachte, auch wenn er mit ihr zusammen war? Emily traute sich nicht zu fragen. Zu groß war ihre Angst vor einer ehrlichen Antwort.

Das Tatütata einer Sirene schrillte durch die Nacht und riss sie aus ihrer sentimentalen Erinnerung. Vermutlich war die Polizei im Anmarsch, um eine Schlägerei zwischen den vor Testosteron strotzenden Aufbauhelfern zu schlichten.

Mit einem Seufzer schwang Emily die Beine aus dem Bett. Der Fußboden war eiskalt. Sie wickelte die Bettdecke um sich und lief hinüber zum Fenster. Die rauen Holzdielen knarrten unter ihren Fußsohlen. Durch die Wand hörte sie das junge Pärchen streiten, das im August in die Nachbarwohnung gezogen war. Der orange Lichtschein, der durch die Rollladenschlitze hereindrang, war heute viel intensiver als sonst. Merkwürdig. Emily sah hinüber zum Nachttisch. Die rot leuchtende Anzeige des Radioweckers zeigte kurz nach elf. Warum war es um diese Uhrzeit draußen so hell? Sie trat näher an die Fensterscheibe und spürte die Kühle des Glases auf ihrer Haut.

Jetzt war eine zweite Sirene zu hören. Emily zog den Rollladen hoch. Blaue Lichtblitze eines Streifenwagens überlagerten das orangerote Schimmern. Von den Hügeln des Stadtteils Berg leuchteten Fensterquadrate und -rechtecke über den Neckar herüber. Hinter den Häusern ragte der Fernsehturm wie eine Stecknadel aus ihrem Kissen auf. Doch heute galt Emilys Blick weder dem Stuttgarter Wahrzeichen noch dem neugotischen Turmhelm der Berger Kirche oder dem stählernen Ungetüm des Gaskessels, sondern dem züngelnden Orange, das den Nachthimmel über dem Festgelände erleuchtete. Über den Festzelten ballten sich dichte graugelbe Rauchwolken, die sie an überdimensionierte angebrannte Zuckerwatte erinnerten. Erst jetzt realisierte sie, was draußen vorging. Der Wasen stand in Flammen.

## Donnerstag

»Jede dritte Frau hat keinen Spaß am Sex, steht hier.« Mit diesen Worten begrüßte mich meine Mitbewohnerin Jeannette, als ich barfuß und im Nachthemd in die Küche unserer WG in der Reinsburgstraße trottete. Jeannette sah von der großbuchstabigen Tageszeitung vor ihr auf dem Tisch auf und kommentierte trocken: »Haben wir ein Glück, Bea, dass wir nur zu zweit sind.«

»So viel Mathematik am frühen Morgen überfordert mich.« Ich griff nach der randvollen Tasse mit rabenschwarzem Kaffee, die sie mir entgegenschob.

Jeannette gehörte zu den Lerchen und beglückte die Mitmenschen schon im Morgengrauen mit ihrer Lebenslust. Dagegen war ich heute besonders immun, denn die letzten Minuten vor dem Klingeln meines Weckers hatte ich angekettet im vordersten Wagen der Achterbahn verbracht, die bald ihren Betrieb als neueste Adrenalinschleuder auf dem Wasen aufnehmen würde. Besonders verstörend war der Anblick meiner entgleisenden Gesichtszüge und der im Fahrtwind flatternden Backen gewesen, während ich durch alle drei Dimensionen des Luftraums zwischen Neckar und Mercedesstraße gewirbelt worden war.

»Verstehe, schlecht geschlafen«, brummte Jeannette. »Deinen Monsterfalten nach zu deuten, hast du den nächsten Roman von Stephen King geträumt.« Sie tunkte ihr angebissenes Croissant in ein Honigglas und lutschte genüsslich daran herum.

Meine Koordination war noch im Halbschlaf. Gähnen und Nicken trafen zeitgleich aufeinander. Und zwar genau in dem Moment, als ich einen Schluck aus der Tasse nehmen wollte. Die schwarze Brühe schwappte in meinen Ausschnitt und hinterließ eine heiße Spur bis hinunter zum Bauchnabel, wo sie sich in einem Miniteich sammelte.

»Wie wär's mit einer Kurztherapie gegen dein Volksfest-Trauma?«, schlug Jeannette vor und tunkte das Croissant erneut in den Honig. Eine Linie goldbraun schimmernder Punkte markierte den Weg zu ihrem Mund. »Schließlich musst du die nächsten zwei Wochen zwischen Space-Shootern, Losverkäufern und zu Tode gegrillten Hähnchen verbringen.«

»Aussichtslos. Volksfest und ich, das ist so, als wollte man einer Meerjungfrau den richtigen Gang auf dem Catwalk beibringen.« Ich drückte mein Nachthemd in den Nabel, um die Flüssigkeit aufzutupfen, und sah zu, wie sich der Stoff kaffeedunkelbraun verfärbte.

»Wenigstens genießt du das Privileg anständiger Klamotten«, beschwerte sich Jeannette und leckte Honig von ihren Fingern. »Dagegen muss ich meine kaum vorhandenen Knödel zu Markte tragen. Ausgerechnet ich. Du hast vom lieben Gott immerhin die Schwäbische Alb bekommen. Bei mir reicht's nur für die norddeutsche Tiefebene.« Zur Veranschaulichung schob sie ihre ziemlich flache Vorderseite über die Tischplatte. Dann tippte ihr Zeigefinger auf eine farbige Anzeige der »Bild«-Zeitung. Die hatte sie aus dem Briefkasten unserer Vermieterin gemopst. In der Anzeige posierten Models in Trachtenmode mit schaumbekrönten Bierkrügen und Lebkuchenherzen vor einem goldfarbenen Hintergrund, der an Wandbespannungen aus Brokat in barocken Schlössern erinnerte.

»Sind das Annikas Entwürfe?«, fragte ich und zog die Tageszeitung näher heran.

Jeannette nickte. »Mehr Haut als Stoff. Die reinsten Nuttenlappen. Wundert mich nicht, warum unsere männlichen Kollegen in der Agentur begeistert sind.«

Jeannette und ich verdienten unsere Brötchen in der Werbeagentur Hohlbergs Reich in der Neuen Weinsteige. Die Agentur war nach ihrem Chef André Hohlberg benannt. André hatte zwar weniger Gehirnzellen als meine Freundin und ich zusammen, aber dafür ein besonderes Talent zum Schleimen. Das nutzte er geschickt, um zahlungskräftige Kunden für seine Agentur zu gewinnen. Vor ein paar Monaten war es ihm gelungen, einen begehrten Etat für das zweihundertjährige Jubiläum des Cannstatter Wasens an Land zu ziehen. Das beliebte Volksfest trug dieses Jahr den Namen »Jubiläumswasen« und sollte morgen feierlich eröffnet werden.

André hatte für diesen Auftrag alle Sklaven seiner Agentur in einem Maße verplant, das in keinerlei Zusammenhang zur vertraglich vereinbarten Arbeitszeit stand. Mir fiel die zweifelhafte Ehre zu, feierlustige Besuchergruppen über das Gelände des Wasens zu führen und mehr oder weniger Tiefsinniges über die traditionsreiche Geschichte des zweitgrößten Volksfestes der Welt zu erzählen. Dabei trat ich als Figur aus der Landesgeschichte auf, wie etwa Franziska von Hohenheim oder Königin Katharina von Württemberg, deren Ehemann König Wilhelm I. das Volksfest 1818 gegründet hatte. Um Authentizität vorzugaukeln und die Teilnehmer für ihr Geld angemessen zu bespaßen, musste ich bei diesen Führungen historische Kostüme aus dem Fundus der Staatsoper tragen. Zu jeder anderen Tages- und Nachtzeit war ich wie alle Mitarbeiter von André Hohlberg dazu verdonnert worden, für die deutlich stoffärmere Trachtenkollektion zu werben, die er mit unserer neuen Agenturkollegin Annika eigens für den Jubiläumswasen entworfen hatte.

Als ein Feuerwehralarm durch unsere Wohnung schallte, schoss mein Puls in die Höhe. Endlich wurde ich wach. »Brennt's bei uns etwa?«

»Brennen tut's schon«, sagte Jeannette erstaunlich gelassen. Mit einem vergnügten Grinsen schob sie sich von der Eckbank hoch. »Aber nicht bei uns, sondern in Hohlbergs Reich. Die Sirene hab ich als neuen Klingelton für unseren Chef downgeloaded.« Jeannette trabte in den Flur, nahm ihr Handy vom Garderobenschrank und meldete sich mit einem zackigen: »*Bonjour*, André.«

Nach ein paar Sekunden stieß sie einen erschrockenen Laut

aus. »Was? Okay. Alles klar, André. Bea und ich sind schon unterwegs.«

Kopfschüttelnd kam Jeannette zurück in die Küche. »Ich glaub, der Stress vor der Waseneröffnung ist zu viel für André. Er hat was von Katastrophe gestammelt und uns in Lichtgeschwindigkeit zu einer Krisensitzung in die Agentur beordert.«

In Jeannettes Golf fuhren wir Richtung Süden. Auf der Fahrt unterhielt sie mich mit Imitationen unseres Chefs. Andrés Vorliebe für sprachlich oft fragwürdige französische Formulierungen und die dramatische Gestik, mit der er sie unterlegte, machte ihn zum beliebten Opfer für solchen Spott.

»*Mon Dieu! Grande catastrophe!*«, rief Jeannette und bog schwungvoll von der Reinsburgstraße auf die Schwabstraße.

Ich flog gegen die Beifahrertür und stieß mir den Ellbogen an der Armstütze. Mein Nerv beschwerte sich mit einem schmerzenden Blitz in den kleinen Finger, der sich anfühlte, als hätte ich in eine Steckdose gefasst.

»Marie Antoinette, mach dich adrett« begleitete uns über den Marienplatz und »Wir müssen aufs Schafott, *quel complotte*« durch die Filderstraße. Unter einem triumphalen »*Egalité, liberté*, Käse-Soufflé« bogen wir vor der Weinstube Kochenbas rechts ab und fuhren auf der Immenhofer Straße den Berg hoch.

»Du hast Talent, Jeannette«, würdigte ich die dichterischen Qualitäten meiner Freundin. »Schreib du doch lieber die Headlines für das Festzelt.«

Jeannette winkte lachend ab. »Danke für die Lorbeeren, aber ich bin mit der Organisation des Trachtenshootings heute Mittag voll ausgelastet.«

Als wir auf den Agenturparkplatz in der Neuen Weinsteige einbogen, wurden ihre Gesichtszüge für einen Augenblick ernst. »Hoffentlich war Andrés Anruf kein böses Omen für das Shooting. Ich musste jede Menge Leute bestechen, damit wir die neue Kollektion im Festzelt fotografieren können, während rings um uns noch gehämmert und gesägt wird. Allein die Versicherung kostet Trillionen.« Sie stellte ihren Wagen neben einem weißen Alfa Romeo ab und hob vielsagend die Augenbrauen. »Aha. Dein Ex-Ex-Lover ist auch schon da.«

Der Alfa Romeo neben uns gehörte Teddy Ternes, einem Grafiker der Werbeagentur. Mit Teddy verband mich eine wechselvolle Liebesgeschichte, die nun endgültig der Vergangenheit angehörte, seit ich mich für den soliden Banker Georg entschieden hatte. Nun ja, sagen wir fast endgültig. Vor ein paar Monaten erlitt ich einen Rückfall auf Teddys Sofa, der Jeannette leider nicht verborgen geblieben war. Seitdem nutzte sie jede Gelegenheit, um mich damit in Verlegenheit zu bringen.

»Auf in den Kampf«, trällerte Jeannette und nahm die Reisetasche vom Rücksitz. Die Tasche enthielt unsere Tracht, die wir auf Andrés Anweisung zu Werbezwecken eigentlich von früh bis spät tragen sollten.

Als wir uns der Jugendstilvilla näherten, stellten wir die Kommunikation ein, um André nicht früher als nötig auf uns aufmerksam zu machen.

Im obersten Stock der Villa logierte die Werbeagentur Hohlbergs Reich mit Premiumblick auf den Talkessel und die malerischen Hügel der Landeshauptstadt. Die Sandsteinfassade der Villa war mit ihren Säulen, Dreiecksgiebeln und verzierten Kapitellen ein prachtvolles Beispiel für die Architektur des Historismus. Doch wer das imposante Treppenhaus betrat, bekam leicht einen Kulturschock. Die stilvollen Mosaike des Fußbodens und das neobarock anmutende Treppengeländer aus rotem Sandstein standen in schroffem Kontrast zu den blau-weißen Stoffbahnen, Samtherzen und kleinen goldenen Krönchen, die von der Decke baumelten.

Dieser gewöhnungsbedürftige Dekorationsmischmasch schmückte ein Festzelt auf dem Wasen, dessen Wirt zu unseren neuesten Agenturkunden gehörte. Andrés Faible für französischen Dekor à la Sonnenkönig vermischte sich mit bayerischen Farbwelten und einem Hang zum Kitsch, der sogar Harald Glööckler alle Ehre gemacht hätte. André hatte den Eigentümer der Villa und den Hausmeister mit Gutscheinen für das Festzelt bestochen, damit er das Treppenhaus zu Werbezwecken mit seiner Wasendekoration verunstalten durfte.

Oben angekommen, betraten wir die Werbeagentur. Im Flur empfing uns die vertraute Kombination aus dem Duft frisch gerösteter Kaffeespezialitäten und hämmernder Bässe aus dem Grafikatelier. Mit einem schnellen Blick vergewisserten wir uns, ob die Luft rein beziehungsweise unser Chef außer Sichtweite war, und verschwanden in der Damentoilette. Da sich außer André und den Praktikanten niemand an die Anweisung hielt, die agentureigene Tracht ständig zu tragen, wurden die Toiletten morgens und am Feierabend als Umkleidekabinen stark frequentiert.

Nun machte sich auch in meiner Magengrube ein mulmiges Gefühl breit. »Ich bin gespannt, was Andrés Anruf zu bedeuten hat. Katastrophe, das klingt beunruhigend.«

»Ach, Bea, du kennst doch unsere Mimose von Chef«, sagte Jeannette, die ihre unverwüstlich gute Laune zurückgewonnen hatte. »Der macht aus jeder Schnake ein Mammut. Ich schätze mal, die Druckerei hat den Goldton der Sonderfarbe für die Speisekarten um eine winzige Nuance versiebt. Oder die albernen roten Samtherzen werden erst haarscharf zur Eröffnung am Freitagmittag fertig.«

Jeannette griff in die Reisetasche und reichte mir mein Dirndl in Gold- und Rottönen. Sie selbst schlüpfte in eine Lederhose und eine karierte Bluse, die mit roten Herzchen bestickt war. Wir strichen den zerknitterten Stoff unserer Trachten glatt und gingen hinüber in den Besprechungsraum.

Andrés neue Kleiderordnung galt seit Wochen als ungeschriebenes Gesetz in und außerhalb der Werbeagentur. Dennoch war die bunte Farbpalette meiner Kollegen ein noch immer ungewohnter Anblick. Normalerweise pflegten alle Agenturmitarbeiter – von der farbenfreudigen Jeannette einmal abgesehen – den typischen Werberlook mit Variationen von Dunkelanthrazit bis Tiefschwarz. Bei Meetings im Besprechungsraum reihten sich Grün, Blau, Rot und Gold aneinander wie die Näpfe in einem Aquarellkasten. Dieser Regenbogeneffekt wurde noch verstärkt durch die Schaufensterpuppen entlang der Wände, die Andrés Entwürfe in gekünstelten Posen präsentierten. Seit er sein Faible für Modedesign entdeckt hatte, verwandelte sich die minimalistisch eingerichtete Agentur in ein Kreativlabor. Stoffmuster in allen Größen und Ausführungen, blau-weiß gemusterte Meterware und goldfarbene Bänder knäulten sich auf fast allen waagerechten Oberflächen. Damit André seine modischen Visionen sofort in Skizzen festhalten konnte, wenn sie ihn überkamen, waren in jedem Raum weiße Magnettafeln an den Wänden angebracht worden.

Die anberaumte Krisensitzung hatte noch nicht begonnen. Die schwarzen Chromschwinger für die beiden Geschäftsführer an der Schmalseite des Besprechungstisches waren leer. Auch der Vertreter des Eventbüros, der zum Planungskomitee des neuen Festzeltes gehörte, war noch nicht eingetroffen. Erst zwei unserer Mitstreiter hatten sich zur Besprechung eingefunden. Unsere neue Kollegin Annika Weiss hatte ihren Stuhl vom Tisch weggedreht und nestelte die goldenen Hosenträger einer Schaufensterpuppe zurecht.

Mein nächster Blick landete bei Teddy. Mein Ex trug zu seiner knöchellangen Wildlederhose im Trachtendesign und kariertem Hemd wie üblich Cowboystiefel und die unvermeidliche Lederjacke, die er sogar im Hochsommer nicht ablegte. Seine dunkelblauen Augen glitten über mein Dirndl und weiter zu meinen nackten Beinen. Dort verweilten sie mit unverhohlenem Interesse. Vermutlich weil ich sonst Hosen trug und es ein paar Monate her war, seit er meine Beine das letzte Mal unverhüllt zu Gesicht bekommen hatte.

Als Teddy meine Befangenheit bemerkte, bildeten sich neben seinen Mundwinkeln die kommaförmigen Grübchen, die mir früher viel Ärger eingebrockt hatten. Instinktiv steuerte ich den Chromschwinger neben Annika an. Aus dem einfachen Grund, weil der am weitesten von Teddy entfernt stand. Rasch setzte ich mich und ließ meine Beine unter dem Besprechungstisch verschwinden.

Annika war einige Jahre jünger als ich. Mit ihrem herzförmigen Gesicht und den großen grünen Augen wirkte sie sehr mädchenhaft und weckte bei den meisten Männern Beschützerinstinkte. Trotzdem stand sie deutlich breitbeiniger im Leben als ich. Das musste sie auch. Ihr Job war es, Andrés Stilmix aus bayerischer Tracht und opulenten Kostümen des Versailler Hofes in tragbare Kleidungsstücke umzusetzen. Ursprünglich war sie als Mediendesignerin eingestellt worden, um die Grafiker bei ihren Entwürfen zu unterstützen. Kaum hatte André jedoch von ihrer abgeschlossenen Lehre als Schneiderin erfahren, ernannte er sie ungefragt zu seiner persönlichen Kreativassistentin. Nun musste sie ihm fast rund um die Uhr zur Verfügung stehen.

Als Annika mich sah, rückte sie ihren Chromschwinger an den Tisch zurück und beugte sich zu mir. »Morgen, Bea.« Ein Hauch Veilchenduft wehte aus ihren schulterlangen dunkelblonden Locken herüber, die sich perfekt wellten, als würde sie jeden Morgen Stunden mit einem Lockenstab daran herumondulieren. »Weißt du, was es mit Andrés mysteriösem Anruf auf sich hat?«

Bevor ich etwas erwidern konnte, schwang die Tür auf und unser Chef betrat die Bühne. Mit ausgreifenden Schritten steuerte er in tannengrüner Lederhose und schwarzer Filzweste auf seinen Platz an der Schmalseite des Tisches zu und ließ sich so würdevoll nieder, als handelte es sich um eine Thronbesteigung. In seinem Schlepptau folgte Dr. Ludger Jürgens vom Eventbüro im grauen Allerweltsanzug mit Hemd ohne Krawatte. Er war für den Wasen zuständig. Dahinter stöckelte Helena Römerstein am Tisch entlang. Die ehrgeizige Eventmanagerin gehörte zum Wasenteam und kombinierte Andrés Trachten oft mit Bohnenviertel-Accessoires. Heute trug sie zum pinkfarbenen Dirndl ein Spitzenblüschen mit reichlich Durchblick und schwarze Seidenstrümpfe mit Naht. Stilettos stockten ihre Einmeterachtzig noch um gute zehn Zentimeter auf.

Wie üblich fiel André ohne Begrüßung mit der Tür ins Haus. »Wir kommen gerade aus Cannstatt«, verkündete er mit finsterer Miene und rückte auf die vordere Kante des Chromschwingers. Über der Flanellweste mit goldenem Einstecktuch faltete er die manikürten Hände und vergewisserte sich, ob auch wirklich alle Blicke auf ihm ruhten. Erst dann fuhr er fort. »Dort hat sich eine Katastrophe von ungeheurem Ausmaß ereignet, die unseren gesamten Einsatz erfordert, *n'est-ce pas.*« Als gewiefter Rhetoriker legte André an dieser Stelle eine Kunstpause ein.

Das Grummeln in meiner Magengrube verstärkte sich. Jeannettes Lippen formten neben mir leise die Worte »Komplott, Schafott«.

Als hätte André ihre Bemerkung gehört, strich er sich über den Kopf. Genauer gesagt über die offensichtlich gefärbten schwarzen Haare, die mit einer Überdosis Gel daran festgeklebt waren.

»Heute Nacht ist das Festzelt unseres Kunden Achim von Holsten in Brand geraten«, verkündete er die Hiobsbotschaft. Äußerlich schien André ruhig, doch seine gefalteten Hände krallten sich ineinander und ließen die Knöchel weiß hervortreten.

Ein Geräuschkonzert aus Luftholen, erschrockenem Ausatmen und einem »Um Gottes willen« von Annika neben mir folgte. Mir rutschte der Magen gleich ein paar Stockwerke tiefer. Ein Brand im Festzelt, in dessen Entwurf und Gestaltung wir bergeweise Überstunden investiert hatten? Das klang gar nicht gut. Hoffentlich war niemand verletzt worden.

André fuhr fort. »Erfreulicherweise traf die Feuerwehr noch rechtzeitig ein und konnte den kompletten Verlust verhindern. Nichtsdestotrotz ist fast die Hälfte des Zeltes abgebrannt. Von unserer kongenial gestalteten Einrichtung sind nur noch Trümmer und verschmorte Reste übrig.«

Sogar Jeannette verschlug es bei diesen Worten die Sprache. Angesichts ihres angeborenen Hangs zur Insubordination wollte das einiges heißen.

»Abgebrannt?«, wiederholte Teddy ungläubig und schob seine dunklen Augenbrauen die Stirn hoch. »Was genau meinst du damit, André? Das Zelt hat ja wohl kaum von selbst Feuer gefangen.«

»Die genauen Umstände sind noch nicht geklärt.« André spitzte die Lippen, was darauf hindeutete, dass noch Unangenehmeres folgte. So war es auch. »*Alors*, die Kriminalpolizei ist vor Ort und ermittelt mit der Feuerwehr die Brandursache.«

»Die Kripo, sagst du?« Diesmal war es Jeannette, die nachhakte. »Die ist doch für Verbrechen und organisierte Kriminalität zuständig. In diesem Fall wäre das Brandstiftung. Heißt das etwa, jemand hat das Zelt absichtlich angezündet?«

»Unabsichtlich legt eigentlich selten jemand ein Feuer, Jeannette«, spöttelte Teddy, bis ihn Andrés ruckartig erhobene Hand verstummen ließ.

»*Contenance!*«, rief André und schlug mit der Faust auf den Tisch. Die kleinen Wasserflaschen und Gläser in der Tischmitte klirrten. »Die Situation ist besorgniserregend bis katastrophal. Ich erwarte vollsten Einsatz von allen, *vous avez compris?*« Kurz schweifte sein Blick zu dem leeren Platz neben ihm, wo üblicherweise Peter Herzog saß. Peter war der zweite Geschäftsführer von Hohlbergs Reich und außerdem mein Vater. Seit der Scheidung meiner Eltern vor gefühlt zwanzig Jahren hatten wir kaum Kontakt gehabt. Bis André ihn vor ein paar Monaten überraschend als Co-Geschäftsführer seiner Agentur präsentiert hatte und Peter in mein Leben zurückgekehrt war. Seitdem lernten wir uns wieder neu kennen und versuchten, die vielen unausgesprochenen Dinge zwischen uns zu ignorieren.

Ich konzentrierte mich wieder auf Andrés Erklärungen.

»Peter ist noch auf dem Wasen«, sagte er gerade. »Von dort aus hält er mich über die Ermittlungen auf dem Laufenden. Unsere Aufgabe besteht nun darin, eine rasche Lösung für unseren neuen Kunden zu finden. Das sind wir Achim von Holsten und unserem Ruf schuldig.« Mit einem Nicken übergab er das Wort an Dr. Jürgens vom Eventbüro, das bis vor Kurzem zur Organisationsgesellschaft des Wasens gehört hatte und nun ein eigenständiges Unternehmen war.

Der Projektleiter war für das neue Festzelt auf dem Wasen zuständig und ging seit Wochen in der Agentur ein und aus, als wäre es seine eigene. Alle Entscheidungen rund ums Festzelt mussten von ihm persönlich abgesegnet werden, entsprechend wichtig nahm er sich. In letzter Zeit hatte der bislang eher ruhige, um nicht zu sagen farblose Mann sogar den chefmäßigen Ton von André übernommen.

Dr. Jürgens bekräftigte dessen moralischen Appell. »Wie Ihnen bekannt ist, nimmt Achim von Holsten zum ersten Mal am Wasen teil«, sagte er und reckte entschlossen das Kinn, das rein anatomisch schon weiter als üblich vorstand. »Umso tragischer sind die jüngsten Entwicklungen. Vor allem in Anbetracht der morgigen Eröffnung. Wir brauchen sofort einen überzeugenden Plan B für Herrn von Holsten beziehungsweise für sein Festzelt.«

»Und für die geplanten Events«, ergänzte Helena Römerstein und erntete ein mehrfaches Nicken von Dr. Jürgens. »Die Vorratsräume und Kühlschränke sind bis obenhin gefüllt«, fuhr sie fort und robbte sich langsam, aber sicher ans Thema Geld heran. »Alle Künstler und Bands sind gebucht und die meisten Veranstaltungen fast ausverkauft. Wir können uns keinen Ausfall leisten.«

»Dasselbe gilt für Herrn von Holsten«, ergänzte Dr. Jürgens, augenfällig mitgerissen von der Dynamik der Eventmanagerin. »Unnötig zu sagen, dass auch ich hundertfünfzigprozentiges Engagement und vollsten Einsatz erwarte.« Seine eindringlichen Blicke in die Runde ließen keinen Zweifel daran, wen er damit meinte.

Während ich überlegte, ob man das Adjektiv »voll« tatsächlich grammatikalisch korrekt zu »vollsten« steigern konnte, breitete André die Hände aus wie ein Pfarrer bei der Predigt. Ähnlich salbungsvoll waren seine Worte. »Sie wissen, verehrter Herr Dr. Jürgens, meine Agentur ist bekannt dafür, auch in schwierigen Situationen für unsere Key Accounts die Kohlen aus dem Feuer zu holen.« Bei diesen Worten hielt er kurz inne, als ginge ihm erst jetzt auf, wie unpassend sein Vergleich in der aktuellen Misere war.

Dr. Jürgens nutzte diese Chance und produzierte sich erneut als Entscheider, indem er André die Pointe vor der Nase wegschnappte. »Es ist uns gelungen, ein Ersatzzelt aus München zu organisieren«, verkündete er selbstbewusst, als wäre er höchstpersönlich in der bayerischen Hauptstadt gewesen und hätte das Zelt klargemacht. Er sah auf seine Armbanduhr, die dreimal so groß war wie meine. »Es müsste bald in Cannstatt eintreffen. Wir lassen es neben dem … nun ja, neben dem beeinträchtigten Zelt aufbauen. Wahrscheinlich am Rand des Campingplatzes. Die Veranstaltungen werden in dieses Ersatzzelt verlegt. Das heißt, fast alle Events können wie geplant stattfinden. In etwas kleinerem Rahmen selbstverständlich«, schränkte er merklich widerwillig ein. »Sobald ich Gelegenheit hatte, mit Herrn von Holsten zu sprechen, wissen wir mehr.«

»Was ist mit dem Shooting heute Mittag?«, fragte Jeannette an André gewandt. »Das war im Eingangsbereich des Festzeltes vor der Versailles-Bar geplant. Ist die auch abgebrannt?«

»Die Bar wurde nur geringfügig beschädigt.« André war froh, endlich etwas Positives verkünden zu können. »Auch der Küchenbereich ist fast zur Hälfte funktionsfähig. Allerdings …« Hier zögerte er und ließ den Blick hinüber zu Dr. Jürgens wandern.

»Müssen wir noch die Erlaubnis der Feuerwehr abwarten«, beendete dieser Andrés Satz. »Aber ich bin sicher, Peter Herzog tut sein Möglichstes, um die Dringlichkeit unseres Anliegens deutlich zu machen.«

Jetzt verstand ich endlich, wie der Hase lief. Mein Vater war auf dem Wasen geblieben, um für die Agentur alles rauszuholen, was ging. Und um zu verhindern, dass die Volksfestteilnahme einen Tag vor der Eröffnung noch abgesagt werden musste. Das würde nicht nur den Ruf der Agentur schädigen, sondern auch den Geldbeutel aller Beteiligten. An dieser Stelle war André noch empfindlicher als bei seiner Eitelkeit.

Für unseren Kunden wäre der zusätzliche finanzielle Verlust durch den Verdienstausfall desaströs. Vom Imageschaden ganz abgesehen. Achim von Holsten war Festwirt aus Leidenschaft und seit Jahren eine feste Größe auf der Münchner Wiesn, dem ewigen und uneinholbaren Konkurrenten in Sachen Volksfest. Entsprechend schwierig war sein Start in Bad Cannstatt. Verständlicherweise waren die alteingesessenen Festwirte, Veranstalter und Beschicker auf dem Wasen wenig erfreut darüber, dass ihnen ausgerechnet ein Münchner Festwirt Konkurrenz machte.

»Weiter im Plan«, sagte André. Er fühlte sich nun sichtlich wohler, weil es darum ging, Entscheidungen zu treffen, sprich uns Agentursklaven herumzukommandieren. »Das Shooting findet statt«, bekundete er in Richtung Jeannette und Teddy, der als Artdirector für das Visuelle zuständig war. Danach wandte er sich an mich. »Deine Führung selbstverständlich auch, Bea. *Eh bien*, ich schlage vor, die Route geringfügig zu variieren, wenn du verstehst.«

Die Route geringfügig variieren? Was genau wollte er damit sagen? »Meinst du, ich soll das abgebrannte Zelt auslassen, André?«, fragte ich vorsichtshalber nach. »Aber was ist mit dem Shooting der Trachtenmode? Das sollte in der Versailles-Bar im Festzelt stattfinden. Bei der Führung habe ich die Fotoaktion als festen Programmpunkt eingeplant, ebenso den kulinarischen Ausklang in der Bar. Du hattest eigentlich angeordnet, jede Gelegenheit zu nutzen, um für die Agenturkollektion Werbung zu machen.«

Mein Nachhaken brachte André nur kurz aus dem Konzept. »Bea, das entscheide ich, sobald ich von Peter höre«, konterte er souverän. »Gut, das wäre dann alles.«

Das Meeting war beendet. Obwohl wir Agenturmitarbeiter mehr als genug zu tun hatten, blieben wir sitzen, um das eben Gehörte zu verdauen. Der Brand im Festzelt war ein schwerer Schlag. Nicht nur für den Festwirt, sondern auch für uns. Wie meine Kollegen hatte ich in den letzten Wochen alle Kräfte für den Endspurt mobilisiert. Nun sah es so aus, als müssten wir innerhalb von kaum mehr als vierundzwanzig Stunden komplett neu planen. Und dieses Ersatzzelt im Corporate Design umgestalten, bis es zu den Speisekarten, Plakaten, Anzeigen et cetera passte, die bereits fertiggestellt und einsatzbereit waren.

Anders als wir hatten Dr. Jürgens und André genug Zeit gehabt, sich auf die aktuelle Situation einzustellen. Fast zeitgleich standen die beiden auf und zogen sich in einen Erker zwischen zwei Schaufensterpuppen zurück. Dort steckten sie verschwörerisch die Köpfe zusammen und tuschelten.

Plötzlich war ein energischer Wortwechsel zwischen zwei Frauen zu hören, der auf dem Flur vor dem Besprechungsraum stattfand. Die eine Stimme gehörte meiner Agenturkollegin Pauline, die jemanden daran hindern wollte, unser Meeting zu stören. Die andere Stimme kam mir bekannt vor, aber es gelang mir nicht, sie einzuordnen.

Ich war noch am Überlegen, als eine Frau mit kurzen blonden Haaren den Raum betrat. Sie war ungefähr in meinem Alter und trug einen dunkelblauen Hosenanzug. Äußerlich wirkte sie ruhig, aber die schräg geschlossene Knopfleiste ihres Blazers deutete auf emotionalen Aufruhr hin.

Hier in der Agentur wirkte die Besucherin wie ein Fremdkörper, daher schaltete mein Gehirn erst mit Verzögerung. Es war Gerit Herzog, die zweite Ehefrau meines Vaters. Wie es aussah, hatte sie ihn in unserer Runde erwartet, denn ihr Blick kreiste um seinen leeren Stuhl.

»Gerit, was machst du hier?«, fragte André erstaunt aus dem Erker.

»Ich wollte zu Peter.« Gerit umklammerte ihre braune Ledermappe mit beiden Armen, als bräuchte sie etwas, an dem sie sich festhalten konnte. »Ich muss dringend mit ihm sprechen. Es ist sehr wichtig.« Ihre Stimme klang gehetzt.

»Peter ist auf dem Wasen«, erwiderte André und berührte Dr. Jürgens kurz entschuldigend am Arm. Er holte tief Luft und wandte sich an Gerit. »Auf dem Festgelände hat sich ein Unglück ereignet, das unsere gesamte Planung –«

»Deshalb bin ich hier«, fiel Gerit ihm ins Wort und nahm direkten Kurs auf André. Im Gehen fasste sie in ihre Ledermappe und zog ein weißes Blatt Papier heraus, das auf einer Seite bedruckt war. »Das hier kam gerade per E-Mail in der Redaktion an«, erklärte sie und streckte André das Schriftstück entgegen. Gerit arbeitete als Journalistin für die »Stuttgarter Zeitung« und kam offenbar direkt aus dem Pressehaus in Möhringen.

Noch immer überrascht von Gerits unerwartetem Auftauchen in der Agentur, griff André erst nach dem Blatt, als sie es ihm vors Gesicht hielt. Während sein Blick von links nach rechts wanderte, wurde sein Gesicht mit jeder Zeile blasser, bis es ähnlich bleich wie das Papier war.

»*Mon dieu!*«, stieß er aus und fasste sich mit der Hand an den Hals. »*Mais, c'est impossible!*«

Gerit nahm das Schriftstück wieder an sich und faltete es in der Mitte so zusammen, dass der Text nicht mehr zu sehen war. »Diese Information ist topsecret und muss vorläufig unbedingt intern bleiben«, sagte sie leise zu André. Dann drehte sie sich auf dem Absatz herum und wandte sich an uns am Tisch.

»Dieses Bekennerschreiben ging heute früh in der Redaktion der ›Stuttgarter Zeitung‹ ein.« Sie hob das zusammengefaltete Blatt hoch. »Der Chefredakteur informiert gerade die Polizei. Wie es aussieht, war der Brand auf dem Wasen ein Terroranschlag.«

Wir vom Fußvolk der Agentur bekamen das Bekennerschreiben nicht mit eigenen Augen zu sehen, geschweige denn zu lesen. Daher hatten wir noch keine Ahnung, wer sich zum Anschlag auf das Festzelt unseres Kunden bekannte. Nach Gerits Enthüllung hatte André uns schwören lassen, die alarmierende Neuigkeit vorerst für uns zu behalten.

»Kein Wort darüber verlässt diese vier Wände, habe ich mich deutlich ausgedrückt? *Pas un seul mot*«, hämmerte er uns ein. Danach hatte er sich mit Gerit, Eventmanagerin Helena Römerstein und Dr. Jürgens in sein Büro mit Panoramablick zurückgezogen und uns einigermaßen ratlos im Besprechungsraum zurückgelassen.

Keinem war nach Reden zumute. Meine Kollegen starrten vor sich hin ins Leere. Vielleicht gingen ihnen genau wie mir die verstörenden Nachrichtenbilder durch den Kopf, die in den letzten Jahren zur bitteren Gewohnheit geworden waren. Durch Bomben zerstörte Gebäude, Plastikbänder mit der Aufschrift Polizeiabsperrung, zerborstene Fensterscheiben, die weißen Overalls der Spurensicherung, brennende Kerzen und Blumensträuße vor Orten, an denen Menschen Opfer von Anschlägen geworden waren. Das beunruhigende Gefühl in meiner Magengrube verdichtete sich zu einem Klumpen, der hart und unnachgiebig wie ein Kieselstein gegen meinen Rippenbogen drückte. Nicht mehr lange, dann mussten Jeannette und ich los zum Wasen. Was würde uns dort erwarten?

»Verdammt noch mal«, fluchte Teddy und griff nach einer Colaflasche in der Tischmitte. Er knackte den Deckel und trank einen Schluck. »Warum musste es ausgerechnet das Festzelt unseres Kunden erwischen? In den letzten Wochen habe ich Tag und Nacht geschuftet, damit dieses verdammte Zelt rechtzeitig fertig wird. Ich will wissen, was hier gespielt wird.« Er schickte einen mürrischen Blick über den Tisch, als sei ich schuld daran. »Wie blöd, Bea, dass deine Stiefmutter dieses Bekennerschreiben unter Verschluss hält.«

»Gerit ist nicht meine Stiefmutter«, konterte ich entschieden, auch wenn ich mir nicht darüber klar war, in welchem Verwandtschaftsverhältnis wir zueinander standen. Oder ob wir überhaupt miteinander verwandt waren.

»Wir wissen doch gar nicht, ob der Anschlag tatsächlich dem Festzelt gegolten hat, Teddy«, sagte Jeannette. »Vielleicht zielte er auf etwas ganz anderes, und das Zelt ging mehr oder weniger zufällig in Flammen auf.«

Teddy stützte sich auf seine Ellbogen und beugte sich über den Tisch zu Jeannette herüber. Fast hätte er dabei die Colaflasche umgestoßen und den Glastisch mit brauner Brause überschwemmt. »Du meinst, es war ein Kollateralschaden?«, entgegnete er und zog das letzte Wort missbilligend in die Länge. »Dann verrat mir doch, Jeannette, was das eigentliche Ziel gewesen sein könnte? Das Zelt nebenan? Oder eines der Fahrgeschäfte? Vielleicht der Souvenirshop im Infopavillon? In dem Fall hätten die bösen Buben ziemlich weit danebengezielt, wenn du mich fragst.«

»Ich frag dich aber nicht«, erwiderte Jeannette. »Du hast vielleicht Bombeneinfälle, was Layouts angeht, Teddy. Aber das macht dich noch lange nicht zu einem Experten für Terrorismus.«

Für Jeannette und mich wurde es langsam Zeit, uns auf den Weg nach Bad Cannstatt zu machen. »Eure Spekulationen bringen uns nicht weiter«, sagte ich, um die Gemüter zu beruhigen. »Am besten, wir warten ab, bis wir Genaueres erfahren. In einer halben Stunde sehe ich Peter auf dem Wasen. Er weiß mehr über den Brand. Und er hat sich bestimmt bereits mit Achim von Holsten abgestimmt, wie es weitergehen soll.«

Ohne auf meinen Vorschlag einzugehen, meldete sich Annika zu Wort. Sie wandte sich direkt an Teddy. »Kann gut sein, Teddy, dass es von Holstens Zelt nur zufällig erwischt hat, wie Jeannette eben sagte.«

Als mich erneut Veilchenduft einhüllte, schnupperte ich dem Ursprung des Geruchs nach und sah zu Annika neben mir. Erstaunt bemerkte ich ihren zur Seite geneigten Kopf. Ihre Finger strichen durch die halblangen braunen Locken. Tat sie das unbewusst, weil sie nervös oder unsicher war? Oder galt die feminine Geste, die nicht recht zu ihr passen wollte, womöglich Teddy? Mein Ex war ein Herzensbrecher der allerschlimmsten Sorte. Vor ihm war keine Frau sicher.

Mein Blick wanderte über den Tisch und landete direkt in Teddys blauen Augen. Er erwiderte ihn sanftmütig, als könne er kein Wässerchen trüben.

Annika schob ihre Locken über die Schulter und richtete sich auf. »Aber ich glaube nicht an Zufälle. Jeder von uns hat mitbekommen, was für einen schwierigen Stand Herr von Holsten auf dem Wasen hat. Wie sagt man gleich noch: Viel Feind, viel Ehr.« Der plötzliche Perspektivwechsel sorgte für einen Augenblick Stille am Tisch.

»Na ja, das war doch von vornherein klar«, brummte Teddy und zupfte an dem Etikett der Colaflasche herum. »Wer sich als Münchner auf schwäbisches Herrschaftsgebiet wagt, muss mit Widerstand rechnen.« In seinen Worten schwang ein ironischer Unterton mit, der mir wenig passend erschien. Allerdings war Feinfühligkeit eine Eigenschaft, die Teddy mehr für seine Layouts als für seine Mitmenschen reservierte.

Als hätte er meine Gedanken gelesen, trank er den Rest der Colaflasche aus und fuhr in deutlich sachlicherem Tonfall fort. »Aber, Leute, jetzt mal ernsthaft. Ich kann mir nicht vorstellen, dass die Konkurrenz deshalb gleich ein ganzes Festzelt abfackelt. Uns bleibt nur eins übrig: Wir müssen rausfinden, was in diesem Bekennerschreiben steht.« Er blickte demonstrativ in meine Richtung und zog eine Augenbraue hoch, als wäre das meine Aufgabe, weil ich Gerit am besten kannte.

Bevor mir eine passende Antwort einfiel, schob Jeannette ihren Chromschwinger geräuschvoll auf dem Parkett zurück und erhob sich. »Eure Verschwörungstheorien sind ziemlich spannend, aber wir müssen langsam los. Bea, kommst du?«

In einvernehmlichem Schweigen fuhren Jeannette und ich nach Bad Cannstatt. Jeannette musste die letzten Vorbereitungen für das Shooting von Andrés Trachtenmode treffen, das für den Nachmittag geplant war. Ob es tatsächlich in der Versailles-Bar im Eingangsbereich des Festzeltes stattfinden konnte, wie André bei der Besprechung verkündet hatte, würde sich vor Ort zeigen.

Meine Führung über das Volksfestgelände startete erst in gut zwei Stunden. Treffpunkt für diese Tour war die Fruchtsäule im Herzen des Wasens. Die Zeit bis dahin hatte ich eigentlich dafür nutzen wollen, die geplante Route ein letztes Mal abzulaufen und meinen Text an jeder Station durchzugehen. Aber nun gab es andere Prioritäten. Als Erstes musste ich mir das Festzelt unseres Kunden ansehen. Oder besser gesagt das, was nach dem Brand davon noch übrig war. Falls ich das Shooting nicht als Programmpunkt bei meiner Führung einbauen konnte, musste schnell eine Alternative her. Das galt auch für den kulinarischen Ausklang. André war zwar anderer Ansicht, aber ich konnte mir kaum vorstellen, mit den Teilnehmern nach der Führung in der Bar im Festzelt einzukehren.

Und natürlich wollte ich mit Peter sprechen. Er war seit dem frühen Morgen vor Ort, kannte die aktuelle Lage aus erster Hand und würde mich bei meiner Entscheidung beraten. Dieses diplomatische Vorgehen schien ratsam, denn André hasste es, wenn das Fußvolk seine Autorität in Frage stellte. Als zweiter Geschäftsführer von Hohlbergs Reich war mein Vater ihm gleichgestellt. André würde also nichts anderes übrig bleiben, als seine Entscheidung zu akzeptieren oder das mit ihm direkt auszufechten. Auf jeden Fall war ich aus der Schlusslinie.

In der Innenstadt legte Jeannette einen kurzen Stopp bei der Staatsoper ein. Von den netten Damen im Fundus ließ ich mir ein passendes Kostüm für meine Rolle als Katharina von Württemberg aushändigen und deponierte es in der Reisetasche auf dem Rücksitz.

Auf der Konrad-Adenauer-Straße, der Hauptverkehrsschneise durch den Talkessel, waren auffallend viele Streifenwagen und Sprinter der Polizei unterwegs. Sobald wir das Neckartor hinter uns ließen und stadtauswärts auf der B 14 fuhren, waren in regelmäßigen Abständen Einsatzwagen der Polizei auf dem Bordstein postiert. Uniformierte Beamte mit demonstrativ einsatzbereiten Maschinenpistolen vor der Brust beobachteten den Verkehr auf der siebenspurigen Stadtautobahn, die Bad Cannstatt mit der Innenstadt verband.

Wir passierten die Stelle, an der die Mooswand bis vor ein paar Monaten als neueste Geheimwaffe gegen den Feinstaub für viel Medieninteresse gesorgt hatte. Zwischendurch war sie jedoch wie ein halbwegs vergessenes Stück Land Art vor sich hin gekümmert. Die hohe Belastung an Deutschlands dreckigster Kreuzung hatte dem Grauen Zackenmützenmoos, dem Zypressenschlafmoos und dem Frauenhaarmoos bald derart zugesetzt, dass ein Drittel der Pflanzen lieber Selbstmord begangen hatte, als den Feinstaub weiterhin zu verdauen. Die abgestorbenen Abschnitte waren wieder aufgeforstet worden, trotzdem hatte die einhundert Meter lange Wand nie wie das blühende Leben gewirkt. Neben dem stetig wachsenden Verkehr hatte die extreme Südlage mit entsprechendem Sonneneinfall dem Moos zugesetzt.

»Erinnerst du dich noch an den Weihnachtsmarkt?«, unterbrach Jeannette meine botanischen Betrachtungen.

Im Stuttgarter Kessel herrschten an diesem Septembertag spätsommerliche Temperaturen von fast achtundzwanzig Grad. Trotzdem verstand ich ihre Assoziation sofort und gab ein unbestimmtes »Hmmm« von mir.

»Ich musste gerade an die Sicherheitsmaßnahmen dort denken«, fuhr Jeannette nachdenklich fort. »Und was für ein unwirklicher Anblick die Polizisten waren. Vor allem die mit MPs neben den festlich dekorierten Ständen voller Christbaumkugeln und Lebkuchenherzen.«

Das Wort Lebkuchen inspirierte meinen Körper zu einem kleinen sinnlichen Kunststück. Als Rache für das ausgefallene Frühstück gaukelte er mir in der Mundhöhle den würzigen Geschmack von Magenbrot vor. Prompt bekam ich Durst, denn bis auf die Tasse mit schwarzem Kaffee in der Frühe hatte mein Körper heute noch nichts Flüssiges abbekommen.

»Ja, ich weiß, was du meinst.« Ich fischte meine Umhängetasche aus dem Fußraum, deponierte sie auf meinem Schoß und durchsuchte die Fächer nach einem Pfefferminzbonbon. Das würde gegen das Durstgefühl helfen, bis wir den Wasen erreichten. »Als ich die Polizisten das erste Mal in der Hirschstraße vor dem Rathaus gesehen habe«, ich machte kurz Pause, um mir ein Pfefferminzdrops in den Mund zu schieben, »da hab ich überlegt, ob ich für Glühwein und Magenbrot mein Leben riskieren will. Die Wahrscheinlichkeit für einen Terroranschlag oder einen Bombenalarm war eher gering, aber mir kam das alles unwirklich vor. Ein derartiges Polizeiaufgebot inklusive Waffen im Anschlag und Betonsperren sieht man abends in der ›Tagesschau‹ oder auf einem Nachrichtenportal. Aber live in der eigenen Stadt, in den Straßen, die man tausendmal entlanggegangen ist, fühlt sich das surreal an. Und dann auch noch an einem friedlichen Ort wie dem Weihnachtsmarkt.«

Eine Ampel sprang auf Gelb. Der Fahrer des braunen Cayenne-Ungetüms vor uns trat das Gaspedal durch und erwischte noch die Dunkelgelb-Phase, bevor er über die Kreuzung schoss.

Jeannette bremste ab. Als der Golf zum Stillstand kam, spürte ich ihren Blick auf mir. »Friedlicher Ort, Bea?« Über ihrer Nasenwurzel kerbte sich eine senkrechte Falte ein. »Das meinst du nicht ernst, oder? Seit der Amokfahrt mitten in die Buden des Weihnachtsmarkts am Breitscheidplatz gibt es keine friedlichen Orte mehr bei uns. Und schon gar nicht vor dem Friede-Freude-Eierkuchen-Fest.«

Als hätte jemand die Starttaste gedrückt, lief vor meinem geistigen Auge ein Film mit Bildern des riesigen Lastwagens ab, mit dem der Attentäter in die Menge gerast war und zwölf unschuldige Menschen in den Tod gerissen hatte. Sofort fühlte ich mich schuldig, weil ich diese nationale Tragödie einfach vergessen hatte.

»Hab ich total verdrängt, den Anschlag in Berlin«, gab ich peinlich berührt zu.

»Den Bombenalarm auf unserem Weihnachtsmarkt letztes Jahr hast du offenbar ebenso verdrängt.« Jeannette seufzte hörbar. »Unglaublich, wie schnell wir uns an die neue Achse des Bösen gewöhnen. Mir geht es da genauso wie dir, Bea. Zum Glück sind die Guten wachsamer als wir.«

Sie deutete auf einen jungen Polizeibeamten, der selbstbewusst vor seinem Einsatzwagen am Straßenrand stand. Er war etwa Mitte zwanzig und hatte die magere, durchtrainierte Statur eines Langstreckenläufers. Seine Hände umklammerten die Maschinenpistole, damit er bei Gefahr im Verzug sofort eingreifen konnte. Für jedes Auto, das vor der Kreuzung auf Grün wartete, nahm sich der Beamte ein paar Sekunden Zeit und begutachtete die Insassen. Jetzt waren wir dran. Zuerst nahm er Jeannettes altersschwachen grünen Golf ins Visier. Besonders das Heck, auf das Teddy bunte Hippieblumen gemalt hatte. Ohne mit der Wimper zu zucken, wanderte die Aufmerksamkeit des Polizisten zur Fahrerin. Jeannettes Mundwinkel hoben sich. Mit Zeige- und Mittelfinger formte sie das Peace-Zeichen.

Keine Reaktion bei dem Polizisten. Seine Aufmerksamkeit fokussierte sich auf den Beifahrersitz, genauer gesagt auf mich. Den bohrenden Blickkontakt hielt ich nur kurz aus und sah stattdessen auf die rote Ampel vor mir. Obwohl ich mir keiner Schuld bewusst war, verschwand der letzte Tropfen Spucke aus meinem Mund. Das Pfefferminzbonbon klebte an meiner Zunge fest. Innerlich dankte ich dem Schicksal dafür, dass ich das bodenlange Kleid mit Tülleinsatz und die braune Hochfrisurperücke noch nicht trug, sondern in der Reisetasche auf dem Rücksitz verstaut hatte. Möglicherweise hätte ich damit gegen das Vermummungsverbot verstoßen und mich verdächtig gemacht.

Die Ampel sprang auf Grün. Jeannette legte den ersten Gang ein, gab Gas und verkürzte den Abstand zu dem braunen Cayenne, der in der Schlange vor der nächsten Ampel wartete. Das Beschleunigungsmanöver hatte ihm keinen Vorteil und den Maßnahmen gegen Feinstaub nur zusätzliche Arbeit verschafft. Ein typisches Verhaltensmuster nicht nur bei Porschefahrern in Deutschlands Auto-Hauptstadt. Auf unseren Straßen galt immer noch das Recht des Stärkeren, sprich desjenigen mit mehr Pferdestärken unter der Motorhaube.

»Kann ich gut nachvollziehen, das mit dem Verdrängen«, tröstete mich Jeannette. »Ich weiß noch, wie ich damals zum Marktplatz lief, um mir eine Bratwurst zu holen. Als ich die Bullengang vor den Buden sah, hätte ich beinahe wieder umgedreht. Aber die Fleischeslust hat gesiegt. Beim nächsten Bratwurst-Gieranfall habe ich die Polizisten kaum mehr wahrgenommen.«

»So ähnlich geht's mir bei den Nachrichten«, erwiderte ich und zerbröselte den schmalen Pfefferminzring mit den Schneidezähnen. »Ich schätze, da bin ich repräsentativ für die Mehrheit aller Fernsehzuschauer. Wir lassen Katastrophe für Katastrophe abgestumpft an uns vorüberziehen, während wir auf den Wetterbericht warten.«

»Oder auf die Lottozahlen.« Jeannette kicherte. »Spätestens da schalten die meisten ihr Gehirn wieder ein.« Kein noch so großes Unglück schaffte es auf Dauer, sie von ihrem angeborenen Optimismus abzubringen.

Wegen der Hitze lief die Lüftung in Jeannettes Golf auf höchster Stufe. Durch den Kessel hatte uns ein ziemlich undezenter Abgasgeruch begleitet. Wie die meisten Stuttgarter war ich an unser Stadtparfüm gewöhnt und nahm den Gestank kaum mehr wahr. Nun, als wir aus dem Schwanenplatztunnel wieder ans Tageslicht kamen, drang durch die weit geöffneten Lüftungsschlitze ein penetranter Geruch herein, der mir sofort Kopfschmerzen verursachte. Es war eine Mischung aus kaltem Rauch und dem beißenden Gestank nach verschmortem Kunststoff. Mit jedem Meter wurde er stärker. Geistesgegenwärtig drehte Jeannette die Lüftung zu, aber es war zu spät. Der stechende Geruch hatte das Wageninnere bereits erobert und gab uns einen Vorgeschmack auf das, was uns auf dem Wasen erwartete.

Südlich von uns erstreckten sich die Terrassen des Mineralbads Leuze mit seinen Außenbecken und Grünanlagen am Neckarufer. Als wir den Fluss auf der König-Karls-Brücke überquerten, bot sich uns ein Panoramablick auf das Festgelände am östlichen Ufer mit seiner Ansammlung von Fahrgeschäften, Zelten und Asphaltschneisen, durch die sich ab morgen vergnügungslustige Besuchermassen wälzen würden. Auf der einen Seite durch die vierspurige Mercedesstraße und den breiten Fluss auf der anderen Seite abgeteilt, bekam der Wasen während des Frühlings- und des Volksfestes den Charakter eines eigenen Stadtviertels.

Hinter dem Gewimmel der kleinteiligen, meist rechteckigen Zelt- und Budendächer des Krämermarktes verfing sich mein Blick in der markanten Silhouette des Expo-Star-Riesenrads mit seinen vierzig blauen Gondeln. Dahinter ragten die halsbrecherischen Loopingkurven der Achterbahn und die himmelwärts strebenden Türme der anderen Fahrgeschäfte auf. Bereits der bloße Anblick der senkrechten Folterinstrumente, die ihre Spielchen mit der Schwerkraft trieben, reichte normalerweise aus, um meinen Magen zu einem Salto rückwärts zu veranlassen.

Aber das, was wir heute von der Brücke aus zu sehen bekamen, machte selbst meinen Magen sprachlos. Dort, wo sonst das blau-weiß gestreifte Dach des Festzeltes unseres Kunden Achim von Holsten mit dem hohen Giebel und den kitschigen goldenen Kronen auf dem lang gestreckten Firstbalken zu sehen war, stiegen Rauchsäulen auf, die den sommerblauen Himmel über dem Festgelände verdüsterten. Wie metallene Mikadostäbe schoben sich die stählernen Drehleitertürme von Löschfahrzeugen der Feuerwehr über das Dach oder besser gesagt das, was von ihm noch übrig war. Aus den Rettungskörben der Drehleitern ergossen sich Wasserfontänen in die durchlöcherte, verbrannte Kraterlandschaft, die einmal ein prächtiges Festzelt gewesen war.

Je näher wir dem Wasen kamen, umso mehr Einsatzkräfte der Polizei waren unterwegs. Auf der Mercedesstraße ging es nur schrittweise voran. Zweimal wurden wir angehalten und nach unserem Ziel gefragt. An der Feuerwache Bad Cannstatt gegenüber dem Festgelände standen alle Tore sperrangelweit offen und gaben den Blick in leere Garagen frei. Alle Löschfahrzeuge waren auf dem Wasen im Einsatz. Jeannette steuerte einen Parkplatz an, auf dem Dr. Jürgens zwei Stellplätze für die Agenturmitarbeiter reserviert hatte. Wir reihten uns neben einem dunkelblauen Meriva mit den Buchstaben PH auf dem Kennzeichen ein. Das waren die Initialen meines Vaters, Peter Herzog.

Als Jeannette ausstieg, schnappte sie nach Luft und hielt sich die Nasenlöcher zu. »Meine Güte, hier stinkt's wie in der Hölle. Puh. Dagegen kommen auch Millionen gebrannter Mandeln und Hunderte zu Tode gegrillter Hähnchen mit Fertigwürzmischung nicht an.«

Durch die offene Fahrertür drang der Geruch von kaltem Rauch und verschmortem Kunststoff auch zu mir ins Wageninnere.

»Hoffentlich hat sich der Gestank bis morgen verflüchtigt«, entgegnete ich und nahm die Reisetasche mit meinem Kostüm von der Rückbank. »Ansonsten müssen die Veranstalter bei der Eröffnung Atemmasken an die Besucher verteilen.«

Jeannette schloss ihren Golf ab und musterte mich übers Wagendach hinweg. »Seit wann bist du die Optimistischere von uns beiden, Bea? Noch ist nicht raus, ob der Wasen überhaupt wie geplant stattfindet. Kommt darauf an, was in dem ominösen Bekennerschreiben steht. Ich bin gespannt, wann wir Sklaven vom Agenturprekariat das endlich zu Gesicht bekommen.«

Auf dem Weg zu Achim von Holstens Festzelt tauchten wir in die geschäftige Betriebsamkeit auf dem Gelände ein. Seit die Werbeagentur Hohlbergs Reich den Auftrag für die Gestaltung und das Marketing des Zeltes ergattert hatte, verfolgten wir bei jedem Besuch, wie die Attraktionen in die Höhe wuchsen.

Bereits seit Ende Juni waren Zeltbauer, Installateure, Schreiner, Bühnenbautechniker, Küchenbauer, Fassadentechniker und andere Gewerke auf der riesigen Baustelle unterwegs, um die Festzelte und Fahrgeschäfte rechtzeitig zur Eröffnung fertigzustellen. Nach und nach waren auch die Imbissstände, die Verkaufsbuden des Krämermarktes und die Süßwarengeschäfte von anderen Kirmesplätzen in ganz Deutschland nach Stuttgart gekommen und nahmen die ihnen zugewiesenen Standplätze ein.

Auch heute noch, einen Tag vor der offiziellen Eröffnung des Jubiläumswasens, lag ein beständiges Hämmern und Bohren in der Luft. Wie es aussah, ließen sich die Beschicker von dem Brand nicht davon abbringen, ihren Attraktionen bis morgen den letzten Schliff zu verleihen. Auf den Wegen und Gassen zwischen den Zelten, Imbissbuden und Fahrgeschäften transportierten Lkws und Gabelstapler Biertische, Bänke, Fässer und kistenweise Lebensmittel an ihren Bestimmungsort.

Noch bevor wir unser Zelt zu Gesicht bekamen, änderte sich das Bild. In der unmittelbaren Umgebung der Brandstelle hatten Polizei und Feuerwehr das Gelände mit massiven Betonsperren und Absperrgittern gesichert. Die üblichen Einlasskontrollen an den Zugangswegen waren eigentlich erst ab morgen vorgesehen, doch nach dem Brand beziehungsweise Anschlag waren die Sicherheitsvorkehrungen sofort verschärft worden.

Als wir uns der Fruchtsäule und dem Souvenirshop näherten, kamen zwei riesige Löschfahrzeuge der Feuerwehr in unser Blickfeld. Auf dem Asphalt waren dicke graue Wasserschläuche ausgebreitet, als hätten Riesenschlangen das Festgelände erobert. Dazwischen bildeten sich ascheverschmutzte Pfützen, in denen sich der blaue Himmel mit seinen wenigen Schäfchenwolken spiegelte. Hinter den Absperrungen wimmelte es von Feuerwehrleuten in unförmigen schwarzen

Schutzanzügen mit Reflexstreifen und orangen Warnwesten. Alle trugen Helme mit Visier und Nackenschutz, einige hatten Beile und andere Werkzeuge dabei, die ich aus der Entfernung nicht identifizieren konnte.

Jeannette und ich nahmen Kurs auf einen schmalen Eingang zwischen den Absperrgittern, an dem zwei Polizisten postiert waren. Auf der linken Seite stand ein muskulöser Mann mit Schnauzbart, die Hände griffbereit an der Maschinenpistole. Reglos verfolgte er, wie wir näher kamen. Seine junge Kollegin trat uns einen Schritt entgegen. Ihre braunen Haare waren zu einem Zopf geflochten, der über der dunkelblauen Uniformjacke lag.

Als wir noch gute zwei Meter entfernt waren, hob die Polizistin die Hand in einer abwehrenden Geste. »Halt, hier kein Zugang. Bitte drehen Sie um.«

Wir blieben stehen, und ich erklärte ihr, warum wir in den abgesperrten Bereich mussten. Jeannette schob sich vermeintlich unauffällig ein paar Schritte zur Seite und reckte das Kinn, um einen Blick auf von Holstens Zelt zu erhaschen.

»Moment, junge Frau«, sagte die Polizistin energisch. Sie winkte Jeannette zu sich und wies sie in militärisch-zackigem Ton an: »Bitte öffnen Sie Ihren Rucksack.«

Jeannette löste den Schnallenverschluss und schlug die Deckklappe zurück. Die Polizistin schaute in den Rucksack und unterzog jeden Gegenstand einer gründlichen Prüfung. Die schwarze Ledermappe mit dem Logo von Hohlbergs Reich, die unter anderem eine Liste der Shooting-Motive enthielt. Einen Faltreflektor, Schminktasche, Tablet und Smartphone, Wasserflasche, Sonnenbrille, Müsliriegel. Nach einer Sicherheitsbelehrung über die Plastikflasche, die wie alle Gegenstände, die sich zum Nachwerfen oder Verprügeln eigneten, auf dem Wasen nicht gern gesehen wurde, reichte sie Jeannette den Rucksack zurück und deutete auf meine unförmige Reisetasche. »Was transportieren Sie da drin?« Ihr Ton war missbilligend, als wäre es ein Unding, Gepäck mit hierherzubringen.

»Ja, ähm, das ist meine Arbeitskleidung«, stammelte ich und verfluchte zum wiederholten Mal meinen Chef, auf dessen Mist die Idee zu diesen Führungen in historischen Kostümen gewachsen war. Eigentlich war es mein früherer Chef Jens Hohlberg gewesen, der bei einem Event in der Markthalle ums Leben gekommen war. Danach hatte sein Bruder André die Agentur übernommen. »Mein Name ist Bea Pelzer. Ich gehöre zum Führungsteam des Jubiläumswasens und bin um vierzehn Uhr für eine Tour über das Gelände gebucht.«

Die Polizistin bückte sich und öffnete den Reißverschluss der Tasche. Ihre Augen weiteten sich, als mintfarbener Satin mit Spitzenborten in Cremetönen herausquoll. Beherzt griff sie zu und zog das bodenlange Kleid zur Hälfte heraus. Mit der anderen Hand fasste sie nach der Perücke mit Hochfrisur und Kräusellöckchen an den Schläfen. Irritiert wanderte ihr Blick vom Kleid zur Perücke und wieder zurück und dann zu mir, wobei sie die Augenbrauen zusammenzog.

»Wie gesagt, das ist mein Kostüm für die Führung«, erklärte ich erneut. »Ich bin dabei als Katharina von Württemberg verkleidet. Die russische Großfürstin, die König Wilhelm I. geheiratet hat.«

Jeannette kam mir zu Hilfe und deutete auf die Hügelkette mit Weinbergen, die sich nach Süden zog und oberhalb von Esslingen in den Schurwald überging. »Nach dem tragischen Ende seiner Liebsten hat der König die Grabkapelle auf dem Württemberg für sie erbauen lassen.« Sie untermalte ihren Einblick in die wechselvolle Geschichte des württembergischen Königshauses mit opernhausreifer Mimik. »Klassizistischer Bau mit phänomenalem Blick aufs Neckartal. Die kennen Sie bestimmt. Vielleicht waren Sie mit Ihrem Mann dort? Frischverliebte pilgern gern dorthin.«

Die Polizistin schien unschlüssig, ob sie es bei uns mit zwei Verrückten zu tun hatte oder aber unsere Geschichte derart kurios war, dass sie nur der Wahrheit entsprechen konnte. Ratsuchend sah sie zu ihrem Kollegen, dem Gorilla mit der

Maschinenpistole. Der wandte sich ab, als sei er für softe Frauenthemen nicht zuständig.

»Die Führung findet ausnahmsweise hier auf dem Wasen statt«, fügte ich erklärend hinzu. »Eigentlich gehört diese Tour zum Unterhaltungsprogramm des historischen Volksfestes. Sie wissen schon, das Spektakel auf dem Schlossplatz. Es ist gestern von den üblichen Verdächtigen eröffnet worden.«

Die Beamtin schüttelte den Kopf und schien mit der Geduld am Ende. Jeannette griff in ihren Rucksack. Obwohl die Polizistin dessen Inhalt eben gefilzt hatte, zuckte sie zusammen. Blitzschnell ging ihr Griff an die Seite zu ihrem Holster, als wären wir nun doch eine Bedrohung.

Jeannette hielt mitten in der Bewegung inne und rührte sich nicht von der Stelle. »Ich will nur mein Handy herausholen«, hauchte sie engelsgleich und betont langsam. »Vielleicht hilft es, wenn ich Herrn Dr. Jürgens vom Planungskomitee anrufe. Sie können direkt mit ihm sprechen. Ich gebe Ihnen die Nummer. Ein, zwei Worte und das Missverständnis ist geklärt.«

In diesem Moment entdeckte ich meinen Vater zwischen den Feuerwehrmännern.

»Peter«, rief ich und riss den Arm hoch, um ihn auf uns aufmerksam zu machen.

Diese plötzliche Bewegung holte den Gorilla mit der Maschinenpistole aus seiner Lethargie. Der Lauf seiner Waffe schwenkte auf mich. Mein Herzschlag setzte kurz aus. Vorsichtshalber hob ich auch den anderen Arm nach oben.

Endlich bemerkte uns Peter. Ein kurzer Wortwechsel mit den Polizisten und etwas Namedropping genügten, dann durften Jeannette und ich das abgesperrte Gelände betreten.

Ein paar Minuten später standen wir vor dem seitlichen Eingang des Festzeltes und versuchten, das Ausmaß der Zerstörung einzuschätzen. Obwohl die Plane eigentlich feuerfest war, hatten die Flammen den Großteil des Zeltes beschädigt, auch wenn die tragende Stahlkonstruktion, gewissermaßen das Skelett des hausähnlichen Bauwerks, noch komplett stand. Die Dachfläche, die Seitenwände, der östliche Außengiebel mit dem dortigen Eingangsbereich, die Holzbalken und -verkleidungen im Inneren und die abgehängten Stoffbahnen mit den Leuchten in Form von goldenen Kronen waren auf zwei Drittel Länge verbrannt oder zumindest angeschmort. Noch intakt war der Eingangsbereich im Westen mit Giebel, Außenbalkonen und dem überdachten Terrassenbereich, der zum Neckar beziehungsweise zum Campingplatz ausgerichtet war. Auch die Versailles-Bar und die inneren Emporen auf dieser Seite hatte die Feuerwehr retten können. Durch die Löscharbeiten waren diese Bereiche an vielen Stellen tropfnass.

Jeannette war unter ihrem Make-up blass geworden. Schockiert fasste sie sich an die Stirn. »Was wird jetzt aus meinem Shooting? Okay, die Bar steht noch. Aber die ist eher ein Schwimmbad als eine Cocktailbar. Hier können wir nicht fotografieren, oder?« Ihr fragender Blick glitt erst zu mir, dann zu Peter. »Ich muss dem Fotografen rechtzeitig Bescheid geben, falls wir das Shooting in sein Studio verlegen.«

»Im westlichen Teil des Zeltes steht das meiste unter Wasser«, stimmte ich zu. »Innerhalb von knapp zwei Stunden bekommen wir das nicht auf die Reihe. Von diesem durchdringenden Gestank ganz abgesehen.«

Peter nickte. »Das können wir dem Fotografen und den Models kaum zumuten.«

»Models?« Jeannette schnaubte. »Models gibt's keine. André hat das Budget drastisch runtergefahren. Oder wie er das ausdrückte: verschlankt, *n'est-ce pas*. Annika, Bea, Teddy und meine magere Wenigkeit müssen als Ersatzkleiderständer herhalten.«

»Das ist mir neu.« Peter machte eine ausgreifende Geste in Richtung Zelt. »Aber wie ihr seht, bin ich mit anderen Dingen beschäftigt. Das Shooting wird hier drin kaum machbar sein. Außerdem laufen die Ermittlungen wegen der Brandursache noch.«

Wortlos sahen wir zu den drei Feuerwehrmännern, die mit Stöcken in den Trümmern auf dem Boden herumstocherten.

»Der Einsatzleiter hat mir mitgeteilt, die Spurenlage sei noch unklar«, sagte Peter. »Das Feuer kann sich durch einen technischen Defekt oder einen Kurzschluss entzündet haben.«

Jeannette und ich wechselten einen fragenden Blick. Offenbar wusste hier noch niemand von dem Bekennerschreiben. Fast unmerklich schüttelte Jeannette den Kopf. Kein Wort von einem Anschlag, sollte das bedeuten. Genau wie André es uns eingetrichtert hatte.

»Wo hat der Brand begonnen? Irgendwo, wo es viele Kabel gibt? Im Küchenbereich?« Jeannette kickte ein verkohltes Stück Holzdekoration zur Seite, dessen ursprüngliche Herzform noch zu erkennen war. »Oder vielleicht bei der Tontechnik in der Nähe der Bühne?«

»Beides wäre möglich.« Peter trat einen Schritt zur Seite, um zwei Feuerwehrmännern Platz zu machen. Sie zogen einen schlaffen Wasserschlauch aus dem Zelt, der nicht mehr gebraucht wurde. »Auch die elektrischen Leitungen unter dem Dach kommen als Ursache in Frage«, fuhr er fort und zögerte einen Augenblick. »Außerdem gibt es noch eine andere denkbare Ursache: Brandstiftung.«

»Brandstiftung?« Ich biss mir auf die Lippen, damit ich den Mund hielt. Was für ein blödes Theater veranstalteten wir hier eigentlich? Wir wussten doch, dass es ein Anschlag gewesen war. Ihrem Gesichtsausdruck nach schien auch Jeannette sich dabei nicht wohlzufühlen, diese wichtige Information vor Peter geheim zu halten. Immerhin war er ihr Vorgesetzter, flache Hierarchien hin oder her.

»Ja, auch Brandstiftung wäre vorstellbar«, sagte Peter gedämpft und sah sich wachsam um, als hätten die nur ein paar Meter entfernt stehenden Wände der umliegenden Zelte Ohren. Er nahm das schwarze Brillengestell ab und rieb sich mit der Hand über die Lider. Unter seinen Augen hatten sich

Schatten eingegraben. Viel Schlaf konnte er heute Nacht nicht abbekommen haben.

Mein Blick wanderte durch den zerstörten Innenraum dorthin, wo bis vor ein paar Stunden das Festzeltbüro eingerichtet gewesen war. »Wo steckt eigentlich Herr von Holsten? Den habe ich hier noch nicht gesehen.«

Umständlich setzte sich Peter die Brille wieder auf. »Das weiß ich auch nicht. Ich hab mehrfach versucht, ihn auf dem Handy zu erreichen. Auf meine Nachrichten hat er bisher nicht reagiert. Aber Sepp und Raffaele von seinem Team sind hier und übernehmen die Koordination, bis er auftaucht.«

»André will ein Ersatzzelt aus München aufstellen«, überlegte ich laut und sah mich um. Hier war nirgends genug Platz für ein weiteres Zelt. »Vielleicht ist Herr von Holsten mit ein paar Helfern auf der Autobahn unterwegs und hat deine Anrufe nicht mitbekommen.«

»Kann sein.« Peter hob die Achseln. »Von einem Ersatzzelt weiß ich nichts. Aber das ist kein Wunder, bei dem Durcheinander hier.«

Jeannette nahm die Wasserflasche aus ihrem Rucksack und trank einen Schluck. »Macht mächtig Durst, anderen beim Arbeiten zuzusehen.« Sie reichte mir die Flasche. »Wie geht's jetzt weiter?«, fragte sie an Peter gewandt. »Ich meine mit dem Shooting. Sollen wir es im Eingangsbereich drüben versuchen?«

Ein schabendes Geräusch von oben ließ uns drei gleichzeitig aufblicken. Ich schirmte den Blick mit der Hand ab, weil die Sonne eine Lücke zwischen den aufsteigenden Rauchsäulen entdeckt hatte. Oben am Firstbalken machte sich ein Feuerwehrmann zu schaffen. Er stand im Rettungskorb am Ende der Drehleiter und versuchte, mit einer Metallstange die Reste einer der riesigen goldenen Kronen vom Firstbalken zu stoßen. Fünf solche Kronen waren als weithin sichtbarer Eyecatcher dort angebracht worden.

»Achtung da unten«, rief der Feuerwehrmann ins Zelt

hinunter, als die Krone sich löste und über fünf Meter tief Richtung Zeltboden fiel.

Jeannette, Peter und ich sprangen gerade noch rechtzeitig zur Seite. Unten angekommen, krachte die Krone in die verkohlten Reste einiger Biertischgarnituren.

Kaum war es wieder still, klingelte in der unmittelbaren Umgebung ein Handy.

»Ist das meins?« Jeannette visierte ihren Rucksack an, den sie zwischen den Beinen abgestellt hatte. »Dem Klingelton nach kann es nicht André sein.«

Peter griff in die Innentasche seines Jacketts. »Das ist meine Frau.« Er zog sein Smartphone heraus und aktivierte das Display. »Gerit hat ein paarmal versucht, mich zu erreichen. Gerade kommt eine SMS von ihr.« Er runzelte die Stirn und öffnete die Textnachricht.

Da ich direkt neben ihm stand, konnte ich die Nachricht lesen. Sie bestand nur aus einem Wort und war in Großbuchstaben und gesperrt verfasst: »W I C H T I G« stand da. Das war alles.

»Gerit hat ein Foto angehängt.« Peter schob sich die Brille in die Stirn. Er tippte auf das Display, das Dokument wurde geöffnet. Kurz überflog er es, dann stutzte er und kniff ungläubig die Augen zusammen. »Ein Anschlag auf das Festzelt?« Er sah auf. Seine blauen Augen weiteten sich. »Himmel, das kann doch nicht wahr sein!« Er ließ die Brille von der Stirn zurück auf den Nasenrücken rutschen, während sein Blick zwischen Jeannette und mir hin- und herwanderte. »Wisst ihr etwas darüber?«

»Gerit ist vorhin überraschend in die Agentur gekommen.« Ich war froh, die Neuigkeit endlich loszuwerden. »Dieses Bekennerschreiben ging am Morgen in ihrer Redaktion ein. Bisher hat es nur André gesehen. Wir mussten ihm schwören, die Information für uns zu behalten, sonst hätte ich dir gleich davon erzählt. Entschuldige bitte.«

»Schon gut.« Peter öffnete den obersten Knopf seines Hemdes, als wäre ihm heiß geworden. »Besser, wir belassen es vorerst dabei. Kann sein, dass die Zeitung es exklusiv bringen will und auf das Redaktionsgeheimnis pocht. Am besten, ich spreche sofort mit André. Wenn es tatsächlich ein Anschlag war, muss der Wasen womöglich abgesagt werden.«

Peter zog sich in eine entlegene Ecke des Wasens zurück, um abgeschirmt von einigen Bäumen ohne Zuhörer mit André zu telefonieren. Vor diesem Gespräch wollte er uns das Foto des Bekennerschreibens nicht zeigen, das Gerit ihm gemailt hatte.

Für einen letzten Durchlauf meiner Führung blieb nun keine Zeit mehr. In zehn Minuten musste ich am Treffpunkt Fruchtsäule sein und die Teilnehmer in Empfang nehmen. Ich verabschiedete mich von Jeannette und machte mich auf die Suche nach einem geeigneten Ort, um mein Kostüm anzuziehen. Rings um das Festzelt wimmelte es von Feuerwehrleuten, Polizisten und Mitarbeitern unseres Teams. Inzwischen galt es als sicher, dass die Brandursache nicht im Hauptraum des Zeltes lag. Unter Anweisung der Polizei begannen einige Männer aus von Holstens Team, die verbrannten Reste der Biertische und -stühle aus dem Zelt zu tragen und vor dem Eingangsbereich auf einen Haufen zu stapeln. Hinter den Absperrgittern drängten sich Kollegen aus anderen Festzelten, von den umliegenden Verkaufsständen und weitere Schaulustige, die das Geschehen verfolgten und mit ihren Smartphones dokumentierten. Es würde nur Minuten dauern, bis die ganze Welt von dem Brand auf dem Gelände erfuhr und Fotos aus erster Hand frei Haus geliefert bekam.

Der Einfachheit halber suchte ich das Festzelt der Konkurrenz nebenan auf und verbarrikadierte mich in der Damentoilette. In der schmalen Kabine nahm ich das Kostüm aus der Reisetasche und hängte es auf den Haken an der Innenseite der Tür. Um die wenig vertrauenswürdigen Kabinenwände nicht zu berühren, schlüpfte ich möglichst bewegungsarm aus der weißen Bluse und dem Dirndl, legte die Trachten zusammen und verstaute sie in der Reisetasche. Dann nahm ich das Kleid vom Türhaken und versuchte, jeden Bodenkontakt zu vermeiden, als ich es anzog.

Ob Katharina von Württemberg jemals ein solches Kleid getragen hatte, entzog sich meiner Kenntnis. Zumindest stammte das Design aus der Zeit, in der sie an der Seite ihres Mannes König Wilhelm I. hier im Ländle gelebt hatte. Meine schulterlangen Haare zwirbelte ich mit einem Gummi am Hinterkopf zu einem Knubbel zusammen und setzte die dunkelbraune Perücke mit der Hochfrisur auf. Mangels Kamm zupfte ich die Korkenzieherlocken an den Schläfen mit den Fingern zurecht. Ein wenig Puder, Kajalstrich am unteren Augenlid und rosafarbener Lippenstift mussten genügen, um mich für die nächste Stunde in Katharina Pawlowna, Großfürstin von Russland, zu verwandeln. Die schwarzen Sneakers behielt ich an, weil ich zumindest ein Kleidungsstück am Leib haben wollte, in dem ich mich wohlfühlte. Unter dem bodenlangen Kleid waren die Schuhe sowieso kaum zu sehen.

Nach einem prüfenden Blick in den Spiegel über dem Waschbecken ging ich mit der Reisetasche hinüber zum westlichen Eingangsbereich unseres Festzeltes, der vom Brand verschont geblieben war. Die Tasche ließ ich hinter einem Dekorationselement verschwinden, auf das ein goldener Vorhang mit voluminösen Troddeln aufgemalt war. Auch diese Vorhangattrappe stammte aus Andrés Feder beziehungsweise Eddingstift und war von Fensterdekorationen im Schloss Versailles inspiriert.

Ein letztes Mal schob ich an den Löckchen herum und drückte die Wirbelsäule durch, bis ich eine halbwegs majestätische Haltung besaß. Ein paar Meter entfernt lehnte Jeannette mit dem Handy am Ohr an einem Holztisch und verfolgte meine Verwandlung. Sie winkte mir zu und reckte den Daumen. Mit den Lippen formte ich einen lautlosen Dank, raffte meine Röcke zusammen und startete in Richtung Fruchtsäule.

Unterwegs wurde ich fotografiert und begafft, als sei ich aus der Psychiatrischen Abteilung des Cannstatter Krankenhauses entsprungen. Nach annähernd hundert Führungen in historischen Kostümen kam ich mir derart aufgebrezelt noch immer reichlich albern vor. Aber ich hatte gelernt, die schiefen Blicke und blöden Bemerkungen zu ignorieren.

Bald kam das Wahrzeichen des Wasens in Sicht. Durch ihre Höhe von sechsundzwanzig Metern und drei Tonnen Gewicht war die Fruchtsäule mit ihrem blauen Schaft kaum zu übersehen. Bereits im August hatte ein spezieller Schwerlastkran sie auf das Dach des Infopavillons gehievt. Am Fuß war die Säule mit einer Krone aus Getreide geschmückt, bekrönt wurde sie von einem farbenprächtigen Dekorationselement mit Kürbissen und Spitzkraut. Eine ziemlich bunte Angelegenheit für meinen Geschmack, der von der kühlen Ästhetik und der Abneigung gegen Farbtöne außerhalb des sachlichen Weiß-Grau-Schwarz-Spektrums in Werbeagenturen geprägt war. Andererseits konnte es hier auf dem Wasen gar nicht schrill und plakativ genug sein, um in diesem geballten Frontalangriff auf alle Sinne überhaupt aufzufallen.

Unter der Säule machte ich eine Gruppe in schwarzen Polohemden aus. Auf der Brust prangte das Logo ihres Arbeitgebers, das aus der Silhouette einer Limousine im angedeuteten Rahmen eines Bildschirms bestand. Das Berliner Unternehmen war auf Software für selbst fahrende Autos spezialisiert. Seit der Unternehmensgründung vor eineinhalb Jahren war das Start-up auf Erfolgskurs und heimste jede Menge Publicity und Gründerpreise ein. Als Dank für den Rund-um-die-Uhr-Einsatz hatte ein Stuttgarter Automobilhersteller die Programmierer zu einem Wohlfühlprogramm auf dem Wasen und dem historischen Volksfest auf dem Schlossplatz eingeladen. Inklusive zweier Führungen mit mir. Allerdings schienen sich meine Schäfchen nicht besonders auf die Wasentour zu freuen. Zu zweit oder zu dritt standen sie mit gesenkten Köpfen beieinander und starrten wie in Trance auf ihre Smartphones. Für Softwarespezialisten gehörte das zum Arbeitsalltag. Aber ihren hängenden Mundwinkeln und düsteren Mienen nach zu schließen, galt ihr Interesse keinen extravaganten Quellcodes, sondern den Bildern unseres zerstörten Festzeltes, die im Web kursierten.

»Auf in den Kampf, Majestät«, sprach ich mir innerlich Mut zu und baute mich vor der Gruppe auf. Mit einer Geste, die ich Vollprofi Königin Elizabeth II. abgeschaut hatte, begrüßte ich meine Untertanen freundlich, aber distanziert, wie es sich für den Hochadel gehörte. Es dauerte, bis alle Programmierer auf mich aufmerksam wurden. Bis dahin war meine Geste leider roboterhaft mechanisch geworden.

»Seid willkommen«, verkündete ich herrscherinnenmäßig und zählte die Teilnehmer durch. Es waren zweiundzwanzig, wie angemeldet. Alle blutjung, überwiegend männlich und eher lässig gekleidet.

»Ich bin Großfürstin Katharina von Russland, Gemahlin von König Wilhelm I. von Württemberg, der heute Ihr Gastgeber ist.« Mit einer feldherrengleichen Bewegung deutete ich hoch zur Fruchtsäule über uns. »Bereits im Jahr 1818 hat mein Mann diese Fruchtsäule gestiftet.« Geduldig wartete ich ab, bis die letzten Fotos von mir und dem Wasen-Wahrzeichen geschossen waren und die Teilnehmer ihre Smartphones endlich sinken ließen.

»Dieses Jahr feiern wir bereits das zweihundertjährige Jubiläum des Volksfestes«, fuhr ich fort und bemerkte, wie eine junge Frau mit Piercings in jeder Augenbraue in der ersten Reihe vor mir belustigt zu Boden schaute.

Ich folgte ihrem Blick und entdeckte zwei schwarze runde Schuhspitzen, die unter der Borte meines Kleides hervorblitzten. Unauffällig verlagerte ich mein Gewicht nach vorn, bis das mintfarbene Kleid die Sneakers vollständig bedeckte.

»Wie Sie sehen, ist die Fruchtsäule mit Erntedank-Symbolen verziert. Diese Elemente erinnern an die eigentliche Bedeutung des Volksfestes und seinen Ursprung als landwirtschaftliches Fest.«

Mit einer Vierteldrehung wandte ich mich Richtung Süden und flocht dabei ein paar Zahlen ein, die den Programmierern bestimmt lieber waren als semiotische Erläuterungen.

»Gefeiert wird nicht nur das Jubiläum des Volksfestes, sondern auch das hundertste Landwirtschaftliche Hauptfest, das parallel stattfindet und jedes Mal über zweihunderttausend Menschen begeistert.« Mein Arm wies auf die Leonardo-da-Vinci-Brücke, die den Übergang zwischen Volksfest und Landwirtschaftlichem Hauptfest symbolisierte. »Auf dem Hauptfest haben Sie Gelegenheit, den größten Bauernhof Stuttgarts mit Tieren, Treckern und landwirtschaftlichen Produkten zu besuchen.«

Aus der Gruppe drangen einzelne Lacher und eher abfälliges Schnauben, als wäre es deutlich unter der Würde von hochbezahlten Computerspezialisten, sich für so etwas Banales wie Landwirtschaft zu interessieren. Gleichzeitig spürte ich die Aufmerksamkeit der Teilnehmer, die nun endlich bei der Sache waren.

Während ich nordwärts spazierte, deutete ich abwechselnd nach links und rechts und versorgte die Computermenschen mit weiteren Fakten.

»Mit rund fünfundzwanzig Hektar Fläche – so viel wie siebenundzwanzig Fußballfelder – gehört der Wasen zu den größten Vergnügungsstätten in Deutschland. Würden Sie an jedem Fahrgeschäft, jedem Festzelt und jeder Imbissbude vorbeilaufen, das sind insgesamt über dreihundertzwanzig, hätten Sie Ihr empfohlenes Tagessoll an Laufstrecke erfüllt. Es sind gute fünf Kilometer pures Vergnügen, die Sie da absolvieren.« Diese Angabe war improvisiert. Die Zahlen im Internet wichen von denen des Eventbüros um gute eineinhalb Kilometer ab. Aber wer würde schon alle Wege und Gassen mit einem Metermaß ablaufen und sich anschließend bei André beschweren? Insofern war ich auf der sicheren Seite.

Apropos sichere Seite. Normalerweise vermied ich es, zu dem furchteinflößenden Freifallturm zu blicken, weil mein Magen und ich sonst die Krise bekamen. Heute machte ich eine Ausnahme und wandte mich todesmutig zu der hoch aufragenden Stahlkonstruktion, die in ihrer Optik an die Spitze des Eiffelturms erinnerte. So versuchte ich, die Teilnehmer um die Absperrungen der Brandstelle auf der gegenüberliegenden Seite herumzulotsen und ihre Aufmerksamkeit auf diese Seite zu lenken.

»Wer Lust auf Nervenkitzel hat, der ist hier richtig.« Ich legte den Kopf in den Nacken und zeigte zu der drehbaren Gondel an der Spitze, die von hier unten aus winzig wirkte. »Dort oben haben Sie eine atemberaubende Aussicht über das Gelände und die Landeshauptstadt. Und das Vergnügen von fünfundachtzig Metern im freien Fall. Dabei schießen Sie mit fünfundzwanzig Metern pro Sekunde in die Tiefe.« Allein die Vorstellung ließ mich taumeln. Für einen Moment schloss ich die Augen, bis ich das Gleichgewicht wiedergefunden hatte. Als ich sie öffnete, schaute ich statt in staunende Gesichter fast nur auf Hinterköpfe. Die Aufmerksamkeit meiner Schäfchen galt dem Geschehen innerhalb der Polizeiabsperrung auf der anderen Seite des Platzes.

Was sollte ich tun? Wie bisher ignorieren konnte ich das Unglück nun wohl kaum mehr. Ich entschied mich für die offensive Variante. Aber kaum hatte ich mir den ersten Satz zurechtgelegt, schrillte die Sirene eines Einsatzwagens der Polizei über das Gelände. Er näherte sich von Süden. Dahinter folgten ein Notarztwagen und ein schmutziger dunkelroter Audi.

Als die Wagenkolonne vor dem Zugang stoppte, den Jeannette und ich vorhin passiert hatten, schwang die Fahrertür des Audis auf. Ein groß gewachsener, hagerer Mann mit schwarzen Haaren stieg aus. Seine Schultern waren nach vorn gezogen, was seine ganze Gestalt eingefallen und leicht depressiv wirken ließ. Auch aus einiger Entfernung erkannte ich den Mann sofort. Es war Kommissar Gabriel vom Dezernat für Tötungsdelikte.

Nach den Schrecksekunden vor der Zeltruine verlief meine Führung doch noch halbwegs nach Plan. Besonders das teambildende Erlebnis einer gemeinsamen Runde im Kettenkarussell begeisterte die Computermenschen. Als gekrönte Landesherrin verfolgte ich die Fahrt standesgemäß von einem Logenplatz auf dem sicheren Erdboden aus.

Nachdem das offizielle Programm der Führung beendet war, setzte ich die Softwareentwickler in das Festzelt eines Konkurrenten und bat den Zeltmanager um kulinarisches Asyl für meine Schäfchen. Leider konnte ich mit meinem königlichen Charme und der Visitenkarte von Hohlbergs Reich nur wenig ausrichten. Was half, war das Versprechen, die Rechnungssumme unbesehen um zwanzig Prozent Provision aufzustocken.

André würde schäumen vor Wut. Wenn es um Geld ging, stellte er sich an, als müsste er alles aus seiner Privatschatulle bezahlen. Diesmal musste er eben über seinen Schatten springen, schließlich waren das Trachtenshooting und der kulinarische Ausklang in der Versailles-Bar unseres Zeltes im wahrsten Sinne des Wortes ins Wasser gefallen.

Das freilich schien mir heute unser kleinstes Problem. Kommissar Gabriel war kaum hierhergekommen, um mit der Feuerwehr nach der Brandursache zu fahnden.

Nach der Führung wollte ich rasch zum Zelt zurück. Unterwegs kreuzte ein Fernsehteam des SWR meinen Weg. In meinem auffallenden Kostüm bestand die Gefahr, als skurrile Attraktion in den Abendnachrichten zu landen. Um dem vorzubeugen, duckte ich mich vor dem Autoskooter hinter einige Mechaniker, die an den Gummipuffern der metallic lackierten Fahrzeuge herumschraubten und mich amüsiert beäugten.

Als das Fernsehteam den Autoskooter passiert hatte, musste ich feststellen, dass der Kameramann und seine Kollegen dasselbe Ziel ansteuerten wie ich. Auf den letzten hundert Metern legte ich einen Spurt ein, damit ich vor dem Fernsehteam dort eintraf.

Inzwischen war fast das ganze Areal rund ums Zelt von mannshohen mobilen Absperrwänden vor Gaffern geschützt. Nur von einem vielleicht zehn, zwölf Meter langen Streifen vor der intakten Westseite hatte man freie Sicht auf den Eingangsbereich. Jeannette stand inmitten von Security-Leuten und Schaulustigen mit Agenturfotograf Werner und unseren

Kollegen Teddy und Annika zusammen. Werners säuerlicher Miene nach zu schließen, würde das Shooting heute weder hier noch an einer anderen Location stattfinden.

Als Jeannette mich sah, winkte sie mich zu sich. Auch sie beobachtete die Ankunft des Fernsehteams mit gemischten Gefühlen. Nach einem kurzen Wortwechsel mit der Security baute sich der Kameramann auf dem Holzboden der Terrasse auf und fokussierte den Eingangsbereich des Zeltes.

»Was ist passiert?«, fragte ich Jeannette und keuchte nach Luft. Die letzten Wochen über war mein ohnehin karges Sportprogramm wegen der Überstunden in der Agentur ausgefallen. Entsprechend schlecht war ich in Form. »Während der Führung hab ich gesehen, dass Kommissar Gabriel eingetroffen ist.«

Jeannette schüttelte genervt den Kopf. »Als ob ein Brandanschlag nicht schon genug schlechte Schlagzeilen bedeutet … Bei den Aufräumarbeiten hat ein Feuerwehrmann in der Küche, oder besser gesagt dort, wo bisher die Küche war, etwas gefunden, das nach menschlichen Überresten aussieht.«

»Menschliche Überreste?« Mein sauerstoffunterversorgtes Hirn war schwer von Begriff.

»Eine Leiche, Bea«, half mir Teddy auf die Sprünge, der alles mit angehört hatte. »Der Typ hat eine Leiche gefunden.«

»Jemand ist bei dem Brand umgekommen?«

Jeannette nickte. »Der Kommissar hat alle rausgeschickt, damit die Spurensicherung in Ruhe arbeiten kann. Den Küchenbereich haben sie als Erstes mit diesen Sichtschutzwänden abgesperrt.«

»Hab ich gesehen. Die stehen fast rundum.«

»Der Notarzt ist auch im Zelt«, fügte Teddy hinzu. »Aber ich glaube nicht, dass da noch was zu retten ist.«

»Wie kannst du in dieser Situation billige Witze reißen?«, fuhr Jeannette ihn mit funkelnden Augen an. »Da drin ist ein Mensch gestorben, geht das in dein Erbsenhirn?«

Teddy presste die Lippen zusammen. Aus Erfahrung wusste er, dass er bei Wortgefechten mit Jeannette keine

Chance hatte. Er schob die Hände in die Taschen seiner Lederhose und richtete den Blick stur auf die geschlossene Eingangstür.

In dem Gedränge um uns herum konnte ich meinen Vater nirgends entdecken. »Wo ist Peter? Ist er in die Weinsteige zurückgefahren?«

»Nö. Der ist da drin.« Jeannette wies mit dem Kopf auf das Zelt. »Der Kommissar wollte von ihm die Personalien aller Mitarbeiter, die am Projekt beteiligt sind. Bestimmt knöpft er sich uns der Reihe nach vor. Jetzt geht es nicht mehr nur um Brandstiftung, sondern um einen ungeklärten Todesfall.«

»Ich frage mich nur, warum gleich die Mordkommission anrückt«, erwiderte ich mit gedämpfter Stimme.

»Die kommt immer, wenn jemand getötet wurde. Und das ist ja auch der Fall.«

»Durch das Feuer? Oder durch jemand anders?« Den letzten Satz flüsterte ich nur noch.

»Die genaue Todesursache zu klären, das ist Gabriels Job.«

»Wisst ihr bereits Einzelheiten über den Brand? Ich meine, wer dahintersteckt und warum es ausgerechnet unser Zelt getroffen hat?« Das Wort Anschlag vermied ich absichtlich. Um uns herum standen Dutzende von Neugierigen. In Zeiten von Twitter und Instagram verbreiteten sich Gerüchte in Lichtgeschwindigkeit.

»Keine Ahnung. Wir wissen nicht mehr als du«, erwiderte Jeannette und holte die Wasserflasche aus ihrem Rucksack. Sie trank einen Schluck und wischte sich ein paar Tropfen vom Mund. »Peter wollte uns vor seinem Telefonat mit André ja nichts sagen. Und danach kam dieser Schrei aus der Küche. Das war der Feuerwehrmann, der die Leiche entdeckt hat. Wie in einem drittklassigen Horrorfilm auf ›Tele 5‹, sag ich dir. Alle liefen wild durcheinander, und die Zivilisten wurden aus dem Zelt verbannt.« Sie bot mir die Flasche an.

Ich lehnte dankend ab und behielt den Eingangsbereich des Zeltes im Auge. Auf dieser Seite war alles tropfnass, aber die Zeltwand noch vollständig intakt. Da die Tür geschlossen war und sich hinter dem Fenster zwei Security-Männer mit breiten Rücken aufgebaut hatten, war der Blick ins Innere versperrt. Um mich herum wurde geflüstert, gehustet, geräuspert. Jeder schien darauf zu warten, bis sich im Zelt etwas regte. Auch das Fernsehteam. Der Kameramann hielt sein Objektiv direkt auf die Eingangstür, um den entscheidenden Moment nicht zu verpassen. Hämmern und Bohrgeräusche in der Umgebung untermalten die angespannte Atmosphäre. Stechender Brandgeruch lag in der Luft. Ab und zu drangen Stimmfetzen und Gepolter aus dem Zeltinneren nach draußen.

Links von mir stand Werner, der Haus- und Hoffotograf von Hohlbergs Reich. Bald hielt er das reglose Warten nicht mehr aus und trat von einem Bein auf das andere. Werner trug Lederhosen und eine Weste aus grauem Filz über einem blau-weiß karierten Hemd. Sein kunstvoll zurechtgestutztes Errol-Flynn-Bärtchen wirkte sonst reichlich albern. Doch den Trachtenlook ergänzte es auf originelle Weise. Werner sah aus wie ein traditionsbewusster Bayer, der sein Leben lang nichts anderes als die CSU gewählt hat. Es hätte mich wenig gewundert, wenn er eine Schnupftabakdose aus seiner Weste gezogen und sich eine Prise gegönnt hätte. Neben ihm entdeckte ich die schwarze Koffertasche, in der er seine Kameras, Objektive und weiteres Zubehör aufbewahrte.

»Das Shooting ist auf morgen verlegt. Wir machen die Fotos bei euch in der Agentur«, sagte Werner, als er meinen Blick zu seiner Ausrüstung bemerkte. Er klopfte auf den Koffer und stöhnte. »Bin völlig umsonst hierhergefahren. André bezahlt mir den zusätzlichen Aufwand nie im Leben«, jammerte er und zog die Nase hoch.

»Stell dich nicht so mimosig an, Werner!« Jeannette stemmte die Hände in die Seite. »Hier geht's um ganz andere Dinge als um dein blödes Shooting.«

Annika neben ihr stimmte heftig nickend zu.

Fast zeitgleich ging ein Raunen durch die Menge. Um uns herum kam Bewegung auf. Die Schaulustigen neigten den

Oberkörper oder machten einen Schritt zur Seite, um bessere Sicht auf den Eingangsbereich zu haben. Dort tat sich endlich etwas. Ein Flügel der Tür schwang auf, und Peter erschien im Türspalt. Erstaunt von der geballten Aufmerksamkeit, stockte er und schien zu überlegen, ob er die Tür lieber wieder zuziehen sollte. Sein helles Leinenhemd über der schwarzen Trachtenhose zeigte deutliche Schweißflecken unter den Achseln und Spuren von Ruß. Die gemusterte Trachtenweste, die normalerweise zu seinem Outfit gehörte, hatte er wohl wegen der sommerlichen Temperaturen ausgezogen.

Plötzlich bekam ich einen Stoß von hinten. Ein Ellbogen landete spitz in meiner Nierengegend. Ich fasste an die schmerzende Stelle und schoss herum.

Ein älterer Mann mit Arbeitskappe und Latzhose hob besänftigend die Hände. »'schuldijung«, brummelte er und schickte eine alkoholgeschwängerte Atemwolke herüber, in der ich Bratwurstgewürze ausmachte. Hin- und herschwankend beugte er sich vor, um durch die Lücke zwischen mir und Jeannette zu linsen und an Peter vorbei einen Blick ins Zeltinnere zu erhaschen.

Jeannette schubste den Drängler zurück in seine Reihe. Eine erneute Alkoholfahne wehte über uns hinweg.

Peter trat auf die Terrasse. Als er unser Grüppchen in der Menge ausmachte, hielt er auf uns zu. »Wir gehen rüber unter die Bäume drüben«, forderte er uns auf. Er ging voraus zu der Stelle, an der er vorhin mit André telefoniert hatte. Hier waren wir vor neugierigen Blicken und Mithörern geschützt.

»Du siehst halb verdurstet aus, Peter«, bemerkte Jeannette und reichte ihm die Wasserflasche. »Was wollte der Kommissar von dir? Weiß man schon, wer der Tote ist? Oder die Tote, vielleicht ist es ja eine Frau.«

Peter trank einen großen Schluck, bevor er antwortete. »Na ja, ich habe die Stelle nur kurz gesehen. Man kann nicht viel erkennen. Das Feuer hat überall im Küchenbereich gewütet ... ihr könnt euch denken, wie's dort aussieht.«

Sofort bauten sich Bilder vor meinen Augen auf, die ich

dem übermäßigen Konsum von Krimiserien verdankte. Dunkelbraune, verkohlte Gestalten, den Mund oder was davon übrig war, qualvoll aufgerissen, eine Hand wie um Gnade bettelnd in die Höhe gereckt, die Finger krallengleich verzerrt.

Bei Annika lief ein ähnlicher Schreckensfilm ab. »Großer Gott, wie furchtbar«, stieß sie aus und schlug die Hand vor den Mund. »Ausgerechnet in unserem Zelt musste das passieren. Wer kann so was nur …« Sie hielt inne, als ein Klingeln ertönte, und tastete die Taschen ihres Dirndls ab. Unter ihrer goldenen Schürze wurde sie fündig. Sie zog ihr Handy hervor, murmelte eine Entschuldigung und trat ein paar Schritte zur Seite.

»Was willst du?«, hörte ich sie sagen, während sie sich zum Campingplatz hin entfernte. »Ja, ich bin auf dem Wasen. Aber ich kann schlecht reden im Moment. Warte kurz.« Sie verschwand hinter einem Wohnwagen und war außer Hörweite.

Ich wandte mich wieder zu Peter. »Zwei Brandermittler der Polizei sind vor ein paar Minuten eingetroffen«, erklärte er gerade. »Die Spezialisten werden gerufen, sobald der Verdacht auf eine Straftat vorliegt. In unserem Fall trifft das zu meinem großen Bedauern zu. Die Ermittler suchen in den Trümmern nach Hinweisen, um herauszufinden, wo das Feuer seinen Anfang nahm. Beziehungsweise wo der Anschlag genau stattfand und wodurch der Brand ausgelöst wurde.«

»Anschlag?«, hakte Werner nach und beugte sich näher zu Peter. »Was für ein Anschlag?«

Peter zögerte und warf einen fragenden Blick in die Runde. Jeannette schüttelte den Kopf, um zu signalisieren, dass sie dem Fotografen nichts von dem Bekennerschreiben erzählt hatte.

In kurzen Worten schilderte Peter Werner die Sachlage. »Soweit wir wissen, fand heute Nacht ein Anschlag auf das Zelt statt. Eine politische Gruppierung hat sich gegenüber der ›Stuttgarter Zeitung‹ dazu bekannt. Mehr kann ich dir im Augenblick nicht sagen.«

Werner strich über sein Bärtchen, um die Neuigkeiten zu verdauen.

»André habe ich eben informiert«, fuhr Peter fort. »Er ist unterwegs, um sich mit eigenen Augen ein Bild von der Lage zu machen und persönlich mit dem Kommissar zu sprechen.«

»Darauf hätte ich gewettet«, spöttelte Jeannette in gedämpfter Lautstärke neben mir. »Wo eine Kamera ist, ist auch unser Chef. So viel Publicity kann er sich auf keinen Fall entgehen lassen.«

Peter bekam ihre Bemerkung ebenfalls mit und runzelte verärgert die Stirn. »Jeannette, spar dir deinen Atem, den wirst du heute noch brauchen. André sagte, du sollst mit Bea sofort in die Weinsteige zurückfahren. Helena hat aus München Details über das Ersatzzelt erfahren. Noch ist nicht klar, ob wir es überhaupt aufstellen können und wo dafür genug Platz ist. André will trotzdem alles vorbereiten, schließlich haben wir kaum noch Zeit bis zur Eröffnung morgen.«

»Wenn die überhaupt stattfindet«, ergänzte Jeannette für ihre Verhältnisse ungewohnt zweifelnd. »Man kommt ja nicht gerade in Feierlaune, wenn überall die Bullerei mit MPs herumsteht und mitten auf dem Wasen jemand auf grauenvolle Weise sterben musste.«

»Was passiert jetzt, Peter?«, fragte ich. »Wie geht es mit unserem Zelt weiter?«

»Das kann ich dir noch nicht sagen, mein Schatz«, erwiderte Peter und ließ den Kopf sinken.

Aus dem Augenwinkel sah ich, wie Teddy zu mir herüberschaute. Vielleicht erinnerte er sich an vergangene Zeiten, in denen er mich ebenso genannt hatte.

Auch ich war verblüfft über die private Bemerkung meines Vaters. Normalerweise behandelte er mich im beruflichen Umfeld keinen Deut anders als meine Kollegen, was durchaus in meinem Sinne war. Heute war er wohl durch die besonderen Umstände emotionaler gestimmt als sonst.

Jeannette stupste mich an. »Bea, auf uns wartet Arbeit. Willst du dich umziehen, oder können wir gleich los?«

Verwundert sah ich an mir hinunter. Ich war noch als Königin von Württemberg verkleidet, das hatte ich völlig vergessen. Mittlerweile herrschte tropisches Klima unter der Hochfrisurperücke. Kurz entschlossen zog ich sie ab, löste das Gummi am Hinterkopf und lockerte meine Mähne auf. Die Haare fühlten sich feucht an. Bald würde ich den Kopf voller wilder Kräusellocken haben. »Bin startklar. Ich ziehe mich in der Agentur um.«

Zum Abschied wandte ich mich noch einmal an Peter. »Du meldest dich, sobald du mehr weißt?«

Er versuchte ein Lächeln, das ihm nicht recht gelingen wollte. »Wir bleiben in Verbindung, Bea.«

Als Jeannette und ich zurück in der Weinsteige waren, schlüpfte ich in mein Dirndl und verstaute das Kostüm bis zur nächsten Führung im Garderobenschrank. In der Küche ließ ich zwei frisch aufgebrühte Cappuccini mit Milchschaum aus der Maschine. Damit das Dirndl keine Flecken abbekam, streckte ich die Tassen weit von mir und balancierte sie vorsichtig über den Flur. Auf halbem Weg kam mir Teddy aus dem Grafikatelier entgegen, der mit den Kollegen zusammen zurückgefahren war. Er grinste bei meinem Anblick.

»Muckis trainieren?«, fragte er neckisch und drehte sich zur Seite, um mir Platz zu machen. »Übst du Bierkrugstemmen fürs Bedienen im Zelt?«

»Bedienen? Auf dem Wasen? Eher geh ich putzen.«

Teddy lächelte verwegen. Neben seinen Mundwinkeln erschienen kleine Grübchen. Sofort wandte ich den Blick ab und konzentrierte mich auf die Tassen.

»Putzen? Da hättest du auf dem Wasen eine Menge zu tun, nach dem, was ich vorhin gesehen habe. Hast du was Neues von Gerit gehört?«

»Von Gerit? Du meinst wegen des …« Ich brach ab und sah über die Schulter, als könnte uns jemand belauschen. Die Muskeln in meinen ausgestreckten Armen begannen zu zittern.

Als ich wieder zu Teddy blickte, verschwanden die Grübchen neben seinen Mundwinkeln. »Könnte ja sein, du hast Insiderinformationen. Ich meine, wo du doch gewissermaßen an der Quelle sitzt.«

»Du, ich hab anderes zu tun. Headlines texten zum Beispiel.« Kontrolliert ließ ich die Arme sinken, um nichts auf dem Edelparkett zu verschütten. »Kannst du meine Vorschläge ins Layout einbauen, bevor ich sie André präsentiere? Ich maile sie dir, wenn mir was Verwertbares eingefallen ist.«

»Wenn du versprichst, mich einzuweihen, sobald du was hörst von –«

»Von meiner Quelle, meinst du«, fiel ich ihm ins Wort.

»Das ist Erpressung, aber daran bin ich in dieser Branche gewöhnt. Einverstanden.«

Ich ließ ihn stehen und ging zu dem winzigen Büroraum, den Jeannette und ich uns auf der Rückseite der Villa teilten. Als Arbeitsbienen aus der niederen Agenturkaste genossen wir statt großer Panoramafenster winzige Ausgucke in den Hinterhof und den besseren Schrebergarten, der in der Hochglanz-Imagebroschüre von Hohlbergs Reich großspurig Park genannt wurde. Auch bei geschlossenen Fenstern fluteten über den Hinterhof die Autogeräusche von der vierspurigen B 27 herüber, die sich am Hang entlang Richtung Degerloch hinaufschraubte.

Missmutig schaltete ich den Rechner ein. Mit gedämpftem Rauschen wurden die Programme geladen. An meinem Cappuccino schnuppernd, versuchte ich mich fürs Texten zu motivieren. Das Trachtenshooting war zwar auf morgen verschoben, trotzdem erwartete André meine Vorschläge für die Headlines noch heute. Originell sollten sie sein, witzig und emotional. Und sie sollten die Adressaten direkt an die Kasse führen, sprich den Umsatz der Agentur fördern. Aber noch war mein Kopf voll von Bildern des halb zerstörten Zeltes. Meine Gedanken kreisten um die dramatischen Geschehnisse dieses Tages. Zuerst die schockierende Nachricht vom Brand in unserem Zelt. Gefolgt von dem Bekenntnis einer noch unbekannten Gruppe zu einem Anschlag. Dann die Leiche im Zelt, über deren Identität bisher nichts bekannt war. Und nun ermittelte die Mordkommission auf dem Wasen. Es war nur eine Frage der Zeit, bis Kommissar Gabriel hier in der Agentur erscheinen würde. So viel Drama innerhalb weniger Stunden war fast schon hollywoodreif. Wie sollte ich mich angesichts dieser schrecklichen Eindrücke auf Banalitäten wie Mode konzentrieren?

Schließlich begann ich halbherzig, ein paar Stichworte über Andrés Trachtenmode zu sammeln. Zur Inspiration öffnete ich eine Fotodatei, in der Annika zahlreiche Bilder der Kollektion und der dazugehörigen Accessoires hinterlegt hatte. Blusen, Dirndl, Schürzen, Mieder, Strickjacken, Schuhe, Taschen und Anstecker für die Frauen. Männer konnten sich ein Ensemble aus Lederhosen, Hemden, Westen aus Filz und Satin, Hosenträgern, Janker und Hut zusammenstellen. Schwarz, Gold, Blau und Rot waren die vorherrschenden Farbtöne, abgestimmt auf das Design des Festzeltes mit seiner Mischung aus pseudobayerischen Elementen und Schnörkeligem aus der Zeit des französischen Absolutismus.

»Einige Hyänen haben bereits ihren Mist auf Facebook zu dem Drama in Bad Cannstatt hinterlassen«, knurrte Jeannette am Schreibtisch gegenüber und leckte mit der Zunge Milchschaum vom Rand ihrer Tasse. Als Senior Head of Communications – früher nannte man das schlicht und ergreifend Leiterin der Kommunikation – war sie für alles Gesprochene, Geschriebene und Gedruckte rund um das Festzelt unseres Kunden zuständig, also auch für die Öffentlichkeits- und Pressearbeit. Mehrmals am Tag sichtete sie die sozialen Medien und die Kommentare. Postings zu entschärfen und abfällige Äußerungen zurechtzurücken gehörte zu ihrem Arbeitsalltag.

»Dort machen ein paar gestörte Schwaben-Affine Front gegen Herrn von Holsten«, fuhr Jeannette fort. »Die glauben tatsächlich, der Brand sei nur die gerechte Quittung, wenn einer von der Wiesn meint, er könne auch in Stuttgart mitmischen.« Sie verdrehte die Augen zu den Stuckornamenten an der Decke, bis fast nur noch das Weiße zu sehen war. »Ich sag dir, Bea, diese ewige Feindschaft zwischen Münchnern und Stuttgartern geht mir auf die Ei… ich meine, auf die Eingeweide«, korrigierte sie sich noch beim Sprechen. »Eigentlich müsste man die sozialen Medien in unsoziale umbenennen.« Frustriert zog sie die unterste Schublade ihres Rollcontainers auf, in der sie Schokoladenvorräte für Notfälle aufbewahrte. »Braucht dein Blutzuckerspiegel auch einen Energieschub?«, kam es gedämpft von unten, begleitet von Papier- und Cellophanknistern aus der Schublade. »Zur Auswahl stehen Geleebananen, gebrannte Mandeln und Magenbrot. Ach ja, hier liegen noch ein paar olle Brausestäbchen herum.«

»Hast du auch grüne?« Froh über die Ablenkung, lehnte ich mich im Bürostuhl zurück. Das übliche Quietschen kommentierte meine Gewichtsverlagerung.

»Die grünen liefern wir frei ins Haus.« Jeannette erschien wieder in der Senkrechten, die Hände voller Süßigkeiten. »Passen wie die Faust aufs Auge zu deiner Gesichtsfarbe, Bea.« Sie schob eine Handvoll Brausestäbchen auf meinen Tisch und steckte sich gleich zwei Stücke Magenbrot auf einmal in den Mund. »Gesunde, ausgewogene Ernährung ist das A und O in unserem stressigen Job«, verkündete sie und tauchte hinter ihrem Bildschirm ab, die Backen ausgestopft wie ein Hamster.

»Gibt's schon Neuigkeiten?«

»Du meinst wegen der Leiche? Dazu hab ich noch nichts entdeckt. Eben habe ich die ›Stuttgarter Zeitung‹ gesichtet. Kein Wort von einem Bekennerschreiben.«

»Vielleicht muss Gerit erst noch mit der Kripo abklären, ob und wann die Nachricht veröffentlicht werden darf«, überlegte ich laut und dachte an die Bemerkung meines Vaters über das Redaktionsgeheimnis. Ob die Zeitung sich auch darauf berufen konnte, wenn die Mordkommission ermittelte?

»Kann gut sein«, sagte Jeannette. »Die Pressefreiheit ist

bei uns längst nicht mehr das, was sie einmal war. Seit die Vorratsdatenspeicherung beschlossene Sache ist, können Redaktionen bespitzelt werden, ohne dass konkrete Hinweise auf eine Straftat vorliegen.« Sie zögerte kurz. »Aber so genau kenne ich mich da nicht aus. Frag doch direkt bei Gerit nach, dann wissen wir mehr.«

»Gute Idee. Gleich nach unserer Besprechung mit der Römerstein versuche ich sie zu erreichen.«

Schweigend konzentrierten wir uns auf die Arbeit, begleitet von gleichmäßigem Tastenklackern und dem Geräusch von plätscherndem Wasser. Das kam aus dem Garten hinter der Villa, wo der Hausmeister ungeachtet des strahlenden Sonnenscheins den Rasen und die Rosenbeete goss. Es war nur eine Frage der Zeit, bis André ihn zurechtweisen würde. Verbrannte Stellen auf Blättern und Blüten brachten sein ästhetisches Empfinden durcheinander.

Unsere Kollegin Pauline trat ins Zimmer. »Sorry für die Störung, ihr zwei Hübschen.« Als Bürofee und Frau für alle Fälle war sie für die interne Organisation und Andrés Sonderwünsche zuständig. Ein Job, der gleichzeitig die Sensibilität einer Psychologin, die Nervenstärke einer Kindergärtnerin und die Samthandschuhe einer Diplomatin in heikler Mission verlangte.

»Helena hat in einer Viertelstunde Zeit für eure Besprechung wegen dem Ersatzzelt«, informierte uns Pauline. Sie lehnte sich gegen den Türrahmen und zupfte eine Fussel von ihrer schwarzen Schürze, die mit goldenen Ranken bestickt war. Zum bananengelben Dirndl trug sie ein farblich passendes Stirnband, das hundertprozentig nicht aus Andrés Kollektion stammte. Dafür war es viel zu sportlich. »Wenn es nach mir ginge, würde ich den Laden für heute dichtmachen und euch ein ordentliches Schmerzensgeld überweisen«, verkündete Pauline und band die Schleife ihrer Dirndlschürze neu. »Das muss ein Riesenschock für euch gewesen sein, was ihr da auf dem Wasen gesehen habt.«

»Falls du die Leiche meinst, die haben wir gar nicht mit eigenen Augen gesehen.« Jeannette sah auf und fixierte Pauline. »Wir können dir also keine pikanten Einzelheiten liefern, falls du darauf aus sein solltest.«

Pauline winkte ab und begutachtete zufrieden ihre gelungene Schleife. »Nein, danke. Das muss nicht sein.«

Jeannette warf ihr ein Stück Magenbrot zu. Pauline streckte sich danach und fing es auf. Statt es in den Mund zu schieben, drehte sie das Magenbrot zwischen den Fingern hin und her. »Mir ist der Appetit vergangen, als ich die Bilder auf der Website der ›Stuttgarter Nachrichten‹ gesehen habe.«

»Ach? Die hab ich gar nicht durchgesehen«, erwiderte Jeannette erstaunt. »Da steht sowieso dasselbe wie in der ›Stuttgarter Zeitung‹, seit die Blätter zwangsfusioniert wurden.« Sie tippte auf ihrer Tastatur herum. Ihr Kopf fuhr näher zum Bildschirm, und ihre Augen wurden schmal. »Das gibt's doch nicht! Da ist ein Foto von einer verschmorten Küchenzeile online. Im Hintergrund sind die Reste unserer Zeltplane und des blau-weißen Dekostoffes deutlich zu erkennen. Das ist echt. Wie sind die Bildredakteure da nur rangekommen?«

Pauline rieb Daumen und Zeigefinger aneinander. »Prämie für einen unterbezahlten Feuerwehrmann, schätze ich.«

»Gibt es überhaupt noch irgendwas auf der Welt, was nichts mit Geld zu tun hat?« Gereizt schluckte ich die süßsaure Brühe hinunter, die das Brausestäbchen in meiner Mundhöhle hinterlassen hatte.

Jeannette hob beide Augenbrauen. »Bingo. Das war mein erster Gedanke, als ich von dem Brand im Zelt erfahren habe.«

»Was meinst du genau?«, fragte ich nach. »Etwa Geld?«

Pauline verleibte sich das Stück Magenbrot ein. »Vielleicht spielt Jeannette auf die Sondererlaubnis an, ein Ersatzzelt auf dem Wasen aufzustellen?«

»Guter Ansatz, Pauline.« Jeannette nickte anerkennend. »An dir ist eine erstklassige Reporterin verloren gegangen. Wir dürfen gespannt sein, wie André das mit dem Ersatzzelt hinbekommt. Aber eigentlich meinte ich die Versicherungssumme, die von Holsten kassiert, wenn das Zelt abbrennt und ihm niemand auf die Schliche kommt. Vorausgesetzt, er ist entsprechend abgesichert und die Versicherung auch willens, dafür zu löhnen.«

»Willst du damit andeuten, es könnte ein warmer Abriss gewesen sein?« Diese preiswerte Methode, ein altes Gemäuer loszuwerden, kannte ich durch meine Recherche für eine Immobilienfirma. Das Unternehmen war auf denkmalgeschützte Gebäude spezialisiert und mehrfach gerüchteweise mit solchen Machenschaften in Verbindung gebracht worden.

»Um von der Versicherung Schadenersatz zu kassieren?« Pauline rieb sich die Stupsnase. »Aber warum sollte Herr von Holsten sein Zelt abfackeln? Der Wasen eröffnet morgen. Ist ein großes Festzelt dort nicht die reinste Gelddruckmaschine?«

»Das dachte ich auch.« Jeannette nickte. »Vielleicht hat er kalte Füße bekommen. Oder aber er hat sich mit den Falschen angelegt. Vorhin hab ich auf Facebook gesehen, wie aggressiv eingefleischte Schwaben werden können, wenn sich ausgerechnet ein Wiesn-Festwirt auf unserem Wasen breitmacht. Diese Traditions-Regionalisten könnten von Holstens Festzelt boykottieren und ihre Anhänger in den unsozialen Medien zum Mitmachen aufrufen.«

»Das wird nun nicht mehr nötig sein. Schließlich ist nur noch eine Ruine übrig«, kommentierte Pauline trocken, die noch immer auf dem Magenbrot herumkaute. »Ich glaube eher, Herr von Holsten kann mit seinem bayerischen Background gute Geschäfte machen. Die meisten stehen auf bayerische Folklore und dieses affige Wiesn-Gebusserl. Womöglich bringt das sogar frischen Wind auf den Wasen.«

»An sich ein erfreulicher Gedanke«, sagte ich. »Aber seit dem Brand sind die Karten neu gemischt.«

Zehn Minuten später saßen wir im Büro von Eventmanagerin Helena Römerstein und diskutierten über die Gestaltung des Ersatzzeltes, das von München unterwegs zum Wasen war.

Helenas Büro lag neben Andrés Allerheiligstem und zeichnete sich durch den gleichen Fünf-Sterne-Panoramablick über die Stadt, die Karlshöhe und die Hügel rings um den Kessel aus. Den quadratischen Raum mit Fensterfront und pittoreskem Erker hatte Helena mit weißen Hochglanzmöbeln eingerichtet. Die Wand hinter ihrem ausladenden Schreibtisch aus Glas war schwarz gestrichen und bildete einen reizvollen Gegensatz zu ihrer Besprechungsecke im Erker. In die neobarocke Vliestapete von Versace mit gold- und bronzefarbenen Ornamenten dort war André als Liebhaber klassisch-französischer Wandbespannungen völlig vernarrt. Entweder hatte Helena einen ähnlich zweifelhaften Geschmack wie er, oder sie verstand sich ebenso gut aufs Einschleimen.

Auf dem Tisch vor uns lagen Farbausdrucke und Skizzen mit Gestaltungsvorschlägen für das Zelt, die Teddys Handschrift trugen.

»Wir haben Glück im Unglück.« Helena schlug unter der Glasplatte des Besprechungstischs ein Bein über das andere. Ihre Seidenstrümpfe schabten aneinander. »Im Keller lagern noch kistenweise Stoffballen nach Andrés Entwürfen. Der dunkelrote Samt und die blau-weiß gemusterten Satinbahnen müssten für die Dekoration im Dachbereich des Ersatzzelts ausreichen. Mindestens vier von den großen goldenen Kronen für die Außengestaltung sind ebenfalls noch da. Das ist genügend Material, um das kleinere Zelt angemessen zu stylen.«

Wir beugten uns über einen Plan mit den Abmessungen des Ersatzzeltes. »Wenn genug Platz auf der Bühne ist, könnten wir eine der Kronen im Hintergrund aufstellen«, schlug Jeannette vor und zeigte auf die entsprechende Stelle im Plan. »Das wäre ungefähr hier hinter den Bands.«

»Sehr schöne Idee für die Deko«, lobte Helena und klimperte mit üppig getuschten Wimpern. »Teddy soll davon gleich ein Rendering anfertigen, damit André sich das bildlich vorstellen kann. Sein dreidimensionales Vorstellungsvermögen ist ja leider deutlich weniger gut ausgeprägt als bei uns Frauen.«

Ein Moment der Stille folgte, in dem wir drei in uns hinein-lächelten. Jeannette nutzte sonst jede Gelegenheit zum Spott über unseren Chef, aber diesmal schwieg sie diplomatisch. Helena war erst ein paar Monate in der Agentur beschäftigt. Wir hatten noch nicht ganz durchschaut, was für ein Verhältnis sie zu André hatte. Soweit wir wussten, gab es keinen Mann im Leben der attraktiven Eventmanagerin, auch wenn sie sich Tag für Tag herausputzte wie auf der Balz.

»Was ist mit Herrn von Holsten?«, fragte ich. »Hat er sich zur Gestaltung des Innenraums schon geäußert?«

Helena richtete sich in ihrem Stuhl auf und wippte mit einem schwarzen Stiletto. »Ich habe Achim mehrmals auf die Mailbox gesprochen. Gemeldet hat er sich bisher nicht.«

»Ist er noch unterwegs, um das Ersatzzelt aus München zu holen?« Jeannette warf einen Blick auf ihre Armbanduhr. »Er müsste doch inzwischen zurück sein, falls es keinen Stau gab.«

»Da bin ich überfragt.« Helena strich eine rote Haarsträhne hinters Ohr, an dem ein goldener Ohrring mit einem Rubin im Licht der Sonne funkelte. »Aber wir können nicht tatenlos abwarten, bis wir von ihm hören. Wir müssen aktiv werden. Uns bleiben nur wenig mehr als vierundzwanzig Stunden bis zur Eröffnung.«

»Habt ihr überhaupt schon eine Genehmigung für dieses Ersatzzelt?«, erkundigte sich Jeannette. »Und wo soll das stehen? Die Sicherheitsauflagen für Großveranstaltungen sind seit der Katastrophe bei der Love Parade extrem verschärft worden. Für den Wasen hat die Polizei bestimmt ein detailliertes Sicherheitskonzept.«

»Du meinst wegen der Fluchtwege, Rettungsgassen und so weiter.« Helena erhob sich und trat an ihren Schreibtisch. »Dr. Jürgens hat mir dazu ein Paper zusammengestellt. Das müsste hier drin sein.« Sie öffnete eine der schwarzen Jobmappen aus Rindsleder, wie sie Pauline für jeden Auftrag anlegte, und blätterte darin herum. »Eigenartig, ich dachte, das hätte ich hier einsortiert.« Mit einem Seufzer schlug sie die Mappe zu und warf sie ins Ablagefach zurück. »Möglicherweise hat André es in seiner Mappe. Am besten, ich kläre dieses Thema nachher direkt mit Dr. Jürgens.«

Ein Summton ertönte. Er kam von Helenas Handy, das auf dem Glastisch vibrierte und violett blinkte. Sie griff nach dem Telefon, warf einen Blick aufs Display und stutzte. »Das ist Achim.« Ihre Stimme klang erstaunlich kühl angesichts der Tatsache, dass sie – wie wir alle – seit Stunden auf den Rückruf des Festwirts wartete. »Eben schickt er mir eine Nachricht.« Sie beugte sich über das Handy und las die Botschaft. »Er schreibt, er sei unterwegs und würde sich später bei mir melden«, ließ sie uns wissen. Dann zuckte sie mit den Schultern und legte das Handy achtlos weg.

Nach der Besprechung gingen Helena und Jeannette hinüber ins Grafikatelier, um die Gestaltung des Ersatzzeltes mit Teddy und seinem Team abzustimmen. Ich musste mich dringend um meine Headlines kümmern. André würde bald vom Wasen zurückkehren. Bis dahin wollte ich ein paar passable Vorschläge vorweisen können.

Auf dem Rückweg in unser Büro ging ich zur Toilette. Als ich in den Vorraum trat, hörte ich ein merkwürdiges Geräusch. Es klang, als würde jemand schluchzen. Ich hielt ein paar Sekunden inne, aber nur das gedämpfte Brummen der Ventilation war zu vernehmen. Vielleicht hatte ich mich getäuscht.

Ich betrat eine der Kabinen und entließ den Cappuccino in die Freiheit. Als ich die Wasserspülung drücken wollte, ertönte das Geräusch wieder. Das war eindeutig ein Schluchzen. Und es kam aus der Kabine nebenan. Ich betätigte die Spültaste und ging in die Knie, um unter der Trennwand hindurchzuschauen. Mein Blick fiel auf goldfarbene Plateaupumps aus Andrés Trachtenkollektion, in denen zierliche, braun gebrannte Beine steckten.

Ich verließ die Kabine und lauschte im Vorraum. Nichts zu hören außer dem Brummen der Ventilation und dem Rauschen, mit dem Wasser in den Spülkasten nachlief.

»Annika, ist alles in Ordnung?«

Stille.

»Annika?« Leise klopfte ich an die Tür. »Ich weiß, dass du da drin bist.« Versuchsweise drückte ich die Klinke. Abgeschlossen.

In der Kabine putzte sich jemand die Nase. Sekunden später ging die Tür auf. Annikas verheultes Gesicht erschien. Ihre Wimperntusche war verschmiert und die Augäpfel von rötlichen Linien durchzogen.

»Was ist los mit dir?« Ich berührte sie sanft am Arm. »Hat dich der Leichenfund auf dem Wasen so mitgenommen? Das kann ich gut nachvollziehen. Mir fällt es auch schwer, mich auf die Arbeit zu konzentrieren.«

Annika blinzelte eine Träne weg. »Nein, das ist es nicht. Heute ist ein schrecklicher Tag für mich.« Sie atmete ein paarmal tief durch und trat zum Spiegel über dem Waschbecken. Aus ihrer Schürze kramte sie ein rosafarbenes Stofftaschentuch. »Meine Schwester ist gestorben.« Sie knüllte das Taschentuch zusammen und wischte sich über die Lider, um die Reste der Wimperntusche zu entfernen.

Erschrocken hielt ich die Luft an. »Deine Schwester? Heute? Aber warum bist du dann überhaupt hier? André ist ein Ausbeuter, aber er hätte dir bestimmt freigegeben.«

Annika schüttelte den Kopf und zog die Nase hoch. »Nein, nein. Das liegt schon ein paar Jahre zurück.« Sie beugte sich über das Waschbecken, drehte den Hahn auf und trank einen Schluck. »Heute muss ich nur besonders oft an sie denken. Es ist ihr Todestag.«

»Das tut mir leid, Annika. Ich wusste gar nicht, dass du eine Schwester hast. Ich meine, hattest.«

»Na ja. Weißt du, darüber rede ich nur ungern. Ist ja auch ziemlich privat.« Sie knetete das Taschentuch zwischen ihren Fingern durch und erzählte stockend. »Das war eine furchtbare Zeit damals. Lena war lange im Krankenhaus, und eigentlich wollten wir sie für die letzten Tage mit nach Hause nehmen. Damit sie bei uns ist und in ihrer gewohnten Umgebung, wenn … Du weißt schon. Aber dann … dann …« Annika brach schluchzend ab. Als sie sich beruhigt hatte, erzählte sie weiter. »Sie ist früher gegangen, als wir dachten. Ich konnte mich nicht einmal richtig von ihr verabschieden.«

Voller Mitgefühl legte ich den Arm um ihre Schultern, wusste aber nicht recht, was ich sagen sollte. »Möchtest du einen Tee aus der Küche? Kamille oder Kräuter oder was anderes zur Beruhigung?«, fragte ich schließlich.

Annika wischte eine Träne weg, die über ihre Wange rollte. »Danke, das wäre lieb von dir. Ich verkrieche mich noch ein paar Minuten hier drin.«

Eine Stunde später druckte ich meine Headline-Vorschläge für die neuesten Entwürfe von Andrés Trachtenkollektion aus. Kreativpreise würde ich damit keine gewinnen, aber unter dem Eindruck der Ereignisse auf dem Wasen fiel mir schlicht und ergreifend nichts Originelleres ein. »Für hübsche Has'n« sollte für Dirndlmode werben. »Für flotte Hirsche« war an männliche Wasenfans adressiert. »Auf der Pirsch« und »O'zogn ist« lauteten weitere Headlines, die sich an alle Zielgruppen und Altersstufen wendeten. »Leckerer als jede Brezel« und »Knackiger als jede Bratwurst« gefielen mir am besten. Diese Statements würden ein Lächeln bei den meisten auslösen. Genau das war unser Ziel: Emotionen zu erzeugen. Sobald André vom Wasen zurück war, wollte ich ihm meine Ideen präsentieren. Damit Teddy die Headlines bis dahin ins Layout einbauen konnte, mailte ich sie ihm ins Grafikatelier.

Prompt kam die Rückfrage: »Was neues gehört?«

Seinen kleinen Erpressungsversuch ignorierend, schrieb ich zurück: »Neues schreibt man groß, wenn es als Substantiv verwendet wird. Guckst du unter Duden online.«

Jeannette kehrte von der Besprechung im Grafikatelier zurück. Unter ihrem Arm klemmten ein paar Ausdrucke. Mit nachdenklichem Gesichtsausdruck ließ sie sich auf ihrem Drehstuhl nieder und starrte Löcher in die Luft.

»Noch mehr schlechte Neuigkeiten vom Wasen?«, erkundigte ich mich, obwohl ich mir das kaum vorstellen konnte.

Sie seufzte. »Es ist wegen Annika. Sie sitzt in der Toilette wie ein Häufchen Elend auf den Fliesen und besäuft sich mit Kamillentee.«

»Hat sie dir erzählt, warum sie so niedergeschlagen ist?« Jeannette holte Schwung für eine Runde auf ihrem Drehstuhl. »Blöde Sache ist das.« Sie drehte sich um dreihundertsechzig Grad und zögerte einen Augenblick. »Bea, ich weiß nicht, wie viel ich dir –«

»Wenn es um ihre Schwester geht, davon weiß ich bereits. Ich hab ihr den Tee gebracht.«

Nach einer weiteren Runde stieß Jeannette erneut einen Seufzer aus. »Unheilbare Krankheiten sollten von Staats wegen verboten werden. Das Mädchen war doch noch ein halbes Kind und Annika auch nur ein paar Jahre älter.« Jeannette zog die oberste Schublade ihres Rollcontainers auf und holte ein neongelbes Post-it heraus. »Das erinnert mich an meinen nächsten Vorsorgetermin. Den schiebe ich seit Monaten vor mir her.« Sie kritzelte ein paar unlesbare Schnörkel auf das Post-it und klebte es neben ihr Mousepad auf den Schreibtisch. Während der Computer hochfuhr, nahm sie sich ein Stück Magenbrot aus ihrer Vorratsschublade. »Möchtest du auch ein paar zusätzliche Kalorien?«

»Danke, nein. Ist André schon vom Wasen zurückgekommen?«

Jeannette schüttelte den Kopf und bettete die Finger sanft auf die Tastatur, als wolle sie die schwarzen Tasten streicheln. »Das Geschrei im Flur hätten wir mitbekommen. Fragst du wegen der Headlines?«

»Hmm.«

»Wie sind sie geworden?«

»Einigermaßen.« Ich überlegte und spitzte die Lippen. »Eigentlich gar nicht so schlecht, wie ich befürchtet habe.«

»Gut. Jeder erfreuliche Aspekt an diesem Horrortag zählt.« Jeannette beobachtete das Geschehen auf ihrem

Bildschirm und scrollte mit der Maus. »Keine weiteren Boshaftigkeiten auf Facebook.« Sie tippte etwas ein, den Blick auf den Bildschirm geheftet. Plötzlich stockte sie und kniff die Augen zusammen. »Du, Bea, hast du schon gesehen, was deine Stiefmutter online gestellt hat?«

Nach dieser Frage zu schließen, war Jeannette auf der Online-Version der »Stuttgarter Zeitung« unterwegs, für die Gerit schrieb. Während ich den Browser öffnete und die entsprechende Adresse eingab, entgegnete ich mechanisch: »Sie ist nicht meine …« Als mich das Wort »Eilmeldung« in einem gelben Balken oben auf der Seite ansprang, brach ich mitten im Satz ab. »Bekennerschreiben im Pressehaus eingegangen«, war darunter in wichtigmacherischen Großbuchstaben zu lesen.

»Lass hören.« Jeannette bückte sich und kramte in ihrer Schokoladenschublade herum. Mit ein paar Geleebananen in der Hand tauchte sie wieder auf, lehnte sich im Stuhl zurück und lauschte.

»Nach dem verheerenden Brand in einem Festzelt auf dem Wasen ist in unserer Redaktion ein Bekennerschreiben eingegangen«, las ich den Anfang von Gerits Artikel vor. »Das Schreiben ist in einem deutlich rechtsextremen Tonfall gehalten. Aus ermittlungstaktischen Gründen können wir hier nur Auszüge wiedergeben. Der Verfasser wendet sich in dem Schreiben gegen den ›Niedergang der guten Sitten‹ und bezeichnet das Volksfest als ›Hort der Unzucht und des Multi-Kulti‹.«

»Hort der Unzucht?« Jeannette zog eine Grimasse. »Klingt wie aus einem anderen Jahrhundert. Biedermeier oder Preußischer Obrigkeitsstaat. Steht das wirklich da?«

»Und des Multikulti.«

»Ist das alles?«

»Nein, es geht noch weiter.« Ich suchte nach der Stelle, an der ich aufgehört hatte. »Unsere Redaktion hat das Bekennerschreiben an die Polizei weitergeleitet. Es ist nun Bestandteil der Ermittlungen und wird zurzeit von Experten auf seine Echtheit hin überprüft.«

Jeannette leckte sich die Finger ab, beugte sich über ihre Tastatur und tippte etwas ein. »Das muss ich mir selbst anschauen.«

»Unter den Zeilen ist ein großes Foto zu sehen. Hast du's schon offen?«

»Gleich.« Jeannette zeigte erstaunt auf ihren Bildschirm. »Das ist unser Zelt! Aber es ist ein anderes Foto als in den ›Stuttgarter Nachrichten‹. Das zeigt nicht die Küche, sondern das Mittelschiff. Beziehungsweise das, was davon übrig ist.«

Auf dem Foto waren die Reste von Bierbänken und Biertischen zu sehen. Die metallenen Gestelle lagen umgekippt auf dem Boden. An einigen hingen noch verschmorte Stücke der hölzernen Tischplatten und Sitzflächen.

»Das muss jemand von draußen aufgenommen haben«, stellte ich fest. »Dem Blickwinkel nach vom Seiteneingang aus. Siehst du, da links am Rand kann man noch die Außenwand erkennen.«

»Da war aber jemand schnell.« Jeannette sah auf und betrachtete mich über ihren Bildschirm hinweg. »Das Foto muss gemacht worden sein, bevor die Sichtschutzwände den Blick versperrten.«

Vom Flur war ein lautes Rumpeln zu hören, als wäre etwas zu Boden gefallen. Eine Männerstimme fluchte. Weil kein französischer Kraftausdruck darin vorkam, konnte es nicht André sein.

»Klingt nach deinem Ex.« Jeannette blickte neugierig Richtung Flur. »Schätze mal, er hat die Fassung verloren.« Sie kicherte und stand auf. Energisch riss sie die Tür auf und schob den Kopf auf den Flur. »Teddy, was willst du mit der Leiter?«, hörte ich sie fragen. Dann verschränkte sie die Arme vor der Brust und warf lachend einen Blick zu mir ins Zimmer. »Wenn du bei Bea fensterln willst, musst du raus in den Hinterhof. So macht man das zumindest in Bayern, hab ich gehört.«

Teddys Antwort konnte ich nicht verstehen. Bei mir kamen nur unverständliche Schimpflaute an. Jeannette kehrte ins Zimmer zurück. »André will unseren Besprechungsraum für das Shooting morgen umgestalten. Teddy und Lars sollen eine Wand mit Brokatstoff bespannen, damit der Hintergrund zum Design des Zeltes passt. Na, ob die zwei das mit ihren zarten Grafikerpfötchen hinbekommen? Die beiden können doch nicht einmal eine Leiter transportieren, ohne Macken im Parkett zu hinterlassen.«

Kaum hatte sie das Wort Macke ausgesprochen, klingelte unser Telefon.

»Da hat sich jemand angesprochen gefühlt«, feixte Jeannette und rieb sich die Hände. »Wetten, der Chef will deine Headlines auseinandernehmen?«

Wie sie vermutet hatte, verlangte André nach mir.

»*Pas mal, Beatrice*«, befand er auf Französisch, nachdem er sich die Layouts mit meinen Textvorschlägen angesehen hatte. »Gar nicht übel. Die Headlines meine ich. Das Layout sieht dafür richtig scheiße aus.«

Obwohl der unflätige Ausdruck nicht an meine Adresse ging, zog ich den Kopf ein.

Andrés Energiereserven schienen für diesen Tag erschöpft zu sein, sonst hätte er statt des brachialen deutschen Ausdrucks das feiner klingende französische *merde* verwendet. Auch äußerlich war ihm die Belastung anzusehen. Seine Trachtenweste und das Hemd waren zerknittert. Zwischen den Augenbrauen und um seinen Mund herum gruben sich Falten wie dunkle Striche ein. Arbeit für seinen Schönheitschirurgen, bei dem er sich regelmäßig Hyaluronsäure und Eigenfett unterspritzen ließ.

»Bea, schick mir Teddy rein«, wies André mich an und ballte die Faust über den Ausdrucken. »Sofort. Der kann sich auf eine Nachtschicht einstellen. Die Layouts müssen bis zum Shooting morgen *superbe* sein.«

Teddy war nicht der Einzige, der zu einer unbezahlten Spätschicht verdonnert wurde. Bis in die Abendstunden bereiteten Jeannette und ich alles für die Waseneröffnung vor.

Ein weiterer Punkt auf unserer To-do-Liste war das Trachtenshooting morgen Vormittag. Da es nun hier in der Agentur statt wie geplant in der Versailles-Bar stattfand, musste der Motivplan entsprechend angepasst werden. Zwischendurch sichtete Jeannette regelmäßig die Kommentare in den sozialen Medien und das Gästebuch auf der Webseite unseres Festzeltes. Alles, was Achim von Holstens Image und der Agentur schaden konnte, musste umgehend entschärft werden.

Wenig später erreichte uns eine Rundmail der Geschäftsführung. Wie wir daraus erfuhren, wurde das Ersatzzelt auf dem Wasen bereits aufgebaut. Ausdrücklich betonte André den persönlichen Einsatz von Dr. Jürgens und bezeichnete ihn als Fels in der Brandung. Ein weiterer Hinweis auf Andrés angegriffenes Nervenkostüm. In Bestform hätte er sich kaum derart dreist am Slogan einer hiesigen Versicherungsgesellschaft bedient, vor allem, da dieser kernige Spruch nicht von seiner Agentur entwickelt worden war. »*Mon ami*«, wie André Dr. Jürgens im Rundschreiben nannte und dabei eine Schleimspur hinterließ, die breiter als die Königstraße war, habe die entsprechenden Stellen davon überzeugt, auf dem Gelände ausnahmsweise Bauarbeiten in der Nacht zu gestatten. Somit könnten die Besucher morgen zumindest einen Teil des Zeltes nutzen, behauptete er optimistisch.

»Vitamin B wie Beziehungen, sag ich nur«, kommentierte Jeannette. »Und zweifellos ist auch Vitamin C im Spiel.« Auf meinen fragenden Blick hin löste sie das Buchstabenrätsel auf. »Mit C meine ich Cash, Bea. Wahrscheinlich hat ein nettes Sümmchen das Konto gewechselt. Oder eher eine Art Optionsschein für die Zukunft, bis genug Gras über die Sache gewachsen ist. Sonst kapiert auch der Naivste den Zusammenhang zwischen Ursache und Wirkung.«

»Also erneut ein Fall von Watergate.« Dieser Begriff war unser persönlicher Code für derartige geschäftliche Klüngeleien, die zum Alltag in der Kommunikationsbranche gehörten.

»Blöderweise beschäftigen sich Journalisten heutzutage lieber mit Melanias Schönheitsoperationen und den Looks von Herzogin Meghan als mit Korruption. Oder meinst du, Gerit hätte Interesse an einem heißen Tipp?«

»Und an einem Gewissenskonflikt?«, fragte ich zurück. »Schließlich ist sie mit einem Geschäftsführer dieser Werbeagentur verheiratet. Und die wiederum hat großes Interesse daran, von Holstens Wasenteilnahme trotz der widrigen Umstände zu sichern.«

»Verstehe. Zu offensichtlich, diese Kausalkette.« Jeannette schob die Unterlippe zu einem täuschend echt wirkenden Schmollmund vor. »Also rufen wir Bernstein und Woodward lieber nicht an. Da fällt mir ein, wir sollten schleunigst eine Pressemeldung über das Ersatzzelt rausschicken. Ich geh kurz rüber zu Helena und spreche die Inhalte mit ihr durch.«

Nach zehn Minuten war Jeannette zurück und tippte konzentriert auf ihrer Tastatur. Im Eiltempo holte sie Andrés »ça va« ein und schickte die Pressemeldung an die üblichen Verdächtigen. Es folgten ein paar Telefonate mit Ansprechpartnern in den jeweiligen Redaktionen, in denen die Wörter »potenter Anzeigenkunde« und »eigenfinanzierte Sonderveröffentlichung« mehrfach vorkamen.

Als es zu dämmern begann, streckte und räkelte sich Jeannette auf ihrem Stuhl. Ein paar Wirbel rutschten knackend an die Stelle zurück, die von der Natur für sie vorgesehen war. Jeannette goutierte die Geräusche mit einem zufriedenen Stöhnen.

»Bea, ich würde sagen, kochen fällt heute aus«, verkündete sie schließlich und schaltete ihren Computer aus. Als das leise Sirren der Ventilation verklang, gewann das stetige Motorendröhnen auf der B 27 die Oberhand. »Zur Wahl stehen Pizza und Döner.«

»Für diese schwere Entscheidung bin ich viel zu erledigt.« Obwohl mich kein Durstgefühl plagte, griff ich nach der Colaflasche neben meinem Mousepad und verleibte mir den

Rest des koffeinhaltigen Erfrischungsgetränks ein. Die über-zuckerte braune Brause schmeckte mir nicht, aber sie hielt meinen Körper auf Trab. Meine Kondition und auch die geistigen Fähigkeiten schwächelten seit Stunden. »Vor meinen Augen flimmern Buchstaben und Kommas durcheinander wie die Männchen in einem Gemälde von Keith Haring«, sagte ich und massierte meine Lider.

»Bei mir sind es Visionen von schmelzig-weichem Käse, knusprigen Salamischeiben und in Olivenöl getränktem Hefeteig.« Jeannette leckte sich über die Lippen und schmatzte hörbar, als liefe ihr bereits das Wasser im Mund zusammen. »Dazu ein paar frische Oreganoblätter, fein gehackt, und ein Chianti classico. Rubinrot wie die Sünde und intensiv fruchtig im Aroma wie eine Alpenwiese, auf der sich farbenfrohe Bergblumen in einer sachten Brise wiegen.« Sie schüttelte den Kopf über sich selbst und ächzte. »Allmächtiger, ich höre mich an wie ein Werbespot. Siehst du, unsere Branche hat mich nach all den Jahren bis in die letzte Zelle versaut. Höchste Zeit, der Werbung endlich den Rücken zu kehren und meine Katzenpension zu eröffnen.«

Seit Jahren malte sich Jeannette ihren Ausstieg aus der Werbebranche in leuchtenden Farben aus. Nun war dieser Wunsch zum Greifen nah. Ein entfernter Onkel, mit dem sie nur bei Konfirmationen und Trauerfeiern zusammengetroffen war, hatte sie mit einer Erbschaft bedacht. Die beachtliche sechsstellige Summe ließ ihre lebhafte Phantasie zu Höchstform auflaufen. Auswandern? Eine eigene Modelinie entwerfen? Eine Reise rund um den Globus? Ein kleines Hotel an der Côte d'Azur? Nahtlos folgte ein Einfall auf den anderen. Letztlich hatte sich eine Idee herauskristallisiert, die Jeannette mehr als alle anderen faszinierte: eine Katzenpension. Sie war mit Katzen aufgewachsen, absolut vernarrt in die pelzigen Eigenbrötler und wollte endlich mit etwas Lebendigem zu tun haben, statt die immer gleichen, sinnentleerten Botschaften zu verbreiten.

Über Monate hatten wir gemeinsam die Immobilienseiten

unserer beiden Tageszeitungen gesichtet und waren Stammgäste der entsprechenden Internetportale geworden, um ein passendes Objekt in Stuttgart und Umgebung zu finden. Bei unseren Besichtigungstouren hatten wir einige Häuser entdeckt, die für ihre Pläne geeignet gewesen wären. Leider konnten sich die Verkäufer mit der geplanten Umwidmung ihres Eigenheims in ein Zuhause für Katzen weniger anfreunden. Oder die Nachbarn liefen vorab dagegen Sturm.

Vor ein paar Wochen war Jeannette endlich fündig geworden. Das Objekt, das ihr Herz erobert hatte, lag weiter außerhalb der Landeshauptstadt als beabsichtigt. Dafür war es ein besonderes Schmuckstück mit nur wenigen Nachbarn, die sich allesamt als tierlieb herausstellten. Am Rand der Schwäbischen Alb, zu Füßen der imposanten Burg Hohenneuffen, war Jeannette seit August stolze Besitzerin eines Eigenheims. Das Haus lag am Ortsrand von Beuren, war von einem großen Garten umgeben und logierte am Ende einer Sackgasse, die nur von Anwohnern genutzt wurde. Seit der Unterschrift unter dem Kaufvertrag hatten Handwerker das idyllische Objekt in eine Großbaustelle verwandelt, die Stuttgart 21 in wenig nachstand, sah man vom kilometerlangen Tunnelsystem in ungeeignetem, weil quellfähigem Anhydritgestein einmal ab.

»Wie weit bist du mit den Umbauarbeiten in Beuren?«, erkundigte ich mich und sichtete ein letztes Mal für heute den E-Mail-Eingang. Wie üblich hatte André am späten Abend noch ein Memo verfasst und seinen Sklaven, also uns, eine umfangreiche Sammlung von Hausaufgaben mit auf den Heimweg gegeben.

»Du meinst meine Katzenpension?« Zum ersten Mal an diesem ereignisreichen Tag strahlte Jeannette über das ganze Gesicht. »Die Fußbodenheizung im Spielzimmer ist fertig, und die Auslaufkäfige im Garten sind fest im Boden verankert. Darunter kann sich nur eine genmanipulierte Superkatze durchgraben.« Sie stand auf, stemmte die Hände in die Hüften und bog die Wirbelsäule nach hinten durch. Diesmal knackte es gleich im Kanon. »Mensch, Bea, ich glaub, ich hab Rücken. Das kommt vom Heimwerken. In den nächsten Tagen brauche ich unbedingt ein paar kräftige Helfer. Wir müssen die Kratzbäume im Dachstuhl aufstellen und den Garten anlegen. Vor dem Wochenende wird das wohl schwierig, oder was meinst du?«

»Ich schätze, das klappt erst nach der Eröffnung«, erwiderte ich und druckte Andrés Liste aus. Das war meine letzte Amtshandlung für heute. Ohne den Ausdruck auch nur eines Blickes zu würdigen, deponierte ich ihn im obersten Ablagefach. »So, wir können los. Übrigens: Ich bin für Pizza.«

Auf dem Weg zum Ausgang entdeckten wir Annika in der Agenturküche. Mutterseelenallein saß sie am Glastisch vor dem Fenster zum Balkon und schaute niedergeschlagen in eine Tasse, in der ein Beutel Kamillentee an der Oberfläche schwamm.

Jeannette sah zu mir. Wie meistens verstanden wir uns wortlos. Ein knappes Nicken genügte.

»Annika, komm mit zu uns nach Hause«, schlug Jeannette vor. Ihre Stimme klang sanft, als würde sie ein Kätzchen am Bauch kraulen. Voller Mitgefühl legte sie die Hand auf Annikas Schulter. »Bea und ich finden, du solltest heute Abend lieber nicht allein sein. Keine von uns sollte das nach diesem dramatischen Tag.«

Annika sah über die Schulter zu uns hoch. Ihre großen grünen Augen wurden feucht, und die Lippen zitterten kaum merklich. Ohne Make-up, Wimperntusche und Lippenstift ähnelte sie mit ihrem verletzlichen Gesichtsausdruck einem kleinen Mädchen. Für eine Sekunde hoben sich ihre Mundwinkel. »Echt? Das wäre total nett von euch.«

»Wir haben ein bequemes Sofa für dich, eine Pizza mit Belag nach Wunsch und jede Menge Rotwein«, erwiderte ich und lächelte ihr Mut zu. »Unser Chauffeur bringt dich morgen in aller Herrgottsfrühe wieder hierher in die heiligen Hallen der Kreativität.«

Annika wirkte erleichtert. Sie kippte den Kamillentee in den Ausguss und hängte ihre Tasche über.

Die übliche Umziehaktion in den Waschräumen sparten wir uns an diesem Abend. Im Trachtenlook stiegen wir in Jeannettes Golf und machten uns auf den Heimweg. Jeannette nahm die Route über Heslach. In der Adlerstraße hielt sie vor einem italienischen Restaurant in der zweiten Reihe und schaltete den Warnblinker ein. In den arbeitsreichen vergangenen Wochen waren wir oft hier eingekehrt oder hatten ein spätes Abendessen mit in die WG genommen. Dadurch waren wir in die Liga der Eins-a-Kundinnen aufgestiegen. Ohne Probleme bekam ich zwei der leckeren Holzofenpizzen mehr, als wir vorhin telefonisch bestellt hatten. Auch beim Wein war der Nachschub gesichert.

Mit einem Stapel warmer Pizzakartons, aus denen ein verlockender Duft nach Käse und Oregano aufstieg, und einer Papiertüte mit Weinflaschen rutschte ich auf die Rückbank. Annika hatte ich bereitwillig den Beifahrersitz überlassen. Hier hinten konnte man sich bequemer ausbreiten und die Beine hochlegen.

»Hast du an den Vitaminsaft gedacht?«, versicherte sich Jeannette und startete den Golf. Im Rückspiegel suchte sie Augenkontakt mit mir.

»Ich hab mich für Traubensaft entschieden, einverstanden?«

Jeannette lächelte zufrieden und reihte sich in den Verkehr ein. »Bea, du bist die geborene Einkäuferin.«

Trotz der späten Stunde fanden wir einen Parkplatz in der Reinsburgstraße, der in noch fußläufig machbarer Entfernung von unserer Wohnung lag. Auf der Südseite der beliebten Straße im bunt durchmischten Stuttgarter Westen teilten Jeannette und ich uns eine schon etwas heruntergekommene Wohnung im oberen Stockwerk. Was aus den vier Zimmern der Wohngemeinschaft werden sollte, wenn Jeannette nach Beuren zog, stand in den Sternen. Keine von uns hatte das heikle Thema bisher angesprochen.

Als wir den Wohnungsflur betraten, leuchtete das rote Licht am Anrufbeantworter.

»Dein Börsenguru verlangt nach dir«, stellte Jeannette mit einem Blick auf das Display fest. »Georg meint wohl, wir hätten ebenso geregelte Arbeitszeiten wie er in der Bank? Pah! Diesen altmodischen Kram haben wir in unserer hippen Branche längst abgeschafft. Hat keine Nachricht hinterlassen. Willst du ihn gleich zurückrufen?«

»Das mache ich nachher.« Ich sah auf die große Bahnhofsuhr, die seit Neuestem über der Garderobe vor sich hin tickte. Das Ungetüm hatte Jeannette vom Flohmarkt auf dem Karlsplatz hergeschleppt. »Georg ist wahrscheinlich mit seinen Kollegen essen gegangen. Ich rufe ihn später im Hotel zurück.« Wenn ich ohne naseweise Zuhörer mit ihm reden kann, setzte ich meinen Satz in Gedanken fort. Jeannette hielt nicht viel von Georg und gab mir das gern deutlich zu verstehen. Mein Freund arbeitete bei der Stuttgart Bank. Bisher hatte er sein Geld in der Immobilienabteilung verdient und stand nun vor einem Wechsel ins Management. Zurzeit war er auf einer Fortbildungsveranstaltung in Hamburg und würde erst in zehn Tagen zurück sein.

Ich deponierte meinen Wohnungsschlüssel auf der Kommode und zog die Sneakers aus. »Zuerst schauen wir uns die Nachrichten im Dritten an.«

»Das wird nett. Ein richtiger Mädelsabend vorm Fernseher«, erwiderte Jeannette scheinbar gut gelaunt, hakte Annika unter und verschwand mit ihr in der Küche.

Jeannettes Unbekümmertheit war glaubwürdig gespielt. Nur jemand, der sie so gut kannte wie ich, merkte, wie ihr in Wahrheit zumute war. Auch sie fürchtete sich vor den Aufnahmen des Fernsehteams, die uns erwarteten. Gleich würden wir mit ein paar Millionen Mitbürgern aus den Lokalnachrichten das Neueste über den Brandanschlag auf von Holstens Festzelt erfahren. Und über die Leiche, die ein Feuerwehrmann im Küchenbereich gefunden hatte.

Wer mochte das Opfer sein, das im Flammenmeer umgekommen war? Jemand, den wir kannten? Einer der Aufbau-helfer? Oder handelte es sich womöglich um einen der At-tentäter, die mit dem Anschlag gegen das ausgelassene Feiern auf dem Volksfest protestieren wollten?

Als PR-Beauftragte war Jeannette nicht ohne Grund ner-vös. Eine Nachrichtensendung des SWR war etwas völlig anderes als die sozialen Medien oder eine selbst verfasste Pressemeldung, mit der man Neuigkeiten gezielt streuen und beeinflussen konnte. Heute Abend hatten wir keine Mög-lichkeit, die Berichterstattung in unserem Sinne zu lenken. Es blieb uns nur, die Sendung und die Bilder abzuwarten.

In der Küche entkorkten wir eine Flasche Chianti und nahmen eine Kostprobe. Schon nach den ersten Schlucken spürte ich die Wirkung des Alkohols, der meine Nerven ent-krampfte.

»Passt«, stellte Jeannette fest, nachdem sie ihr Glas auf einen Schwung geleert hatte.

Wir erlösten uns von den Dirndln, Blüschen und Trachten-schuhen und zogen bequeme Freizeitkleidung über. Annika lieh ich eine Leggins und ein XXL-T-Shirt mit dem Aufdruck »Ich hab eine Wassermelone getragen.« Ihr fragender Blick verriet mir, dass sie den Film »Dirty Dancing« nicht einmal vom Hörensagen kannte. Nur Fans konnten den Spruch richtig einordnen und zogen keine voreiligen Schlüsse hin-sichtlich der Oberweite der T-Shirt-Trägerin. Auch Jeannette und ich waren zu jung, um den Kultfilm im Kino erlebt zu haben. Eine DVD aus dem Secondhandladen hatte uns auf den Geschmack gebracht. Seitdem vergrößerte sich unsere Sammlung mit Kultfilmen stetig.

Wir teilten eine Pizza Quattro Stagioni mit zusätzlich Sar-dellen und Extrakäse in handgerechte Stücke. Die drei an-deren Pizzen schoben wir in den Backofen, um sie warm zu halten. Mit dem Pizzakarton und aufgefüllten Gläsern gingen wir hinüber ins Wohnzimmer.

Das größte Zimmer unserer WG diente als Gemeinschafts-raum für alle möglichen Gelegenheiten. Hier schauten wir

Serien, feierten mit Freunden und beherbergten Übernachtungsgäste. Ein deckenhohes Bücherregal von Ikea, das mehr DVDs und Zeitschriften als Bücher enthielt, eine geerbte Jugendstil-Kommode mit Schubladen, der runde Esstisch mit sechs Stühlen, alle verschieden, und zwei ausladende Sofas bildeten die wichtigsten Einrichtungsgegenstände in dem gemütlichen Durcheinander. Von den beiden zugigen Fenstern sah man auf die Reinsburgstraße unter uns, gegenüber auf die Fassade eines Mietbunkers und über uns in einen Streifen Himmel. Zwischen den Fenstern wucherte es wie in einem Gewächshaus der Wilhelma. Yuccapalmen, Glückskastanien und Gummibäume fühlten sich bei uns wohl und wuchsen nach oben und in die Breite.

Jeannette streckte sich auf ihrem himbeerroten Sofa der Länge nach aus. »In der Reihe der bedeutendsten Erfindungen der Menschheit rangieren Sofas für mich gleich nach Deodorant für Männer«, verkündete sie einen ihrer Lieblingssprüche. Trotz Weinglas in der Hand schaffte sie es, keinen Tropfen zu verschütten, während sie sich eine bequeme Lage suchte.

Großzügig überließ ich Annika das blaue Sofa und lümmelte mich quer über einen alten Ohrensessel. Das rehbraune Ungetüm hatte mir meine Tante Fanny aus Degerloch überlassen, als sie ihr Haus nach einer Weltreise neu ausstattete. Das Leder war ziemlich brüchig, und an manchen Stellen quoll Holzwolle heraus. Mich störte das nicht, schließlich war der Sessel ein Familienerbstück und in Würde gealtert – wie meine Tante, die zu meinen Lieblingsverwandten gehörte. Ich dachte gern an die Monate zurück, in denen Jeannette und ich ihr Haus in Degerloch gehütet hatten, während sie ferne Länder bereiste. Doch heute fielen mir vor allem die Knochen ein, die wir damals beim Rosensetzen im Garten entdeckt hatten. Mit einem Kopfschütteln vertrieb ich die Erinnerung und kehrte zurück in die Gegenwart.

Jeannette und Annika bedienten sich aus dem Pizzakarton auf dem Couchtisch und ließen es sich schmecken. Ich hatte kaum Hunger, tat es ihnen aber dennoch nach. Vielleicht spendete das Essen mir Trost.

In nur drei Bissen vertilgte Jeannette das erste Stück Pizza. Noch kauend schob sie den Bund ihrer ausgeleierten Jogging-hose ein ganzes Stück tiefer, bis ihr braun gebrannter Bauch zum Vorschein kam. »Zu Hause ist da, wo frau den Bauch nicht einziehen muss«, verkündete sie und klopfte auf die kleine Rundung. Darauf stießen wir an.

Als es bald Zeit für die Nachrichten war, griff Jeannette nach der Fernbedienung und wollte den Fernseher einschal-ten. Genau in diesem Moment läutete es an der Wohnungstür. Jeannette kräuselte die Stirn und sah zu mir herüber. »Haben wir die Miete diesen Monat rechtzeitig bezahlt?«

»Diesmal ja, hundertprozentig. Die hab ich der Drachen-frau am Dritten persönlich in die Hand gedrückt. Und die Nachzahlung für den Allgemeinstrom hab ich ihr gestern in einem Umschlag unter der Tür durchgeschoben. Alles im grünen Bereich.«

Unsere Vermieterin war eingeborene Schwäbin und nahm es mit Geld sehr genau. Vor allem, wenn es sich um Geld handelte, das die Mieter ihr schuldig waren. Meist lauerte sie ihren Opfern im Treppenhaus auf oder klopfte an der Woh-nungstür, sobald sie sicher sein konnte, den Mieter daheim anzutreffen. Dem blieb nur der waghalsige Fluchtweg über die Buckelquader der Fassade, um sich der Geldeintreiberin zu entziehen.

»Hm, der Drache kann es demnach nicht sein. Vielleicht will jemand den Enkeltrick bei uns versuchen. Auf Facebook hab ich gelesen, der geht wieder um hier im Westen. Wie gut, dass keine von uns Nachwuchs in der zweiten Generation hat.« Jeannette stemmte sich in die Höhe, zog ihre Jogging-hose über den Bauch hoch und schlappte barfuß in den Flur.

Die alte Holztür quietschte. Annika und ich sahen uns erwartungsvoll an.

»Wir kaufen nichts«, hörten wir Jeannette sagen. Auch das war ein Lieblingsspruch von ihr. Ein erstauntes »Was machst du denn hier?« erklang, gefolgt von einem widerwilligen: »Na gut, komm rein.«

Mit Erstaunen registrierte ich den späten Besucher, der in der Wohnzimmertür erschien. »Hat ganz den Anschein, als wäre dein Leben ohne uns sinnlos«, begrüßte ich den Mann in der Lederjacke.

Es war Teddy. Früher war er hier in der WG ein und aus gegangen. Seit Georg und ich wieder zusammen waren, machte er sich rar, und das war gut so. Gegen seinen Charme war ich bis heute nicht völlig immun, auch wenn ich das niemals zugegeben hätte. Teddy kannte mich viel zu gut und wusste genau, welche Knöpfchen er drücken musste.

Er schob die Hände in die Gesäßtaschen seiner Jeans und sah in die Runde, wobei er beim Pizzakarton auf dem Couchtisch eine längere Pause machte. »Guten Abend, die Damen.«

»Lass mich raten. Du warst zufällig in der Nähe?« Jeannette plumpste zurück aufs Sofa, dessen Füße bei ihrer schwungvollen Landung auf dem Parkett scharrten. »Auch wenn du eigentlich genau in der entgegengesetzten Richtung wohnst.«

Teddy lebte in einer Dachwohnung in der malerischen Altstadt von Bad Cannstatt. Die lag meilenweit von hier entfernt.

»Ich war noch in der Agentur. Dies war der kürzeste Weg zum nächsten Fernseher«, erklärte er und schälte sich aus der braunen Lederjacke. Er warf sein Lieblingsstück auf die Marmorplatte der Jugendstilkommode und trat näher, den Blick gierig auf das letzte Stück Pizza geheftet.

»Bevor du dich hier häuslich niederlässt, mach dich nützlich und hol Nachschub aus der Küche.« Jeannette nahm die Fernbedienung zur Hand und schaltete den Fernseher ein. »Gleich beginnen die Nachrichten.«

Das ließ sich Teddy nicht zweimal sagen. Er verschwand in der Küche. Die Backofentür wurde geöffnet, und ein Duftpotpourri aus Tomate, Käse und Knoblauch flutete über den Flur ins Wohnzimmer. Ein anerkennendes »Hmmm, mein Lieblingsbelag« war aus der Küche zu hören. Unfreiwillig musste ich lächeln. Teddy mochte alles, was sich auf einer Pizza tummelte. Auch vor ausgefallenen Belägen wie Tzaziki oder Chili con Carne machte er nicht halt.

Einen Pizzakarton in der Linken, einen in der Rechten balancierend, kam er ins Wohnzimmer. Sein Blick glitt zum roten Sofa, auf dem sich Jeannette sofort noch breiter machte. Der verschrammte Dreibeinhocker neben meinem Sessel, den wir als Fußablage benutzten, war noch frei. Erfreulicherweise respektierte Teddy unseren üblichen Sicherheitsabstand und steuerte das blaue Sofa mit Annika an.

»Gestatten, junge Frau?«, erkundigte er sich ungewöhnlich galant und machte eine kleine Verbeugung.

Jeannette verleibte sich das letzte Pizzastück aus dem ersten Karton ein und rollte die Augen. »Seit wann so höflich, mein Lieber?«, sagte sie mit vollem Mund. »Bist du auf der Pirsch, um im Wasen-Jargon zu bleiben?«

»Wer weiß?«, erwiderte Teddy und zwinkerte Annika zu.

Die Wangen unserer Kollegin bekamen einen Barock-engel-Touch, als Teddy sich dicht neben ihr niederließ. Sofort musste ich an unsere Besprechung heute Morgen zurückdenken. Hatte Annika da nicht mit ihm geflirtet? Nun bekam sie prompt die Quittung. Mit einem Meister seines Fachs spielte man keine Spielchen.

»Mädels, es geht los«, verkündete Jeannette, als die Titelmelodie des »Aktuell«-Magazins ertönte.

»Guten Abend, meine Damen und Herren«, begrüßte die Moderatorin uns Zuschauer.

Mein Magen zog sich schmerzhaft zusammen. Daran war nicht der Säuregehalt des Chiantis schuld, sondern das Bild im Hintergrund. Wie ich befürchtet hatte, begann die Sendung mit dem Brandanschlag auf dem Wasen.

Hinter der Moderatorin füllte eine Aufnahme unseres Festzeltes den Bildschirm aus. Oder besser gesagt, der traurigen Reste. Der Perspektive nach war das Bild von oben aufgenommen, vielleicht von einer Drehleiter der Feuerwehr aus. Durch die durchlöcherten und geschwärzten Überreste des Daches blickte man ins Mittelschiff des Zeltes, auf umgefallene Biertischgarnituren und Überbleibsel der Dekoration, die sich von der Decke gelöst hatten. Darunter war das Metallgerüst einer der goldenen Kronen zu erkennen, die André zu Leuchtern umfunktioniert hatte.

»Gestern Nacht brach in einem der großen Festzelte auf dem Gelände des Cannstatter Wasens ein verheerendes Feuer aus, das sich schnell ausbreitete«, erklärte die Moderatorin. »Wenig später ging in der Redaktion der ›Stuttgarter Zeitung‹ ein Bekennerschreiben ein. Demnach war ein Anschlag der Auslöser des Brandes. Über die Täter ist bislang nichts bekannt. Aus ermittlungstaktischen Gründen hat die Kriminalpolizei noch keine Einzelheiten über die Verfasser des Bekennerschreibens mitgeteilt.«

Als ich zum Sofa gegenüber sah, schien Jeannette in Schockstarre. Sie hielt das Weinglas an den Lippen, hatte aber vergessen, daraus zu trinken. Auch mir und Annika war der Appetit vergangen. Das konnte man von Teddy kaum behaupten. Er nahm sich ein weiteres Stück Pizza aus der Schachtel und biss herzhaft hinein. War er wirklich so gefühllos, oder wollte er vor Annika den starken Macker spielen?

Das Bild hinter der Moderatorin wechselte. Die noch intakte westliche Giebelseite des Zeltes wurde eingeblendet. Neugierige drängten sich vor dem Geländer und den Zugängen zu der hölzernen Außenterrasse. Als Bewegung ins Bild kam und die Kamera auf die Menschenmenge vor dem Eingangsbereich zoomte, ging mir auf, dass es sich um einen Film handelte. Vorsichtshalber zog ich das Genick ein. Würde ich gleich als Großaufnahme in meiner Verkleidung als Königin Katharina von Württemberg zu bestaunen sein?

Wie sich herausstellte, war meine Furcht unbegründet und vielleicht auch kindisch. Hier ging es um existenziellere Dinge als um eine Stadtführerin in einem historischen Kostümchen.

»Bei den Aufräumarbeiten entdeckte die Feuerwehr einen

Leichnam im Küchenbereich«, fuhr die Moderatorin fort und drehte sich ins Profil.

Nach einem Schwenk über die Schaulustigen gab es einen Schnitt zur nächsten Filmsequenz. Sie zeigte die vom Feuer verwüstete Küche mit Herdzeilen, Backöfen, der langen Theke, an der die Tabletts hätten befüllt werden sollen, und den Grillstationen für die Hühnchen. Die meisten Oberflächen waren durch die Hitze verformt und mit Ruß überzogen.

Die Kamera zoomte auf ein Regal mit tiefen Stellflächen, das für Tausende aufgestapelte Teller gedacht gewesen war. Die senkrechten Holzleisten des Regalgestells waren verbrannt und hatten unter dem Gewicht der metallenen Stellflächen nachgegeben. Die Kamera schwenkte weiter und fixierte eine silberfarbene Plastikplane auf dem mit Aschepfützen bedeckten Boden.

Schau weg, riet mir eine innere Stimme. Aber ich schaffte es nicht, den Blick von der Plane und dem, was darunter lag, abzuwenden.

»Laut Informationen der Polizei handelt es sich bei dem Toten um einen Mann«, kommentierte die Moderatorin die bedeckten menschlichen Überreste hinter ihr. »Die genauen Umstände seines Todes sind noch ungeklärt. Zurzeit wird die stark verbrannte Leiche im Robert-Bosch-Krankenhaus obduziert.«

Wieder wechselte das Bild im Hintergrund. Eine Filmsequenz zeigte, wie Feuerwehrmänner einen Zinksarg aus dem Seiteneingang des Zeltes trugen und in einen Leichenwagen einluden, der im abgesperrten Bereich parkte. Ich schnappte mir mein Weinglas und kippte den Inhalt hinunter.

Die Moderatorin fuhr nach einer Pause in sachlichem Tonfall fort. »Unser Reporterteam hatte Gelegenheit, mit dem Leiter der Ermittlungen zu sprechen.« Hinter ihr wurde das Standbild eines Mannes eingeblendet, bei dessen Anblick mich ein Frösteln überkam. Es war Kommissar Gabriel vom Dezernat für Tötungsdelikte. Als die Filmsequenz begann, sprach er offenkundig missgelaunt in ein Mikrofon, das ihm jemand vors Gesicht hielt. Von dem Reporter waren nur eine Hand und ein blau-weiß gestreifter Hemdsärmel zu sehen.

»Über die Identität des Toten können wir noch nichts sagen«, erklärte Gabriel und ließ die Schultern tiefer hängen. »Fest steht bisher nur, dass der Mann bereits tot war, als das Feuer ausbrach. In seinen Atemwegen und Lungen wurden keine Rußpartikel gefunden. Das Opfer weist schwere Verletzungen auf.«

»Es handelt sich also um ein Tötungsdelikt?«, suggerierte der unsichtbare Interviewer.

Kommissar Gabriels ungewöhnlich helle Augen blickten nun direkt in die Kamera. »Ja. Der Mann wurde Opfer eines Gewaltverbrechens.«

Wie ein Gongschlag dröhnte der letzte Satz durchs Wohnzimmer und hallte in meinem Kopf nach, der plötzlich wie leer gefegt war. Der Mann im Zelt war umgebracht worden. Und zwar nicht durch die Flammen, sondern durch Menschenhand. In den Auszügen aus dem Bekennerbrief in der »Stuttgarter Zeitung« war von einem Brandanschlag die Rede gewesen. Ein Anschlag und ein Mord. Wie passte das zusammen?

»Die Leiche weist Zeichen massiver Gewalteinwirkung auf, besonders im Bereich des Kopfes«, fuhr Kommissar Gabriel fort.

»Heißt das, der Mann wurde erschlagen?«, fragte der Interviewer nach.

Kommissar Gabriel nickte kaum merklich. »Wir gehen davon aus, dass der tödliche Schlag mit einem länglichen Gegenstand wie einer Metallstange ausgeführt wurde. Der Obduktionsbericht wird genaueren Aufschluss über die Tatwaffe geben.« Er drehte sich weg und verschwand halb aus dem Bild. Nur noch die Rückenansicht seines dunkelblauen Hemdes und sein Hinterkopf waren zu sehen.

Das Bild wackelte, als wäre der Kameramann von dem abrupten Ende des Interviews überrascht worden. Nach ein, zwei Sekunden hatte er sein Ziel wieder fest im Blick beziehungsweise im Fokus der Kamera.

Der Reporter schob hastig die nächste Frage nach. »Herr Kommissar, wie passt Ihre Einschätzung mit dem Bericht der ›Stuttgarter Zeitung‹ zusammen, wonach ein Brandanschlag auf das Festzelt verübt wurde?«

Gabriel blieb stehen und drehte sich zögerlich zur Kamera um, die Lippen aufeinandergepresst. Seine verschlossene Miene gab deutlich zu verstehen, dass er anderes zu tun hatte, als einem quotenhungrigen Fernsehteam Rede und Antwort zu stehen. »Darüber liegen uns noch keine Erkenntnisse vor«, formulierte er, ohne damit wirklich etwas zu sagen. Was dann folgte, warf allerdings ein völlig neues Licht auf die Sache. »Möglicherweise wurde der Brand gelegt, um das Tötungsdelikt zu tarnen.« Damit beantwortete er die Frage, die ich mir vor wenigen Minuten gestellt hatte.

Mit diesem Paukenschlag gab sich der Interviewer endlich zufrieden und ließ das Mikrofon sinken.

Das Gesicht der Moderatorin blieb unbewegt. »So weit Kommissar Gabriel über den Stand der Ermittlungen. Inzwischen wurde die ›Soko Wasen‹ eingerichtet«, erklärte sie und wandte sich wieder frontal den Menschen vor dem Fernseher zu. »Wir halten Sie über die Entwicklungen auf dem Laufenden.«

Hinter ihr wurde ein Luftbild des Volksfestes eingeblendet, das aus einem der Vorjahre stammen musste. Die beiden Riesenräder, die Achterbahn und die ausladenden Dachflächen der großen Festzelte waren gut zu erkennen. Auf der einen Seite erstreckte sich das breite Band des Neckars, auf der anderen Seite begrenzte die Mercedesstraße das Festgelände.

»Das zweitgrößte Volksfest der Welt zieht Jahr für Jahr über vier Millionen Besucher an. Dieses Jahr feiert der Wasen sein zweihundertjähriges Jubiläum«, fuhr die Moderatorin fort. Ohne den Blick von der Kamera zu lösen, sortierte sie ein Blatt Papier, das vor ihr auf dem Moderationstisch lag, zur

Seite. »Umso schrecklicher ist der Verdacht, das Feuer im Zelt des neuen Wasenwirtes Achim von Holsten könne auf einen Brandanschlag zurückzuführen sein. Die Eröffnungsfeier ist für morgen geplant. Höhepunkt wird der traditionelle Fassanstich durch den Stuttgarter Oberbürgermeister sein.«

Erneut drehte sich die Moderatorin zur Seite. Hinter ihr erschien eine Nahaufnahme des markanten Gesichts von Fritz Kuhn. »Guten Abend, Herr Oberbürgermeister«, begrüßte ihn die Moderatorin und begann das Gespräch mit einer Provokation, die man eher im Privatfernsehen erwartet hätte. »Droht jetzt die Absage des Volksfestes?«

In Fritz Kuhns Gesicht zeigten sich nach diesem Tag noch mehr Falten als sonst. Auf seiner Stirn hatten sich tiefe Furchen eingegraben. Nichtsdestotrotz blickten seine tiefblauen Augen zuversichtlich in die Kamera. »Wenn wir das Volksfest absagen, geben wir den Terroristen nach. Unsere offene Gesellschaft braucht den öffentlich zugänglichen Raum. Das Sicherheitskonzept auf dem Wasen wurde in den vergangenen Jahren kontinuierlich angepasst und optimiert. Noch nie haben Polizei und Veranstalter im Vorfeld so viele Sicherheitsmaßnahmen angekündigt wie vor dem Jubiläumswasen.«

Die Moderatorin ließ sich von seinen allgemein gehaltenen Sätzen nicht einlullen. »Aber nun stehen wir vor einer völlig neuen Situation, Herr Kuhn«, setzte sie nach. »Können Sie die Sicherheit der Besucher garantieren und weitere Anschläge ausschließen?«

Der Oberbürgermeister fuhr zusammen. Er schien überrascht von der Angriffslust der Moderatorin. Doch als gewiefter Medienprofi hatte er sich sofort wieder im Griff. »Seit heute früh gilt eine erhöhte Sicherheitsstufe«, sagte er mit vertrauenerweckender Miene. »Hunderte zusätzliche Beamte sichern das Gelände und führen strenge Zugangskontrollen durch. Dennoch müssen wir uns darüber klar sein, dass es eine hundertprozentige Sicherheit nicht geben kann.«

»Also rechnen Sie mit weiteren Anschlägen?«

Nach dieser erneuten Provokation der Moderatorin stieß

Jeannette einen abschätzigen Laut aus. »Die hat wohl zu viel Koffein intus.«

»Ich finde die Frage wichtig«, widersprach ihr Annika. »Wenn ich mir vorstelle, so etwas passiert noch einmal, während ich auf dem Wasen bin …«

Auf dem Bildschirm hob Fritz Kuhn verteidigend die Hände. »Es gibt keine konkreten Gefährdungshinweise bezüglich des Wasens. Die Polizei ermittelt in alle Richtungen, um den Anschlag schnell aufzuklären und die Täter dingfest zu machen. Dabei hilft uns die Videoüberwachung. Der Cannstatter Wasen und die Randbereiche werden flächendeckend mit Kameras beobachtet.«

»Gibt es bereits erste Anhaltspunkte zum Brandanschlag?«

»Die gibt es. Aber Sie verstehen sicher, dass diese Hinweise vertraulich behandelt werden.«

»Der Wasen wird also wie geplant morgen um fünfzehn Uhr eröffnet?«

»Davon können Sie ausgehen«, erklärte Fritz Kuhn. »Mit noch einmal deutlich erhöhter Polizeipräsenz wollen wir das Sicherheitsgefühl der Besucher stärken.«

Die Moderatorin bedankte sich und leitete zum nächsten Thema über, dem neuesten Kapitel in der endlosen Geschichte der Tricksereien rund um Dieselgate.

»Dann hoffe ich, mein Sicherheitsgefühl wird auch gestärkt.« Teddy stand auf und zeigte Richtung Küche. »Noch jemand Hunger?«

Jeannette winkte ab. »Nein, das muss ich erst verdauen. Dafür brauche ich einen Schnaps. Im Schrank neben dem Fenster«, wies sie Teddy an und warf einen Blick in die Runde. »Ihr auch?« Annika und ich nickten. »Vier Gläser, Herr Ober.«

Teddy verzog sich in die Küche und kramte im Schank herum.

»Kameras! Darauf hätten wir auch selbst kommen können.« Ich nahm die Füße von der Armstütze des Sessels und robbte mich in die Senkrechte. »Auf dem Wasen sind an mehreren Stellen Kameras installiert, zehn sind es mindestens. Das gehört zum neuen Sicherheitskonzept, seit die Achse des Bösen auch bis ins Ländle reicht.«

Jeannette zupfte an ihrer Unterlippe herum. »Auf den Bändern müsste zu sehen sein, wer den Brand in unserem Zelt gelegt hat. Die Kripo ist bestimmt schon dabei, die Daten auszuwerten. Wetten, die haben bald einen Tatverdächtigen?«

»Du bist ziemlich zuversichtlich«, erwiderte ich. »Während des Volksfestes sind Polizeibeamte vor Ort und überwachen den Festplatz. Aber noch ist der Wasen nicht eröffnet. Fragt sich also, ob die auch schon die letzten Tage über Dienst geschoben haben.«

»Damit liegst du hoffentlich richtig«, meinte Jeannette. »Und hoffentlich war eine der Kameras zum fraglichen Zeitpunkt auf unser Zelt gerichtet.«

»Soweit ich weiß, gibt es auch eine Live-Cam mit Blick auf die Fruchtsäule«, sagte Annika. »Die kann man sogar per Web beobachten. Wenn der Blickwinkel stimmt, müsste die das Zelt von Herrn von Holsten erfasst haben.«

»Also, ich erfasse den Rest der Pizza«, meldete sich Teddy mit einer Flasche Schnaps unterm Arm zurück im Wohnzimmer. Er stellte den letzten Karton auf den Tisch und holte vier Schnapsgläser aus den Taschen seiner Jeans. »Wer will noch was?«

Als Teddy nach einer zweiten Runde erneut die Flasche kreisen ließ, hielt ich die Hand über mein Glas. Pizza, Wein, Schnaps und die alarmierenden Neuigkeiten aus den Nachrichten hatten mir genug zugesetzt. Wenn ich mit Georg telefonierte, wollte ich einen halbwegs klaren Kopf haben.

Jeannette begann damit, Einsatzkräfte für eine Wochenendschicht auf ihrer Baustelle in Beuren zu akquirieren. »Wie gesagt, so viel ist gar nicht mehr zu tun. Im Spielzimmer unterm Dach müssen wir die Kratzbäume mit Winkeln an der Wand befestigen, das ist in ein paar Stunden getan.«

»An der Wand befestigen?«, echote Teddy wenig begeistert. »Im Dachstuhl? Das heißt an Schrägen. Klingt nach Arbeit.«

»Die Schrägen sind nicht steil, und die meisten Winkel können wir an den senkrechten Wänden der Giebelseite befestigen«, erwiderte Jeannette. »Im Garten möchte ich ein paar kleine Birken und halbhohe Büsche setzen, damit es um die Käfige herum schön grün ist.«

Als ausgekochte Werberin verstand sie sich auf Verkaufstechniken. Dennoch wollte niemand sich als Erster freiwillig für einen Wochenendeinsatz am Fuß der Alb melden, zumal wir das Festzelt betreuen mussten.

»Wie wäre es am Samstag?«, setzte Jeannette erneut an. »Bea, da kannst du gleich nach deiner Führung auf Burg Hohenneuffen vorbeikommen.«

Ich gab mich geschlagen. »Also gut, einverstanden. Aber nur, wenn die Kollegen uns unterstützten.« Erwartungsvoll sah ich zu Teddy, der übertrieben interessiert das Etikett der Schnapsflasche studierte.

Mein Ex warf mir einen genervten Blick zu. Dann sah er zu Jeannette und zeigte seine Grübchen. »Was bietest du mir dafür?«

Jeannette lachte. »Verstehe. Sagen wir, ich biete dir im Gegenzug einen kleinen Nebenjob. Du darfst das Logo meiner Katzenpension entwerfen.«

»Ein unwiderstehliches Angebot«, raunte Teddy in Gangstermanier. Er legte den Arm um Annikas Schultern und zog sie näher zu sich. »Und was ist mit dir, Annika? Was hältst du davon, wenn ich das Dach im Alfa zurückklappe und wir uns die frische Luft während der Fahrt aufs Land teilen? Abends düsen wir zum Wasen. Wir sind zusammen eingeteilt, das habe ich im Agenturkalender gesehen.«

»Was für ein Zufall«, kommentierte Jeannette. Mit weiteren Bemerkungen hielt sie sich zurück, schließlich wollte sie Teddy oder genauer gesagt seine Muskelkraft nicht vergraulen.

»Ja, nicht wahr?« Teddy grinste und zwinkerte Annika zu, deren Wangen kirschrot leuchteten. Aber das konnte auch am Alkohol liegen.

»Du, Katzenmama, wie soll dein Etablissement überhaupt heißen?«, fragte Teddy Jeannette. »Hast du schon einen Namen für die Miezenbude?«

»Wie findet ihr ›Leise Pfote‹?« Jeannette griff nach der Schnapsflasche und füllte ihr Glas erneut zur Hälfte.

Erstaunlich, wie locker sie den Alkohol wegsteckte, dabei wog sie nur etwas über einen Zentner.

»Auch ›Pension Mieze‹ fände ich super. Als härtere Variante käme ›Bootcamp Miau‹ in Frage.«

Teddy lachte aus vollem Hals. »Bootcamp? Das ist cool, Jeannette. Willst du ein Ausbildungslager für Kampfkatzen eröffnen?«

Während die drei sich mit der Namensgebung für Jeannettes Katzenpension beschäftigten, verließ ich das Wohnzimmer. Ich verzog mich mit dem Handy in mein Zimmer, um ungestört mit Georg zu telefonieren. Das Bett sah ungemein verlockend aus, aber die Gefahr war groß, mitten im Telefonat wegzudämmern. Das lag nicht an Georgs ruhiger, besonnener Art, sondern an meiner Erschöpfung.

Ich ließ mich auf dem unbequemen Holzstuhl vor dem Fenster nieder und tippte die Kurzwahltaste für Georgs Handynummer. Meine Füße fühlten sich mindestens zwei Nummern größer an als heute Morgen. Als ich sie auf die Fensterbank legte, spürte ich die Kühle des Marmors an meinen Fersen. Durch einen Spalt zwischen den benachbarten Häusern konnte ich am Nachthimmel über der Karlshöhe ein paar Sterne leuchten sehen, die genug Power hatten, um mit der Lichtverschmutzung im Kessel mitzuhalten.

»Hallo, Liebes«, meldete sich Georg nach wenigen Klingeltönen. »Wie schön, von dir zu hören. Als ich in den Nachrichten die entsetzlichen Aufnahmen vom Wasen gesehen habe, hab ich sofort versucht, dich zu erreichen. Wie fühlst du dich?«

Georg hatte angerufen? Ich stutzte kurz, denn mein Handy zeigte keinen Anruf von ihm an. Dann fiel mir unser Festnetzanschluss ein. Den meinte er vermutlich.

Die Wärme in Georgs Stimme tat mir gut. Unwillkürlich lockerten sich die verkrampften Muskelstränge in meinem Nacken, und meine Schultern sanken ein ganzes Stück tiefer. »Wir waren bis nach neun in der Agentur. Es gibt noch viel zu tun bis zur Eröffnung morgen. Wenn die überhaupt stattfindet. Ich meine jetzt, nach dem Anschlag und der … der Leiche im Zelt.«

»Der Tag muss ein Alptraum für dich gewesen sein. Für deine Kollegen natürlich auch. Ich wäre jetzt gerne bei dir, dann könnte ich dich trösten.«

Meine Augen füllten sich mit Tränen, aber ich biss die Zähne zusammen. Trotz aller Hiobsbotschaften hatte ich den ganzen Tag über die Fassung bewahrt und wollte auch jetzt nicht in Selbstmitleid versinken. »André hat am frühen Morgen hier angerufen und uns in die Agentur beordert. Kaum hatte er uns von dem Feuer erzählt, tauchte Gerit plötzlich auf und berichtete von dem Bekennerschreiben. Und dann wurde der Tote im Zelt gefunden. Der Kommissar sagte, der Mann sei bereits tot gewesen, als das Feuer ausbrach. Ich kapier einfach nicht, was das alles soll. Warum sollte jemand ausgerechnet unser Zelt anzünden?«

»Dafür gibt es bestimmt eine Erklärung. Aber das herauszufinden ist Aufgabe der Polizei. Es ist am besten, du konzentrierst dich auf deine Führungen.«

Und fängst nicht selbst an, auf dem Wasen herumzuschnüffeln, hörte ich Georgs Stimme in meinem Kopf weitersprechen. Durch das gekippte Fenster war das Getöse der Autos aus dem Schwabtunnel zu hören, der nur ein paar Häuser entfernt begann.

»Ach, Georg, wie soll ich mich nach dem, was im Festzelt passiert ist, auf meine Führungen konzentrieren? Ich bin fast jeden Tag auf dem Wasen und sehe das zerstörte Zelt und die Absperrungen rund um die Stelle, an der die Feuerwehr die Leiche gefunden hat. In der Stadt sind so viele Polizisten unterwegs wie noch nie. Keiner hat eine Ahnung, wie es auf dem Wasen weitergeht.«

»Das musst nicht du entscheiden, Liebes. Warte einfach ab, was dein Chef sagt.«

»Du meinst, ich soll mich aus der ganzen Sache raushalten.«

Georg seufzte. »Bea, ich meine es doch nur gut. Du neigst nun einmal dazu, dich in Dinge einzumischen, die dich im Grunde nichts angehen.«

Wir schwiegen eine Weile. Ich nahm die Füße von der Fensterbank und massierte die Ballen. Von draußen drang Hupen herein. Jemand mit zu viel Testosteron im Blut trat das Gaspedal durch und rauschte mit aufheulendem Motor in den Schwabtunnel.

»Bea, bist du noch da?«

»Ja, bin ich. Lass uns bitte von was anderem reden. Scheint in Hamburg die Sonne?«

»Kaum zu glauben, ja. Hier ist richtiges Sommerwetter.« Am weichen Klang von Georgs Stimme hörte ich, dass er lächelte. »Heute Abend war ich mit Kollegen in einem Fischlokal an der Binnenalster ...«

Er schilderte sein köstliches Abendessen und das entspannte Miteinander mit Kollegen aus ganz Deutschland, die wie er auf Tätigkeiten im Management vorbereitet wurden. Meine Gedanken schweiften ab, und das Kino in meinem Kopf begann mit einer Spätvorstellung. Ich sah verkohlte Bierbänke vor mir, die Reste der goldenen Krone, die der Feuerwehrmann vom Firstbalken gestoßen hatte, die verschlossenen Züge des Kommissars. Und dann erschien ein Foto aus den Nachrichten vor meinem inneren Auge. Es zeigte die silberfarbene Plane, mit der die menschlichen Überreste abgedeckt waren. Wer war der Tote? Kannte ich ihn? Hatte ich vielleicht sogar an dem Tag mit ihm gesprochen, als sein Leben auf so entsetzliche Weise zu Ende ging?

Ausgelassenes Gelächter drang aus dem Wohnzimmer herüber und holte mich aus meinen trüben Gedanken.

Auch Georg waren die Lachsalven nicht entgangen. »Bea, was ist los bei euch? Das hört sich an, als veranstaltet ihr eine

Party. Findest du das nicht unpassend?« Seine Stimme klang reserviert.

»Eine Party? Nein, nein. Uns ist nicht nach Feiern zumute, das kannst du mir glauben. Wir haben nur zusammen die Nachrichten verfolgt. Mit wir meine ich Jeannette, Annika und Teddy.« Sofort biss ich mir auf die Lippen, aber da war der Name meines Ex bereits ausgesprochen. Teddy war ein Tabuthema zwischen Georg und mir, und dafür gab es gute Gründe.

Eine Zeit lang war es still. So still, dass ich Georgs unausgesprochene Frage kaum überhören konnte: Teddy ist auch da? Bei dir in der Wohnung?

Mir fiel nichts Besseres ein, als mich nach seiner Fortbildung zu erkundigen, obwohl mich das Thema herzlich wenig interessierte. Mit Banken verband ich nur Unerfreuliches. Georg und ich sprachen noch ein paar Minuten miteinander, aber ich war nicht mehr richtig bei der Sache. Gegen zwölf putzte ich mir die Zähne und verkroch mich unter der Bettdecke.

»Girls, ich will euch crazy sehen. Zeigt eure Kurven! Macht mich an! Ihr müsst hot aussehen, als wärt ihr auf Sex aus!« Fotograf Werner war mit seiner Phantasie auf Speed, wie immer, wenn er weibliche Wesen vor der Kamera hatte. Auch wenn es diesmal keine knackigen jungen Dinger waren, sondern nur Annika und ich im Dirndl.

Mit Annika war er in dieser Runde halbwegs zufrieden. Sie trug ein hellgrünes Dirndl mit schwarzer Spitzenbluse. Die braunen Locken waren zu Zöpfen geflochten und mit grünem Samtband gebändigt. Ihr mädchenhaftes Aussehen in Kombination mit den vamphaften Posen, die sie ihm anbot, waren genau das, was er sehen wollte. Leider schaffte ich es nicht, so aus mir herauszugehen, wie Werner es verlangte. Das war kein Wunder. Auf die Idee, den schmierigen Fotografen anzumachen, würde ich niemals kommen.

»Bea, schieb die Hüfte raus und spiel mit deiner Schleife«, versuchte Werner es erneut. Abrupt richtete er sich auf, ließ die Kamera sinken und fasste sich an die Stirn, als wäre ich eher Miss Doof als Miss Wasen. »Links, Mädchen, deine Schleife muss auf der linken Seite sitzen, sonst geht mein flirty Konzept nicht auf. Wenn die Schleife links gebunden ist, heißt das, du bist ledig und willst angebaggert werden. Und genau das wollen wir unserer Zielgruppe vermitteln, kapiert?«

Es gab eine kurze Unterbrechung, solange ich mit Unterstützung von Pauline die goldene Schürze über meinem roten Dirndl neu band. Diesmal auf der linken Seite, wie Werner es wollte. Hätte er mir ja vorher sagen können. Hättest du wissen müssen, äffte meine innere Stimme, schließlich schreibst du Werbetexte über Dirndlmode. Davon abgesehen, hatten Jeannette und ich erst vorgestern auf Facebook die geheime Kommunikation der Dirndlschleifen gelüftet. Je nachdem, wo die Schleife der Schürze saß, links oder rechts von der

Taille, in der Bauchmitte oder auf dem Rücken, vermittelte die Dirndlträgerin wichtige Informationen zu ihrem Beziehungsstatus: War sie verheiratet oder ledig? Handelte es sich um eine verwitwete Frau? War sie heute in Flirtlaune?

Auf ein Neues. Zähne zeigen, Hüfte raus, Maßkrug hochheben. Diesmal versuchte ich jeden Zweifel aus meinem Gehirn zu verbannen und mir vorzustellen, vor mir stünden Chris Pine oder Ryan Reynolds und würden mich umwerben, als wäre ich die begehrenswerteste Frau auf diesem Planeten. Oder je nach Filmgenre auch die letzte Überlebende nach einer globalen Umweltkatastrophe. Chris Pine alias Captain Kirk könnte mich mit der Enterprise abholen, und wir würden sein nächstes Abenteuer in den Weiten des Alls gemeinsam bestehen. Diese aufregende Vorstellung brachte mich endlich zum Lächeln.

Blöderweise ließ Werner genau in dieser Sekunde die Kamera sinken und winkte Pauline, die als Stylistin fungierte. »Pauline, eine Runde Concealer für die beiden. Augenschatten abdecken!«

Als er sich an Annika und mich wandte, klang er enttäuscht. »Mensch, ihr seht aus, als hättet ihr eine Leiche gesehen!« Sein Gesicht unter dem Erol-Flynn-Bärtchen versteinerte, als ihm aufging, wie nahe seine Äußerung der Realität kam. »Okay, kurze Pause«, sagte er knapp und ließ uns im Besprechungsraum allein. Sein Ziel war Andrés superteure Kaffeemaschine, die wie eine moderne Skulptur auf der Arbeitsplatte in der Küche thronte und nur mit exklusivem Bohnenmaterial befüllt werden durfte. Werner würde sich mit Koffein dopen, um die nächste und hoffentlich letzte Shootingrunde mit mir Versagerbraut zu überstehen. Dass Annika nun auch schwächelte, war kein Trost.

»Dafür verlange ich Schmerzensgeld von André«, knurrte ich durch die Zähne und versuchte, mein Gesicht unbewegt zu halten, damit Pauline die Augenringe mit einem Schwämmchen zweifelhafter Herkunft abdecken konnte. »Der behandelt mich, als wäre ich ein Kleiderständer.«

»Mehr als ein sexy Gestell mit ordentlich Fleisch an den richtigen Stellen sollst du auf den Fotos auch nicht sein«, klärte mich Teddy auf, der unbemerkt den Raum betreten hatte. Als Artdirector war er für den Stil und das *Look and Feel*, wie man in unserer Branche sagte, verantwortlich und hatte jedes Recht der Welt, das Shooting zu verfolgen. Trotzdem bekam ich seinetwegen feuchte Handflächen. Noch einer, vor dem ich mich lächerlich machte. Und dann auch noch jemand, der jeden Zentimeter meines nackten Körpers mit all seinen Schwachstellen kannte.

Werner kehrte mit einem verlockend duftenden Espresso zurück und dirigierte mich vor die goldfarbene Brokattapete, die extra für das Shooting an der Wand befestigt worden war. Das Drama ging in seinen nächsten Akt.

»Schau dir die Ornamente an der Tapete an, Bea«, variierte Werner seine Motivationsmethode. »Siehst du, wie sinnlich die Schnörkel wirken? Genauso musst du rüberkommen, okay?«

Mit verschränkten Armen lehnte Teddy am Besprechungstisch und verfolgte meine halbherzigen Versuche, mit einem Maßkrug in der Hand verrucht auszusehen. Die Grübchen neben seinen Mundwinkeln machten die Sache keinen Deut besser. Weil ich versuchte, nicht in Teddys Richtung zu sehen, verkrampfte ich zusehends.

»Mädchen, das ist keine Generalprobe, du bist mitten im Auftritt.« Werner raufte sich die schütter werdenden Haare und schien kurz davor, aufzugeben.

Um mir diese Blamage zu ersparen, stellte ich mir vor, ich wäre Kandidatin in Heidi Klums frauenverdummender Topmodel-Show und müsste den Bierkrug lebendig aussehen lassen. Etwas Ähnliches hatte der US-amerikanische Laufstegcoach Bruce Darnell den Kandidatinnen vor Jahren über Handtaschen einzubläuen versucht.

Gehirn ausschalten, sagte ich mir und schob die Hüfte raus, bis mein Gelenk protestierte.

*Drama, Baby, Drama*, ertönte Bruce Darnells Stimme in

meinem Kopf. Ich ließ den Bierkrug kreisen und zeigte die Zahnreihen.

Diesmal schien es zu klappen. Enthusiastisch umkreiste mich Werner mit seiner Kamera. »Geil, Bea. Ja! Gib mir mehr! Küss den Maßkrug.«

Mittlerweile war ich völlig enthemmt. Ich riskierte sogar einen Blick auf Teddys Grübchen und nutzte das Prickeln in meinem Unterleib, um einen erotischen Gesichtsausdruck hinzubekommen. Voller Leidenschaft presste ich die Lippen an den Bierkrug.

»Großartig, Bea! Geil. Bleib genau so! Endlich gehst du aus dir raus«, rief Werner verzückt und ließ den Fotoapparat klicken.

Genau in diesem Moment schwang die Tür auf und knallte gegen Werners Rücken. Der Fotograf verlor das Gleichgewicht, ließ die Kamera sacken und plumpste vornüber auf alle viere.

Hinter der Tür erschien das ungerührte Gesicht von Kommissar Gabriel. Mit wenigen Blicken schien er die Situation zu erfassen. Als er mich in Action mit dem Bierkrug sah, hoben sich seine Mundwinkel. »Tut mir leid, wenn ich Sie bei etwas Wichtigem störe. Aber ich ermittle in einer Mordsache und habe noch ein paar Fragen.«

Seine gesetzte Miene und der Todesfall in unserem Festzelt verboten jeden Gedanken an einen Scherz, doch ich war mir meiner Sache nicht hundertprozentig sicher. Kommissar Gabriel und ich hatten schon mehrfach miteinander zu tun gehabt, und sein subtiler Humor war mir nicht entgangen.

Ich fragte mich, ob ich vielleicht etwas übers Ziel hinausgeschossen war. Und ein Auge zu viel auf Teddys verfluchte Grübchen riskiert hatte. Höchste Zeit, mich wieder in die unbeholfene und unsexy, dafür aber beherrschte Bea Pelzer zurückzuverwandeln. »Kommissar Gabriel! Sie sind meine Erlösung.« Ich ließ den Bierkrug sinken und lockerte die Lippen, die vom Küssen verkrampft waren.

»Guten Tag, Frau Pelzer.« Kommissar Gabriel trat in den

Besprechungsraum und verfolgte aus Augenhöhe von geschätzt einem Meter fünfundachtzig, wie Werner auf dem Parkett Arme und Beine sortierte.

»Sonst freut sich nie jemand, mich zu sehen. Angenehm, dass Sie die Ausnahme bilden, Frau Pelzer.«

Mit diesem Satz holte er mich endgültig in die Realität zurück.

Hinter Gabriel schlüpfte Jeannette herein. Auch sie stutzte bei Werners Anblick, der Halt am Glastisch suchte und sich ungelenk in die Höhe zog. Teddy prustete und drehte sich weg.

Als Werner sich aufgerappelt hatte, begrüßte ihn der Kommissar mit einem besonnenen Blick. »Ich würde gern mit Frau Wagenbach und Frau Pelzer allein sprechen, wenn das möglich ist.«

Werner hob die freie Hand und machte den Mund auf, um zu protestieren. Noch rechtzeitig schien ihm einzufallen, dass es auf der Welt Wichtigeres gab als sein Trachtenshooting. »Gut, Herr Kommissar. Aber muss das unbedingt hier sein? Wenn Sie woanders mit den Damen sprechen würden, könnte ich weitermachen.«

»Wenn ein anderer Raum zur Verfügung steht, kein Problem.«

»Wir könnten uns in die Küche verziehen«, schlug Jeannette vor. »Leider wachsen den Wänden dort oft Ohren, wenn Sie verstehen. Besser, wir gehen in unser Büro. Das ist zwar winzig, aber man kann wenigstens die Tür schließen.«

Zwei Minuten später überließ Jeannette dem Kommissar ihren komfortablen Drehstuhl und rückte für sich den Hocker zurecht, der in einer Ecke für Besucher bereitstand. Ich setzte mich hinter meinen Schreibtisch, der einen willkommenen Schutzwall zwischen mir und dem Kommissar bildete.

»Gut. Ich möchte Sie nicht länger als nötig von der Arbeit abhalten«, begann er und straffte die Schultern. »Aber wir haben neue Erkenntnisse über den Leichnam, den die Feuerwehr im Festzelt gefunden hat.«

Mein Hals schnürte sich zusammen. Nur mit Mühe konnte ich den Pfropfen Spucke hinunterwürgen, der sich in meinem Mund gesammelt hatte.

»Die Kollegen von der Rechtsmedizin haben mich darüber informiert, dass es sich bei dem Toten um Achim von Holsten handelt, den Betreiber des Zeltes.«

Sekundenlang hing Schweigen im Raum. Dann stutzte Jeannette. »Herr von Holsten soll der Tote sein?« Sie schüttelte entschieden den Kopf. »Das muss ein Irrtum sein, Herr Kommissar. Er hat uns gestern Mittag noch angerufen. Den genauen Zeitpunkt weiß ich nicht mehr, aber es war auf jeden Fall mehrere Stunden nach dem Brand im Zelt.«

Kommissar Gabriel blinzelte irritiert. »Herr von Holsten hat Sie angerufen, Frau Wagenbach? Das kommt überraschend. Bitte erzählen Sie mir mehr über dieses Telefonat.« Er zog ein schwarzes Notizbuch aus seinem Jackett und nahm den Kugelschreiber zur Hand, der in einer Lasche steckte. »Wann genau haben Sie mit Herrn von Holsten gesprochen?«

»Na ja.« Jeannette kratzte sich an der Nase. »Genau genommen habe ich nicht direkt mit ihm gesprochen. Er hat uns eine SMS geschickt.«

»Uns?« Gabriel sah von seinen Notizen auf und warf die Stirn in Falten.

Jeannette zeigte auf mich und auf sich. »Ja, Bea und mir. Und natürlich Helena, die war auch dabei.«

»Genau genommen ging diese SMS an Helenas Handy«, erinnerte ich Jeannette und wandte mich an Kommissar Gabriel. »Jeannette und ich waren zu diesem Zeitpunkt in Helenas Büro, um über das Ersatzzelt zu sprechen.«

»Genau, das Ersatzzelt!«, rief Jeannette und richtete sich auf. »Deshalb war von Holsten unterwegs nach München. Um das Zelt zu holen. Und von unterwegs hat er die SMS an Helena geschickt.«

»Sie sprechen von Helena Römerstein?«, vergewisserte sich Gabriel und notierte etwas. »Frau Römerstein arbeitet hier in der Werbeagentur, wenn ich richtig informiert bin.«

»Ja, seit ungefähr zwei Monaten«, erwiderte ich. »Sie ist Eventmanagerin und für das Marketing und die Veranstaltungen im Festzelt zuständig.«

»Und die fragliche SMS von Herrn von Holsten war an Frau Römersteins Handy adressiert, sagten Sie?«

»So war es«, bestätigte ich und sah kurz zu Jeannette. Die winkte ab und überließ das Reden ausnahmsweise mir. »Wie gesagt, die SMS kam während unserer Besprechung in ihrem Büro an.«

»Wann war das genau?«

»Nach der Mittagszeit, irgendwann zwischen eins und zwei.«

»Und die Nachricht kam von Herrn von Holsten? Beziehungsweise von seinem Handy?«

Vor meinem geistigen Auge versuchte ich die Situation zu rekonstruieren. »Ja, ich denke schon. Wir haben die Textnachricht allerdings nicht mit eigenen Augen gesehen. Helena hat die SMS gelesen und uns erzählt, was drinsteht.«

»Und was war das genau?« Gabriel hielt den Stift einsatzbereit.

»Er sei unterwegs und würde sich später bei ihr melden.«

»Das war alles?«

»Ja, Herr Kommissar.«

Gabriel machte sich Notizen und hielt ein paarmal inne, als würde er das Erzählte rekapitulieren. Dann sah er auf. »Herr von Holsten kann zu diesem Zeitpunkt keine Nachricht mehr gesendet haben. Aus dem einfachen Grund, weil er bereits seit Stunden tot war.«

Das war mir inzwischen klar. Aber nicht die Sache mit dem Zelt. »Aber wie kann Herr von Holsten das Ersatzzelt aus München geholt haben, wenn er schon tot war?«, fragte ich in die Runde.

Jeannette hob den Zeigefinger. »Irgendwas stimmt da nicht.«

»Nun, das wird sich hoffentlich bald klären«, beendete Kommissar Gabriel unsere Spekulationen. »Eigentlich bin ich hier, um Sie und Ihre Kollegen zu fragen, wann Sie Herrn von Holsten das letzte Mal gesehen haben.«

»Sie meinen, als er noch am Leben war?« Jeannette spitzte die Lippen und überlegte. »Das muss am Tag des Brandes gewesen sein. Also am Mittwoch. Bea und ich waren am späten Nachmittag bei ihm im Zelt, um zu klären, wo die Werbeplakate für unsere Trachtenkollektion platziert werden.«

Kommissar Gabriel schlug sein Notizbuch zu. »Danke, vorläufig habe ich keine Fragen mehr an Sie. Wegen der SMS würde ich nun gern Frau Römerstein sprechen.«

»Die müsste in ihrem Büro sein.« Jeannette erhob sich vom Hocker. »Ich bringe Sie zu ihr. Unser Nachwuchsmodel Bea muss zurück auf den Laufsteg.«

Nach einer weiteren Session vor Werners Kamera – diesmal ohne die Inspiration von Teddys Grübchen – fühlten sich meine Mundwinkel an, als wären sie in der Lächelposition festgetackert. Vor lauter gedankenlosem Herumstöckeln, Bierkrugknutschen und angedeutetem Schunkeln waren Tausende meiner Gehirnzellen abgestorben.

Auch meine Zehen hatten gelitten und protestierten durch die Bildung von schmerzhaften Blasen gegen mein Schuhwerk. Ausgelaugt humpelte ich ins Büro zurück, die unbequemen Trachten-High-Heels in den Händen statt an den Füßen. Auf dem Flur begegnete mir Jeannette. Sie hatte ihre Lederhose gegen ein gelbes Dirndl mit rosa Schürze und Trachtenboots vertauscht und war auf dem Weg zum Wasen. Obwohl Peter und André sie auf dem Parkplatz vor der Agentur erwarteten, nahm sie sich kurz Zeit, um ein folgenreiches Missverständnis aufzuklären.

»Tote fahren keine Zelte hin und her, da hat der Kommissar recht. Von Holsten war gar nicht bei dem Treck dabei, der das Ersatzzelt aus München hertransportiert hat«, sagte sie. »Das waren ein paar Mitarbeiter aus seinem Team, hat mir eben André erklärt.«

»Aber wieso haben wir alle gedacht, er sei auf der Autobahn unterwegs und könne deshalb nicht an sein Handy gehen?«

»Das hab ich mir in der Zwischenzeit zurechtgereimt. Ganz einfach. Keiner hat ihn beim zerstörten Zelt gesehen. Daher sind alle davon ausgegangen, dass er auf dem Weg nach München ist.«

Fassungslos schüttelte ich den Kopf. »Also ein typischer Fall von mangelnder Kommunikation. Und so was nennt sich Kommunikationsbranche.«

»Ich muss los, sonst reißt mir André den Kopf ab. Unser Häuptling stellt einen neuen Rekord in Sachen schlechte Laune auf. Bis später.«

Wegen meiner anfänglichen Hüftsteifigkeit hatte das Shooting deutlich länger gedauert als geplant. Entsprechend hektisch verliefen die folgenden Stunden. Laut Zeitplan hätte Jeannette längst ein Interview mit Achim von Holsten in den sozialen Medien und auf der Website des Festzeltes posten sollen. Das Gespräch hatte ich bereits vor Tagen mit ihm geführt. Doch nun war der Festwirt tot.

Was sollte ich tun? Jeannette war mit Peter und André auf den Wasen gefahren, um das Ersatzzelt mit vereinten Kräften für den offiziellen Start des Volksfestes am Nachmittag vorzubereiten. Es war Andrés erklärtes Ziel, zumindest die Versailles-Bar bis dahin für durstige Wasengäste zu öffnen. Ein Besucheransturm, wie wir ihn erhofft hatten, würde es nicht werden. Schon aus dem einfachen Grund, weil das Ersatzzelt nur für höchstens fünfhundert Gäste Platz bot. Im zerstörten Festzelt waren es fast fünfmal so viele Plätze gewesen.

Unter Peters Handynummer meldete sich nur die Mailbox. Dafür ging André ran, kaum war der erste Klingelton vorbei.

»Was soll die Frage?«, blaffte er mich an. »Selbstverständlich stellen wir das Interview online. Nur weil von Holsten tot ist, verschwenden wir nicht unser wertvolles Material.«

Sensibilität gehörte kaum zu Andrés hervorstechendsten

Charaktereigenschaften. Trotzdem schnappte ich schockiert nach Luft. Wie konnte man derart kaltherzig sein? André war ein abschreckendes Beispiel dafür, was der Turbokapitalismus aus manchen Menschen machte. Kein Wunder, dass unsere Gesellschaft langsam, aber sicher den Bach runterging.

»Schreib ein neues Intro, Bea«, befahl André. »Das wirst du hoffentlich allein hinbekommen. *Mon Dieu!* Ich habe Wichtigeres zu tun, als dir jedes Wort zu soufflieren.« Sprach's und beendete die Verbindung.

Wenn es nach mir gegangen wäre, hätte Achim von Holsten in Frieden ruhen können. Zumindest virtuell. Aber André zahlte nun einmal meine Brötchen.

Mit einem Klick öffnete ich die Interviewdatei. Die Fragen hatte ich vorher mit André abgestimmt, der großen Wert darauf legte, sein Unternehmen als eine der führenden Werbeagenturen Deutschlands darzustellen, auch wenn sich dabei die Balken bogen. Was bedeutete: Die Namen André Hohlberg und Hohlbergs Reich mussten oft auftauchen. Sonst fügte ich mich dem Willen meines cholerischen Chefs. Aber heute gab es etwas in meinem Inneren, das sich verweigerte. War das Interview mit von Holsten nicht so etwas wie seine letzten Worte? Für mich stellte es eine Art Vermächtnis dar. Entsprechend sorgfältig ging ich mit dem vorhandenen Textmaterial um und ließ sämtliche Übertreibungen weg. Den Namen der Agentur erwähnte ich lediglich einmal, das musste genügen.

Als ich mit dem Interview zufrieden war, klickte ich die Fotos durch, die Werner während des Gesprächs aufgenommen hatte. Achim von Holsten hatte eine edle Hirschlederhose mit goldenen Stickereien am Bund getragen, dazu ein blau-weiß gemustertes Hemd mit Stehkragen und eine graue Filzweste mit blauem Einstecktuch. Auch die schwarzen Haferlschuhe mit den hellen Nähten stammten aus Andrés Kollektion.

Als ich in das attraktive, von der Sonne gebräunte Gesicht des Festwirts blickte, überkam mich eine große Traurigkeit.

Ich nahm die Hände von der Tastatur und ließ sie in den Schoß sinken. Achim von Holsten war mir von Anfang an sympathisch gewesen. Ein zupackender, verbindlicher Mann mit einwandfreien Manieren und einer zuvorkommenden Art gegenüber Frauen. Auf einem Foto, das mir besonders gut gefiel, lächelte der große, schlanke Festwirt direkt in die Kamera. Um seine kastanienbraunen Augen spannte sich ein Netz aus Fältchen. Die dunklen Augenbrauen wirkten markant unter den weißgrauen Haaren, die locker aus dem Gesicht gekämmt waren. Ein kantiges Kinn mit Grübchen, die Nase feingliedrig und elegant geformt. Das Gesicht erinnerte mich eher an einen reichen Hamburger Kaufmann als an einen bayerischen Festwirt. Viele Menschen wirkten in Tracht eher volkstümlich und bieder. Achim von Holstens Souveränität konnten auch Haferlschuhe und Filzweste nichts anhaben.

Es war schon halb drei durch, als ich das Interview online stellte. Zu spät, um noch rechtzeitig zur offiziellen Eröffnung des Volksfestes in Cannstatt zu sein. Vielleicht entging André meine Abwesenheit in dem ganzen Trubel. Zumal ich hier genug zu tun hatte. Zum Beispiel das Skript für meine Führung morgen vorzubereiten. Die fand ausnahmsweise weder auf dem Wasen noch auf dem historischen Volksfest statt, das aus Anlass des runden Jubiläums auf dem Schlossplatz veranstaltet wurde. Meine Tour führte mich an den Albrand, genauer gesagt auf Burg Hohenneuffen. Bei einem meiner ersten Besuche in Jeannettes Haus in Beuren waren wir vom Ort aus durch den Wald auf die Burg hinaufgekeucht. Die mächtige Festungsruine war gewissermaßen die Hausburg ihrer Katzenpension und thronte gute dreihundert Meter höher auf einem eindrucksvollen Felssporn. Mit meinen Recherchen war ich erst am Anfang, entsprechend mager war das Skript zu meiner Führung bislang.

Bevor ich mich als Burgenforscherin betätigte, klickte ich durchs Netz, bis ich auf einen Livestream von der Eröffnungsfeier stieß. Dieses Jahr war das Schwaben-Bräu-

Festzelt »Schwabenwelt« Gastgeber für viel Prominenz und jede Menge Partyvolk. Neben Ministerpräsident Winfried Kretschmann und seiner Frau Gerlinde waren bekannte Gesichter aus dem Rathaus, dem Landtag und dem Fernsehen dabei. Auch Stuttgarter VIPs und solche, die sich dafür hielten, sowie Kollegen aus den anderen Festzelten verfolgten das überinszeniert wirkende Spektakel. Meinem Eindruck nach hatte keiner der Beteiligten nach dem Brandanschlag und dem noch ungeklärten Tötungsdelikt große Lust aufs Feiern. Aber ausfallen lassen wollte man die offizielle Eröffnungsfeier auch nicht.

Das Bühnenprogramm begann mit Volksmusik und folkloristischen Darbietungen. Die Moderatorin bemühte sich um gesetzte Worte und begrüßte unseren Landesvater und den Stuttgarter Rathauschef auf der Bühne. Wie in den Vorjahren würde der Oberbürgermeister das Fest mit dem Fassanstich eröffnen – erst danach durfte der Hopfensaft in den Festzelten ausgeschenkt werden.

Fritz Kuhn begrüßte die Gäste und drückte wie später der Ministerpräsident seine Hoffnung auf friedliche Tage aus. Nach diesen einleitenden Worten machte er sich ans »Naihauä«, wie er den Anstich auf gut Schwäbisch bezeichnete. Im vergangenen Jahr hatte der Rathauschef vier Schläge gebraucht, bis der erste Tropfen floss. Wesentlich dynamischer ging es auch dieses Jahr nicht vonstatten.

Kaum hatten Kretschmann und Kuhn mit überdimensionierten Maßkrügen angestoßen und die ersten Schlucke gekostet, waren Böllerschüsse von der Fruchtsäule zu hören. Bislang war die Veranstaltung eher verhalten und ruhig über die Bühne gegangen. Doch nun setzte sich die gewohnte Volksfestheiterkeit durch. Die ersten Besucher begannen zu klatschen und zu johlen, andere fielen in den Chor mit ein. Alle freuten sich aufs Bier. Damit konnte man Unerfreuliches einfach hinunterspülen.

## Samstag

Gellendes Hupen vor dem Haus schreckte mich aus dem Schlaf. Noch bevor ich die Augen aufschlug, dachte ich erleichtert: Heute findet das Volksfest ohne mich statt. Leider dauerte die Entspannung nur ein paar Sekunden lang. Umso härter landete ich in der Realität. Achim von Holsten war tot. Erschlagen in seinem Festzelt. Und verbrannt nach einem Anschlag, über den wir immer noch nichts Genaues wussten ...

Ich schoss hoch, bis ich senkrecht im Bett saß. Mein Magen schickte einen Schwall Säure in die Speiseröhre. Das späte Abendessen war zu schwer und auch zu alkoholhaltig gewesen. Ich kroch aus dem Bett und schleppte mich in die Küche, um den sauren Geschmack in meinem Mund mit einem Glas Wasser wegzuspülen.

Der Esstisch war voller Brösel. Honigtropfen markierten den Platz auf der Eckbank, auf dem Jeannette am liebsten saß. In einem Honighäufchen lag ein Notizzettel. Eine Ecke war hellbraun verfärbt und glänzte fettig im Licht der Sonnenstrahlen, die durchs Fenster hereinfielen.

»*Good morning in the morning!*«, verkündete lila Filzstift in Jeannettes ausgreifender Schrift. »Fahre nach Beuren. Wir sehen uns nach deiner Führung. Grüße von der Katzenmami.« Darunter grinste ein Smiley mit spitzen Dreiecksohren und abstehenden Borsten unter den Nasenlöchern.

Als Frühaufsteherin war Jeannette meist Stunden vor mir auf den Beinen. Daher war ich es gewohnt, schon bei der ersten Mahlzeit des Tages von ihr bespaßt zu werden. Auch wenn ihre penetrant gute Laune mich manchmal Nerven kostete, bedauerte ich es heute, ohne sie frühstücken zu müssen. Wie würden meine Morgen aussehen, wenn Jeannette nach Beuren zog? Würde ich mir eine neue Mitbewohnerin suchen, oder würden wir die WG aufgeben? Oder zog ich vielleicht doch mit Georg zusammen? Ich wischte die beunruhigenden Gedanken weg. Das war Zukunftsmusik. Noch hatte Jeannette kein Wort darüber verloren, was aus unserer WG werden sollte.

Die Bahnhofsuhr im Flur zeigte acht Uhr zehn. Nach einer heißen Dusche polsterte ich die Blasen an meinen Zehen mit reichlich Pflaster. Das hautfarbene war leider aufgebraucht. Ich musste das halbe Bad durchsuchen, bis ich in meinem Reisebadebeutel ein paar Strips rosafarbenes entdeckte, auf dem gelbe Schmetterlinge herumflatterten. Ein typischer Urlaubs-Fehlkauf. In Sandalen würde das bei einer erwachsenen Frau albern aussehen, aber bei der Führung trug ich ein langes Gewand. Hinterher half ich auf Jeannettes Baustelle mit, Äußerlichkeiten waren dort unwichtig.

Im Bademantel kehrte ich in die Küche zurück, wischte den klebrigen Esstisch ab und rutschte mit dem Skript für die heutige Führung auf die Eckbank. Die Wochenendausgabe der »Stuttgarter Zeitung«, die mir Jeannette dagelassen hatte, ignorierte ich. Falls es erneut schlechte Neuigkeiten gab, würde ich sie früh genug erfahren.

Station für Station prägte ich mir den Führungstext ein und schaufelte währenddessen einen Berg Haferflocken mit Milch in mich hinein. Orangensaft mochte ich lieber im Müsli, aber dagegen würde mein Magen ein saures Veto einlegen.

Statt in Blüschen, Dirndl und Trachtenschuhe schlüpfte ich in Jeans, T-Shirt und schwarze Freizeitsandalen, in denen die Schmetterlinge auf dem Pflaster sich über viel frische Luft freuen durften. Mit einer Reisetasche, einer riesigen blauen Ikea-Tüte und einem Kleidersack bepackt, machte ich mich auf den Weg zu meinem Corsa, der seit Tagen vor dem Merlin in der Augustenstraße parkte.

Den Kleidersack mit meinem Kostüm für die Führung breitete ich auf der Rückbank aus. Dort hatte auch die Reisetasche mit Perücke und anderen Accessoires Platz. Die Ikea-Tüte, in der mein alberner perlenbestickter Spitzhut steckte, der mich in ein mittelalterliches Burgfräulein verwandeln sollte, deponierte ich hinter dem Beifahrersitz.

Ich durchquerte den Schwabtunnel und steuerte die Karl-Kloß-Straße im Süden an, die mich am Dornhalden- und am Waldfriedhof vorbei hoch nach Degerloch und auf die B 27 führte. Als ich am Fasanenhof auf die Autobahn Richtung Kirchheim/Teck einbog, war es kurz vor zehn Uhr. Gleich begannen die Nachrichten. Ob es Neuigkeiten über die Ermittlungen der »Soko Wasen« gab? Nun war ich wach genug dafür. Ich schaltete das Autoradio ein und dämpfte die Lautstärke, bis die Werbung vorüber war.

Gleich die erste Meldung beschäftigte sich mit dem Mordfall auf dem Wasen. »Wie die Kriminalpolizei mitteilt, gibt es neue Hinweise im Fall des ermordeten Festwirts Achim von Holsten«, verkündete die Sprecherin. Als ich diesen Namen hörte, zog sich mein Magen zusammen und spuckte erneut Säure die Speiseröhre hoch.

»Der Polizei ist es gelungen, das Handy des Festwirts in einem Lkw in Krakau zu orten. Der Fahrer des Lkws war als Aufbauhelfer auf dem Wasen beschäftigt und fuhr von Stuttgart aus zurück in seinen Heimatort. Der Bauarbeiter wird zurzeit verhört.«

Ein Aufbauhelfer vom Wasen! Vor Schreck verlor ich sekundenlang die Kontrolle über den Corsa. Um ein Haar hätte ich einen weißen SUV gerammt, der auf der Überholspur an mir vorbeibrauste und sich wenig um Begrenzungslinien scherte. Musste er auch nicht. Dafür fuhr man solche Monsterkutschen, bei denen die Vorfahrt bereits ab Werk eingebaut war.

Als die Meldung vorüber war, drehte ich die Lautstärke hinunter und dachte an das gestrige Gespräch mit Kommissar Gabriel in der Agentur zurück. Er musste wegen der mysteriösen SMS, die vom Telefon des Festwirts nach seinem Tod gesendet worden war, eine Handyortung veranlasst haben. Doch was hatte dieser Lkw-Fahrer mit der Sache zu tun? Gehörte er zum Team des Festzeltes und hatte von Holstens Handy versehentlich eingesteckt? Unwahrscheinlich. Vieles sprach dafür, dass er etwas mit dem Verbrechen zu tun hatte. Oder zumindest Mitwisser war.

Bald erschien im Süden die Blaue Mauer des Albtraufs, die sich am Horizont in den Sommerhimmel schob. Ich nahm die Ausfahrt Kirchheim-Ost und folgte der Bundesstraße 465 in südlicher Richtung.

Auf der Fahrt vorbei an Dettingen sah ich, wenn der rege Samstagmorgen-Einkaufsverkehr es erlaubte, durchs Seitenfenster hinauf zur Burg Teck. Mit ihrem hohen runden Aussichtsturm thronte die Ruine postkartenreif auf einem Zeugenberg der Schwäbischen Alb.

In der Ortsmitte von Owen bog ich nach Westen ab und passierte den Fuß der lang gestreckten Bassgeige, bis ein Schild auf das Beurener Freilichtmuseum hinwies. Ich setzte den Blinker und legte einen Zwischenstopp auf dem Parkplatz des Museums ein.

Auf einem entlegenen Plätzchen am Rand des bereits gut gefüllten Besucherparkplatzes verwandelte ich mich in ein Burgfräulein. Mein hellblaues Kleid war mit Samtborten besetzt, bodenlang und an den Ärmeln mit mehrlagigen Volants verziert. Wenig praktisch bei diesen spätsommerlichen Temperaturen. Den albernen spitzen Hut würde ich erst auf dem Parkplatz bei der Burg aufsetzen.

Zurück auf der Landstraße, bog ich schräg gegenüber auf die Weiler Steige ein. In Serpentinen zog sich die Albsteige bis nach Erkenbrechtsweiler hoch und überwand an die dreihundert Höhenmeter. Unterwegs hatte ich leider kaum Gelegenheit, den spektakulären Blick über Beuren und die anmutige Landschaft in der Ebene zu genießen. Mit den nur sechzig Pferdestärken meines Corsas wurde ich von aufdringlichen Autofahrern in einer modernen Variante des Wegelagerertums quasi den Berg hochgedrängelt.

Auf der Hochfläche der Alb angekommen, folgte ich einem Hinweisschild zur Burg. In gemächlichem Tempo näherte ich mich dem Parkplatz am Waldrand und tauchte in den Schatten unter saftig grünen Kronen von Buchen und

Ahornbäumen ein. Als ich eine größere Menschenansammlung am anderen Ende des Parkplatzes entdeckte, verschwand ich in der erstbesten Parklücke.

Noch hatte ich zehn Minuten bis zum Beginn der Führung. Diese Zeit wollte ich nutzen, um mein Skript durchzugehen und mich auf meine Rolle einzustimmen.

»Sind Sie die Damen und Herren vom Nürtinger Stadtmarketing?«

Eine Gruppe von etwa zwanzig Frauen und Männern aller Altersstufen empfing mich erwartungsvoll, als ich mich im langen Kleid näherte. Einige nickten, anderen blieb beim Anblick des Spitzhuts auf meinem Kopf der Mund offen stehen. Zur Sicherheit hatte ich nicht an Haarnadeln gespart, als ich das alberne Ungetüm auf meinem zusammengebundenen Lockenwulst befestigte. Auf der Burg wehte auch an milden Sommertagen ein kräftiger Wind, und ich wollte vermeiden, in meinem Burgfräuleinkostüm dem Hut hinterherjagen zu müssen.

»Mein Name ist Bea Pelzer von der Werbeagentur Hohlbergs Reich«, begrüßte ich die Teilnehmer und neigte den Kopf hoheitsvoll, soweit das mit Spitzhut möglich war. »Heute dürfen Sie mich gern Beatrix von Neuffen nennen. Im dreizehnten Jahrhundert lebte ich als Burgfräulein mit meiner Familie, den Herren von Neuffen, einem bedeutenden Geschlecht im Herzogtum Schwaben, auf Burg Hohenneuffen. Damals blühte das höfische Leben zwischen den mächtigen Burgmauern. Wie die meisten Bewohnerinnen schwärmte auch ich für Gottfried von Neuffen, den berühmten Minnesänger, der genauso fabelhaft aussah, wie er dichtete.«

Die vereinzelten Lacher waren ein guter Start. Der kleine Scherz mit Gottfried von Neuffen war mir am Frühstückstisch eingefallen, um meine Führung lebendiger zu gestalten. Die männlichen Teilnehmer fanden ihn wahrscheinlich albern, aber die anwesenden Frauen fühlten sich angesprochen, wie ich ihren gut gelaunten Mienen entnahm.

Mit einer Handbewegung bat ich die Gruppe, mir auf dem landschaftlich abwechslungsreichen Weg zur Burgruine zu folgen. Bei mittlerer Kondition würde uns der steil ansteigende Zugangsweg in einer guten Viertelstunde ans Ziel bringen.

»Einige von Ihnen kennen vielleicht die berühmte Handschrift des Codex Manesse, die in der Heidelberger Universitätsbibliothek aufbewahrt wird. Auf den Pergamentblättern sind bedeutende Lieder aus dem Mittelalter überliefert und mit wertvollen Buchmalereien illustriert. Auch ein Bild von Gottfried von Neuffen ist darin zu finden.« Aus meiner Umhängetasche zog ich eine Sichthülle mit einer Farbkopie der Illustration und reichte sie einer Frau mit kurzen rotblonden Haaren und Sommersprossen, die neben mir lief und aufmerksam jedes Wort verfolgte.

Langsam, aber stetig keuchten wir den Berg hinauf, während das Bild des Minnesängers unter Gemurmel in der Gruppe weitergereicht wurde. In ein langes rotes Gewand gekleidet, machte Gottfried mit blond gelocktem Schopf darauf einer jungen Dame die Aufwartung und unterhielt sie mit einem Ständchen. Unterwegs gab ich den Teilnehmern Einblicke in die wechselvolle Geschichte der Burg. Bei den zutraulichen Ziegen, die an den Steilhängen rund um die Burg als lebende Rasenmäher im Einsatz waren, legten wir eine Pause inklusive Streichelrunde ein.

An der Aussichtsplattform vor dem Eingang zur Burgruine angekommen, schnappten alle nach Luft, auch ich. Entsprechend still genossen wir den phänomenalen Ausblick über Neuffen, die Panorama Therme am Rand von Beuren, das Freilichtmuseum und den Albtrauf, dessen Verlauf man hier von der Burg Teck bis hinüber zum Jusi mit seiner Heidelandschaft und dem Vulkankegel der Achalm verfolgen konnte. Bis zur Hornisgrinde reichte der Blick heute nicht, dafür zeichneten sich nordwärts hinter den Schornsteinen des Kraftwerks von Altbach die Höhenzüge des Schurwalds über dem Neckartal ab. Weiter schweifte der Blick über die

Filderebene, den Flughafen und die Nadel des Fernsehturms über der Waldau.

»Erstmals erwähnt wurde die Burg im Jahr 1198«, fuhr ich fort, als wir durchs Schwarze Tor ins Innere der Ruine traten. »Durch ihre exponierte Lage auf diesem steilen Felsmassiv galt der Adelssitz lange Zeit als uneinnehmbar, auch weil das Schießpulver damals noch nicht erfunden war.«

»Die Burg gehörte zu den sieben Landesfestungen«, fiel mir ein hagerer Mann mit Schnurrbart ins Wort. Seine Baseballcap war so tief ins Gesicht gezogen, dass ich seine Augen unter dem Schild kaum ausmachen konnte. »Das war unter den Herzögen Ulrich und Christoph von Württemberg, seinem Sohn.«

»Aha, ein Experte in Sachen Landesgeschichte«, sagte ich anerkennend, obwohl der Gute in meinem Vortrag vorgegriffen hatte. Inzwischen brachten mich solche Wichtigtuer, die ausnahmslos männlich waren, kaum mehr aus der Fassung. Ich konterte mit einem Gegenangriff. »Wissen Sie auch, wie lange der stufenweise Ausbau zur Landesfestung gedauert hat?«

Der Schnurrbartmann zog verlegen sein Ohrläppchen lang. »Nun ja, ich denke, ein paar Jährchen wird das schon gedauert haben. War ja ein noch größeres Projekt als die Elbphilharmonie oder der Stuttgarter Bahnhof.« Damit hatte er die Lacher auf seiner Seite.

»Genauer gesagt waren es an die zweihundert Jahre. So lange wird es beim Bahnhof hoffentlich nicht mehr dauern.«

»Wer weiß, wer weiß«, unkte die Rothaarige mit den Sommersprossen neben mir. »Schließlich wäre Stuttgart 21 auch 2121 genau aufs Jahr fertig. Die Politiker und Bahnchefs könnten das Projekt immer noch als Erfolgsgeschichte verkaufen.«

Ich grinste in mich hinein und brauchte eine Weile, bis ich wieder die nötige Würde für meinen Vortrag hatte. »Wegen knapper Finanzen und Baufälligkeit wurde die Festung um 1800 zum Abbruch freigegeben«, fuhr ich fort. »Die Bewohner der umliegenden Dörfer wussten das günstige Baumaterial zu schätzen.«

Die Rothaarige schirmte den Blick mit der Hand gegen die Sonne ab und schaute schelmisch in die Runde. »Wäre beim Stuttgarter Bahnhof auch nicht anders. Damit könnte man preiswert eine Menge Häuser für kinderreiche Familien bauen und für Menschen, die sich die teuren Mieten in der Landeshauptstadt nicht mehr leisten können.«

Nach einem Rundgang über die inneren Anlagen und Gebäudereste der Burganlage kam ich zum letzten Punkt meiner Führung. »1948 fand hier das Dreiländertreffen mit den Regierungsmitgliedern und Abgeordneten der drei südwestdeutschen Länder statt, die von den Militärregierungen nach dem Krieg gegründet worden waren. Daraus entstand 1952 das Land Baden-Württemberg.«

Nun führte ich die Teilnehmer über ein paar Stufen hinauf zur herrlichen Höhenterrasse. Am Rand waren unter ausladenden Sonnenschirmen einige Tische für meine Gruppe reserviert. Ich trat an die hüfthohe Burgmauer und deutete Richtung Tal auf die Weinberge unterhalb der Burg, die sich bis an den Neuffener Ortsrand erstreckten und zu den höchstgelegenen in Württemberg gehörten. »Wie man aus historischen Quellen weiß, hat der schmackhafte Neuffener Täleswein viel zum Gelingen der Konferenz beigetragen. Den können Sie gleich auch genießen.«

Nach einem anerkennenden Beifall bedankte ich mich und winkte den Servicekräften des Restaurants, die an der Treppe mit gut gefüllten Vesperplatten bereitstanden, um das kalte Büfett zu eröffnen. Mit einem Glas Apfelschorle flüchtete ich in den Schatten einer Burgmauer. In meinem langärmeligen Gewand mit den vielen Samtbordüren und unter dem Spitzhut war mir in der Mittagssonne ziemlich heiß geworden.

Nach ein paar Minuten kam die Frau mit den kurzen roten Haaren auf mich zu. »Hallo, Frau Pelzer. Danke für die spannende Führung. Mein Dad lässt Sie herzlich grüßen.«

Auf meinen verwirrten Blick hin lächelte die etwa dreißig Jahre alte Frau und streckte mir ihre Hand hin. »Mein Name ist Rebecca Jürgens, genannt Becky. Ich bin die Tochter von –«

»Herrn Dr. Jürgens vom Planungskomitee«, kombinierte ich und schüttelte ihre Hand. »Danke für die Grüße. Hat Ihr Vater diese Führung arrangiert?«

Becky Jürgens trat einen Schritt näher, bis auch sie im Schatten stand. Erst jetzt bemerkte ich die ungewöhnliche Farbe ihrer Augen. Der Blauton wirkte fast violett. Den konnte sie kaum von ihrem Vater geerbt haben. Die Augen von Dr. Jürgens waren haselnussbraun. Das wusste ich deshalb so genau, weil er Gesprächspartner mit seinem Blick aufzuspießen pflegte wie ein Sammler tote Schmetterlinge.

Becky nickte. »Ja, mein Vater hat mir Ihre Führungen für unseren Betriebsausflug empfohlen. Meine Kollegen waren sofort begeistert von der Idee.«

»Das erklärt einiges. Ich hatte mich schon gefragt, wie man in Nürtingen auf die Genießerführungen einer Stuttgarter Werbeagentur aufmerksam geworden sein könnte.« Ich trank einen Schluck von meiner Apfelschorle und wünschte, ich könnte den albernen Spitzhut endlich abnehmen. Auf der Treppe neben dem Kiosk hatte sich ein Menschenauflauf aus Wanderern und Restaurantgästen gebildet, die fasziniert zu mir herüberstierten, als sei ich die eigentliche Attraktion der Burgruine. Nur mit Mühe unterdrückte ich den Impuls, ihnen eine lange Nase zu zeigen. So was geziemte sich kaum für anständige Burgfräulein.

»Wohnen Sie hier in der Gegend?«, erkundigte sich Becky Jürgens und lehnte sich neben mir an die Sandsteinquader der Burgmauer. »Oder sind Sie extra für diese Führung aus Stuttgart hergefahren?«

»Ich komme aus Stuttgart. Aber eine Freundin von mir baut gerade ein Haus in Beuren um, und ich wollte sie nachher noch besuchen.«

»In Beuren?« Becky hob interessiert die Augenbrauen. »Lebt Ihre Freundin dort?«

»Jeannette wohnt in Stuttgart. Noch, denn sie will demnächst eine Katzenpension in Beuren eröffnen. Dann zieht sie wohl hierher.«

»Eine Katzenpension in Beuren?« Becky Jürgens klatschte begeistert in die Hände. »Das wäre toll. Ich suche dringend nach einer Urlaubsbetreuung für die Herbstferien. Wann wird die Pension denn eröffnet?«

Ratlos hob ich die Schultern. »Da bin ich leider überfragt. Aber ich kann Ihnen die Kontaktdaten geben.«

Becky Jürgens überlegte kurz. »Fahren Sie nachher direkt nach Beuren? Nach dem Imbiss wollte ich in die Therme, da könnte ich Ihnen folgen und mir die Katzenpension kurz anschauen.«

»Einverstanden. Ich warte hier, bis Sie sich am Büfett bedient haben.«

Gegen vierzehn Uhr verabschiedete sich Becky Jürgens von ihren Nürtinger Kollegen, und wir kehrten zum Parkplatz zurück. Meine geplante Rückverwandlung aus dem Dasein eines mittelalterlichen Burgfräuleins ließ ich ausfallen. Da ich eine Kundin im Schlepptau hatte, scheute ich den Striptease auf dem Waldparkplatz. Ich beschränkte mich darauf, die Spitzhaube wieder in der Ikea-Tüte zu verstauen.

In einer Mini-Kolonne fuhren wir die Albsteige hinunter nach Beuren und passierten den Tunnel, eine Art tiefer gelegte Umgehungsstraße. Wieder am Tageslicht, fuhren wir ans andere Ende des hübschen Kurortes, der sein altes Ortsbild im Zentrum weitgehend bewahrt hatte. Über siebzig historische Gebäude aus dem fünfzehnten und sechzehnten Jahrhundert, als Beuren dank einer Kapelle auf dem Engelberg ein bekannter Wallfahrtsort gewesen war, standen unter Denkmalschutz und wurden nach und nach liebevoll restauriert.

Auf unserer Fahrt folgten wir den Wegweisern zur Panorama Therme. In der Nähe des bekannten Thermalbades lag Jeannettes Haus, das sich langsam, aber sicher in eine Katzenpension verwandelte.

Mit ihrem gelben Turban, rotem Shirt und der orangen Shorts war Jeannette vor der wild wuchernden Ligusterhecke im Vorgarten ein auffallender Farbklecks. Sie winkte zur Begrüßung mit einer Gartenschere, die sie in der Hand hielt. Vor ihr am Straßenrand häuften sich abgeschnittene Zweige zu einem Hügel, um den die rot gescheckte Nachbarskatze herumspazierte und nach Mäusen Ausschau hielt.

In der Garageneinfahrt stand Jeannettes Golf. Ich stellte meinen Corsa vor der Einfahrt am Straßenrand ab und wartete auf Becky Jürgens, die zwei Häuser entfernt einparkte.

»Hoher Besuch von der Burg, Hoheit«, unkte Jeannette und deutete auf mein Kostüm. Sie versank in einem Hofknicks und schob sich den Turban zurecht, der ihr bei der Verbeugung ins Gesicht gerutscht war.

Die Katze war Burgfräulein wohl weniger gewohnt. Sie formte einen Buckel und fauchte mich an, bevor sie in großen Sätzen aufs Nachbargrundstück flüchtete und sich auf einem Holzstoß niederließ. Aus sicherer Entfernung verfolgten ihre grünen Augen das Geschehen nebenan.

»Jeannette, das ist Becky Jürgens«, stellte ich die beiden Frauen einander vor. »Die Tochter von Herrn Dr. Jürgens. Sie hat an meiner Führung teilgenommen und ist auf der Suche nach einer Katzenpension.«

Jeannette strahlte die Besucherin an und hob triumphierend die Gartenschere. »Meine erste Kundin! Herzlich willkommen in meinem chaotischen Heim.« Sie legte das Werkzeug auf dem bereits geschnittenen Stück der Hecke ab und wies auf einen Glaskrug und ein paar Porzellanbecher, die auf einer Sitzbank neben der Eingangstreppe des Hauses bereitstanden. »Lust auf eine gekühlte Holunderschorle?«

Wir setzten uns und genossen die willkommene Erfrischung.

»Sie haben also Katzen zu Hause, für die Sie ein Ferienhotel suchen?«, erkundigte sich Jeannette. »Trifft sich gut. Bei mir sind demnächst ein paar Kratzbäume mit Vollpension frei.«

»Das wäre klasse. Üblicherweise passt meine Nachbarin auf die Jungs auf, aber diesmal fährt sie selbst in Urlaub. Ach, Moment, ich hab ein Foto dabei.« Becky Jürgens nahm ihren Geldbeutel aus dem Rucksack, zog ein Foto heraus und reichte es uns. »Das sind Jamie und Fergus, meine beiden Haustiger. Frech und ungezogen, aber unwiderstehlich.«

Jeannette und ich beugten uns über das Bild. Ein großer rothaariger und ein zierlicherer Kater mit schwarzem Fell breiteten sich auf einer karierten Decke aus. Zwischen den Pfoten des rothaarigen Katers steckte eine graue Plüschmaus, die kaum mehr Fell hatte und ziemlich mitgenommen aussah.

»Jamie und Fergus?« Jeannette warf mir einen raschen Blick zu und grinste. »Sie sind ein Fan von ›Outlander‹, stimmt's?« Die US-Serie über einen schottischen Rebellen aus den Highlands, der sich in eine Engländerin verliebt und mit ihr versucht, den Aufstand von Culloden zu verhindern, gehörte zu Jeannettes Favoriten. Das lag natürlich an dem unglaublich mutigen und gut aussehenden Hauptdarsteller, der nicht nur das Herz der Engländerin, sondern auch das aller weiblichen und bestimmt einiger der männlichen Fernsehzuschauer weltweit erobert hatte.

Jeannette und ihre Besucherin wetteiferten in der Aufzählung besonders romantischer Szenen der Erfolgsserie und gingen dabei nahtlos zum Du über. Ich zog mich solange im Hausflur um, hängte das Gewand auf einen Kleiderbügel an der Garderobe und kehrte nach draußen zurück. Als Becky mir das Du anbot, war ich sofort einverstanden. Begeistert erzählte sie uns von ihrem Nürtinger ›Outlander‹-Fanclub und lud uns zum nächsten DVD-Abend bei schottischem Whisky und selbst gebackenen Scones ein.

Nach einer Besichtigung der Räume, die für die haarigen Pensionsgäste vorgesehen waren, machte sich Becky auf den Weg zur Therme. Wir winkten Jeannettes erster Kundin nach, bis sie am Ende der Straße abbog und aus dem Blickfeld verschwand.

Vergnügt gingen Jeannette und ich an die Gartenarbeit.

Jeannette drückte mir einen Fugenkratzer für die wuchernden Grasbüschel und Moospolster zwischen den Steinen des Gartenwegs in die Hand. Praktischerweise konnte man ihn auf einen Besenstiel aufsetzen und dem Unkraut rückenfreundlich zu Leibe rücken.

»Hast du gelesen, dass die Polizei von Holstens Handy gefunden hat?«, fragte Jeannette und kappte den Rest der in die Höhe geschossenen Zweige, bis die Ligusterhecke eine halbwegs waagerechte Oberkante aufwies. »Hab dir die Zeitung auf der Eckbank in der Küche dagelassen.«

»Ich habe es im Autoradio gehört«, gab ich zurück und wischte mir über die schweißnasse Stirn. Dank des Besenstiels musste ich zwar nicht auf Knien herumrobben, trotzdem spürte ich mit jedem Meter, den ich vorankam, meine vernachlässigten Muskeln. Bei der vielen Schreibtischhockerei hatte ich vergessen, wie anstrengend ehrliche Gartenarbeit war. In der Stadt hielt sich jeder schon für einen ernsthaften Gärtner, wenn er die Basilikum-, Oregano- und Petersilientöpfe auf der Fensterbank regelmäßig goss. Das Unkrautjäten hier war deutlich anspruchsvoller. Ich musste mich ständig bücken, um die herausgerissenen Grasbüschel einzusammeln, bevor sie wieder Wurzeln schlugen. »Aber damit ist noch nicht geklärt, wie von Holsten die SMS an Helena geschickt haben kann, wo er doch zu diesem Zeitpunkt bereits tot war.«

Jeannette sammelte die abgeschnittenen Zweige ein und stopfte sie in einen leeren Farbkübel. Als sie ihn den Gartenweg entlangzerrte, hielt sie plötzlich inne und stieß einen Schrei aus. »Ich glaube, mir ist gerade ein Lendenwirbel verrutscht.« Mit schmerzverzerrter Miene fasste sie sich in den Rücken und sank in Zeitlupe auf die Bank. »Vielleicht hat der Typ die SMS geschickt, bei dem sie das Handy gefunden haben.«

»Der Aufbauhelfer, meinst du? Warum sollte er das tun?«

»Keine Ahnung.« Jeannette streckte sich in alle Richtungen, um den verklemmten Wirbel zu lockern. »Zeit für eine

Pause. Hast du Hunger? Ich hab belegte Brötchen gekauft und Käsekuchen.«

Ein dreimaliges Hupen ließ uns zusammenschrecken.

»Hallo, ihr Hübschen«, rief eine Männerstimme von der Straße aus. Durch das offene Gartentor sah ich, wie Teddy mit seinem Alfa Romeo eine sportliche Vollbremsung hinlegte. Er schob die goldfarben verspiegelte Sonnenbrille in die Stirn und eilte zur Beifahrertür. »Seht mal, wen ich euch Schönes mitgebracht habe.«

Freudestrahlend winkte Annika zu uns herüber und löste das rote Tuch, das sie zum Schutz vor dem Fahrtwind um ihre braune Lockenmähne gebunden hatte. Teddy öffnete die Beifahrertür und reichte seiner Mitfahrerin die Hand, um ihr beim Aussteigen behilflich zu sein.

Meine Beziehung mit Teddy war Vergangenheit, wenn ich von ein, zwei Rückfällen auf seinem Sofa absah. Die hatten mit dem hemmungslosen Genuss alkoholischer Getränke zu tun gehabt. Trotzdem bekam ich schlechte Laune, als ich sah, wie Annika seine Hand ergriff und ihre erstklassig geformten Beine filmstarreif auf die Straße stellte. Sie trug eine ärmellose rote Bluse zu den schwarzen Leggins, die ihre Beine optisch noch länger erscheinen ließen.

Jeannette zeigte auf Annikas hochhackige Sandaletten. »Bist du überhaupt auf Gartenarbeit eingestellt? Ich kann dir gern einen von den blauen Antons leihen, die noch von den Vorbesitzern in der Garage hängen.«

»Danke, nicht nötig.« Annika deutete auf den Kofferraum. »Ich hab ein paar Sachen zum Umziehen dabei. Auch das Dirndl für den Wasen heute Abend.«

»Der reinste Überseekoffer.« Teddy blies die Backen auf und wuchtete einen mit rosa Rosenblüten verzierten Trolley aus dem Kofferraum seines Sportwagens. Effekthascherisch trug er ihn in Brusthöhe über den Gartenweg in den Vorgarten, dabei hätte er das Ding einfach hinter sich herziehen können.

»Hi, Bea. Du hast Dreckschmierer auf der Stirn«, begrüßte

mich mein Ex wenig galant und platzierte seinen Hintern auf der Sitzbank dicht neben Annika.

Ich fuhr mir über die Stirn und betrachtete die Schmutz-spuren, die genau die gleiche Farbe hatten wie der Mutter-boden in Jeannettes Vorgarten. Als ich aufsah, zoomte mein Blick wie ferngesteuert auf Teddys Hand, die lässig auf Anni-kas Oberschenkel lag. Ich reckte das Kinn und ging scheinbar ungerührt an den beiden vorbei ins Haus, um mein Gesicht zu säubern und mich für die zu erwartende Turtelei zu wappnen. War ich etwa eifersüchtig auf Annika? Nein, ausgeschlossen. Teddy war Vergangenheit. Bestimmt hatte meine Reaktion mit dem Shooting zu tun, bei dem ich ein oder zwei Sekunden die kommaförmigen Grübchen neben seinen Mundwinkeln fixiert hatte.

Eine Stunde später hatte Teddy schon drei ausladende Kratzbäume im Dachstuhl befestigt. Annika war in die Rolle seiner persönlichen Assistentin geschlüpft und wurde beim Hammerhalten und Schraubenreichen mit verbalen Streichel-einheiten bedacht, als wäre sie ein vernachlässigtes Kätzchen, das wieder aufgepäppelt werden musste. Sie schien seine Auf-merksamkeit zu genießen und kicherte an einem Stück, fragte ihn ständig nach Rat und tastete sogar Teddys Oberarmmus-keln ab, als er sie dazu aufforderte.

Das drittklassige Schau- und Hörspiel bekam ich live mit, da ich im Treppenhaus die verblichene Efeurankentapete mit einem Spachtel abkratzte. Dass ich mich dabei prächtig amü-sierte, lag an einer gemeinsamen Pause mit Annika, in der ich ihr gezeigt hatte, wo das Bier deponiert war.

»Unterschätze nie die Fähigkeit eines Mannes, eine Frau zu unterschätzen«, hatte sie mir dabei zugeraunt und ver-schwörerisch gezwinkert. »Neulich habe ich im Blog einer Influencerin gelesen, weibliche Aufmerksamkeit könne die Arbeitsleistung von Männern nahezu verdoppeln. Ich schätze, in spätestens einer Stunde hat Teddy auch die restli-chen Kratzbäume aufgestellt und den Garten auf Vordermann gebracht.«

Mir ging auf, wie sehr auch ich als Frau Annika unterschätzt hatte. Ihr mädchenhaftes Gesicht mit den großen grünen Augen und das ständige Herumfingern in ihren Locken täuschten. Offensichtlich hatte sie Teddys Masche durchschaut und schlug mit den Waffen einer Frau zurück.

Am Nachmittag holte Jeannette einige Pizzen ab, die sie in einem italienischen Lokal in der kleinen Fußgängerzone von Beuren bestellt hatte. Mit eisgekühltem Bier und Holunderschorle machten wir es uns auf einer Picknickdecke zwischen den Nachwuchs-Birken bequem, die wir mit vereinten Kräften in Jeannettes Garten gesetzt hatten.

»Jeannette, wie wär's mit einer coolen Gartenwirtschaft?« Teddy deutete mit seiner halb leeren Bierflasche zur Burg Hohenneuffen auf dem gewaltigen Felsmassiv, deren auffallende Silhouette von hier unten aus atemberaubend war. »Allein der Blick wäre die Anfahrt aus Stuttgart wert. Du könntest die Gastroszene hier deutlich aufpeppen.«

Jeannette schürzte die Lippen und folgte seinem Blick zur Burgruine hoch über uns. »Super Idee, Teddy. Falls die Katzenpension Miese macht, sattle ich um auf deinen Plan B.«

Nach dem Picknick verabschiedeten sich Teddy und Annika. Sie hatten heute Abend Dienst auf dem Wasen und wollten rechtzeitig in Bad Cannstatt sein.

»Wir sehen uns morgen beim Volksfestumzug.« Annika band das rote Kopftuch um ihre Mähne und winkte uns vom Beifahrersitz aus zu.

Mit aufheulendem Motor schoss der Alfa Romeo davon und wirbelte gewaltig Staub auf.

## Sonntag

Wie es Tradition war, fand der Volksfestumzug am ersten Sonntag nach der Wasen-Eröffnung statt. Pünktlich um elf Uhr startete der Korso vor dem Kursaal in Bad Cannstatt. Unter massivem Polizeischutz und so streng bewacht, als würden die Kronjuwelen der württembergischen Könige auf einem der Festwagen präsentiert, bewegte sich der farbenprächtige Tross im Schritttempo durch die charmanten Gassen der Altstadt. Über den Wilhelmsplatz und die Daimlerstraße nahm er Kurs auf das Festgelände am Neckar.

Mit über dreitausendfünfhundert Teilnehmern und reich geschmückten Wagen war der Umzug trotz der bedrückenden Ereignisse wenige Tage zuvor ein heiteres Spektakel und noch bunter gemischt als in den Vorjahren. Neben den dekorierten Prachtgespannen der Stuttgarter Brauereien, bunt gekleideten Trachtengruppen und Musikkapellen, Fanfarenzügen sowie Landwirtschafts- und Handwerksgruppen in historischer Kleidung aus ganz Baden-Württemberg waren im Jubiläumsjahr auch Original-Nachbauten der Prachtgespanne aus dem Jahr 1841 zu sehen. Damals fand die Premiere anlässlich des fünfundzwanzigjährigen Regierungsjubiläums von König Wilhelm I. statt, der das Volksfest 1818 ins Leben gerufen hatte. Auch über hundert vierbeinige Teilnehmer wie Pferde, Ochsen, Kühe, Landschweine und Geißen waren dabei, die von Tausenden Zuschauern am Straßenrand bejubelt wurden.

Mit Jeannette und Annika war ich an diesem Sonntag als Betreuung im Ersatzzelt eingeteilt. In der vorgezogenen Mittagspause verfolgten wir den Umzug auf dem riesigen Flachbildschirm, den unsere Techniker vor der Bühne aufgestellt hatten. Am Morgen hatte ich das Ersatzzelt zum ersten Mal mit eigenen Augen gesehen statt nur die Fotos auf den Smartphones meiner Kollegen, die beim Aufbau dabei gewesen waren. Eng eingezwängt zwischen Wohnwagen, Fahrgeschäften und den Absperrungen rund um das weitgehend zerstörte Festzelt stand es auf dem einzig freien Platz, der noch verfügbar war. Immer noch lag Brandgeruch in der Luft, und an schattigen Stellen musste man Pfützenresten mit Löschwasser ausweichen. In Abstimmung mit von Holstens Team hatten meine Agenturkollegen ihr Möglichstes getan, um das Ersatzzelt als eine Art Miniaturausgabe des ursprünglichen Festzeltes attraktiv zu gestalten. Weiß-blaue Satinbahnen waren vom Zeltdach abgehängt, darunter hatten sie große goldene Kronen und Dutzende roter Samtherzen in unterschiedlichen Höhen befestigt. Auf dem Firstbalken dienten die vier überdimensionalen Varianten der goldenen Kronen als weithin sichtbarer Eyecatcher.

In Anbetracht der tragischen Umstände fand ich das Ergebnis rundum gelungen. Das Ersatzzelt war ebenso ansprechend gestaltet wie die größeren Festzelte. Durch seine Mischung aus französischen Stilelementen, bayerischen Reminiszenzen und kitschigen Spielereien wie den roten Samtherzen hob es sich klar ab und setzte eigene Akzente, die sich in der Gestaltung der Tischdecken, Servietten, Speisekarten et cetera spiegelten.

Heute war endlich auch der Besucherandrang erfreulich. Gut gelaunte Cliquen junger Menschen, zahlreiche Familien und feierlustige Seniorengrüppchen verfolgten an den Biertischen die Live-Übertragung des Volksfestumzugs. Die meisten Gäste trugen Tracht. Von klassisch-bayerisch über die Württemberg-Kollektion aus dem Wasen-Shop bis zum modernen Landhausstil war alles vertreten, was die Kleidungsindustrie hergab. Eines verband alle Gäste: Hunger und Durst. Köche, Foodrunner, Servicekräfte, Bedienungen und alle vom Organisationsteam waren bis über beide Ohren beschäftigt.

»Bea, Jeannette – ihr habt Kundschaft!«, rief uns eine der Bedienungen im Vorübereilen zu. Genau wie wir warb sie für die Trachtenkollektion unseres Chefs. »An eurem Shop warten zwei Mädchen, die sich für die Dirndl interessieren.«

Die resolute Dame mit den kunstvoll geflochtenen Haar-schnecken brachte es fertig, sechs Teller mit Hähnchen und Pommes gleichzeitig durch den schmalen Gang zwischen den Tischreihen zu balancieren.

»Okay, danke!« Lustlos fädelte ich mich rückwärts aus der Bierbank heraus. »Das übernehme ich, wenn ihr mir nachher erzählt, was ich beim Umzug verpasst habe.«

»Machen wir.« Jeannette prostete mit ihrem Maßkrug in alle Richtungen. Er enthielt Apfelschorle statt Bier, was wegen der ähnlichen Getränkefarbe kaum auffiel. »Sorg du dafür, dass die Kasse sich füllt. Wenn wir keinen anständigen Umsatz machen, flippt André garantiert aus.«

»Und ich kümmere mich um deine Pommes, bevor sie kalt werden«, verkündete Annika scheinbar selbstlos. Sie stippte ein paar Pommes ins Ketchup und schob sich alle auf einmal in den Mund. Ein roter Klecks blieb in ihrem Mundwinkel hängen.

»Ihr seid wahre Freundinnen.« Nachdem ich mein Dirndl zurechtgezupft und die goldene Schürze mit der korrekt plat-zierten Schleife glatt gestrichen hatte, lief ich durch die gefüll-ten Reihen zum Trachtenshop. Da der ursprünglich geplante Verkaufsstand ein Opfer der Flammen geworden war, hatten einige Helfer für uns einen improvisierten Shop in einer Ecke des Zeltes eingerichtet.

Bei der Eröffnung am Freitag war erst die Hälfte des Er-satzzeltes für Gäste möbliert und dekoriert gewesen. Mehr Platz war auch nicht nötig, denn erst im Laufe des Samstags hatten mehr und mehr Feierlustige in unser kleines Zelt ge-funden. Heute war es besser frequentiert. Anscheinend ge-nossen unsere Gäste den intimeren Rahmen. In den größeren Zelten der anderen Festwirte ging es vielleicht professioneller zu, dafür ähnelten sie einer riesigen Amüsiermaschine. Bei uns wirkten Ambiente und Service deutlich persönlicher und lauschiger. Von persönlich konnte in Andrés Trachtenshop leider noch keine Rede sein. Annika, Jeannette und ich be-treuten den Shop in wechselnden Schichten und waren bislang wenig gefordert. Die verkaufte Ware hatte noch keine merklichen Lücken in der Auslage und auf den Kleiderständern hinterlassen. Entsprechend schlecht war Andrés Laune, der selbstbewusst bis zur Schmerzgrenze mit Riesenandrang und reißendem Absatz gerechnet hatte.

In unserem Markenshop präsentierten wir seine Kollektion für Damen und Herren von Kopfbedeckungen über Dirndl, Lederhosen und Blusen sowie Schuhe bis zu passenden Accessoires wie Taschen, Schmuck oder Schals. Dank eines ausgeklügelten Garderobensystems, rollbarer Kleiderstangen und Regale war die begrenzte Verkaufsfläche in der Zeltecke voll ausgeschöpft. Wo noch Platz war, präsentierten Plakate mit Agenturmitarbeitern als Models individuelle Looks, mit denen man sich hier im Shop komplett eindecken konnte, sofern man genügend Geld dabeihatte.

»Kann ich euch helfen?« Mit meinem Verkäuferinnenlächeln trat ich zu den beiden Teenagern, die einen Narren an den gold- und silberfarbenen Dirndln gefressen hatten. Das wunderte mich wenig. Die beiden vielleicht sechzehn Jahre alten Girlies trugen metallic glänzende Turnschuhe, silberfarbene Rucksäcke, und auf ihren Augenlidern flirrten Gold- und Bronzetöne.

Eine halbe Stunde später hatte ich zwei goldfarbene Dirndl mit Blüschen, dazu passende Pumps, eine Tüte voller Accessoires wie Haarspangen und Halsketten mit Samtherzen sowie zwei Strohhüte mit goldenen Bändern verkauft. Kaum hatte ich die Einnahmen in der Kasse verwahrt, betrat die nächste Gruppe junger Mädchen den Shop und stürzte sich kreischend auf die Auslagen. Langsam schien es sich herumzusprechen, wie stylish und außergewöhnlich Andrés Trachtenkollektion mit ihrem französischen Esprit war. Während ich die Mädchen beim Geldausgeben beriet, entdeckte ich André vor dem Festbüro in der gegenüberliegenden Ecke des Zeltes, wo er zufrieden den Andrang auf seine Kollektion verfolgte. Auch aus dieser Entfernung sah ich die Euro-Zeichen in seinen Augäpfeln blinken wie die Fruchtsymbole in einem

Einarmigen Banditen. Berauscht über den Zuspruch, eilte er hinüber zu meinen Kolleginnen am Biertisch und wies Annika mit gewohnt dramatischer Gestik an, mich beim Verkaufen zu unterstützen. Jeannette scheuchte er ins Festbüro, um die ersten Verkaufserfolge in den sozialen Medien kundzutun und die Nachfrage weiter anzukurbeln.

Nach einer Stunde kam Jeannette wieder heraus und erklärte sich bereit, uns im Shop abzulösen. Annika und ich verließen das Zelt, um frische Luft zu schnappen und uns die Beine zu vertreten. Wir schlenderten an den Verkaufsbuden und Fahrgeschäften entlang. Annika gönnte sich ein Softeis, ich entschied mich für einen Fruchtspieß mit Erdbeeren in Vollmilchschokolade.

Inzwischen war der Festzug auf dem Wasen angekommen und hatte Tausende Feierlustige aufs Gelände gespült. Um uns herum herrschte großes Gedränge. Mit lautsprecherverstärkten Spaßbotschaften versuchten die Ansager der Fahrgeschäfte, neue Kundschaft in ihre Attraktionen zu locken. Ohrenbetäubende Soundeffekte waberten durch die Luft, überall blinkte und zischte es. Bratwurstduft mischte sich mit Bierfahnen, stechender Schweißgeruch konkurrierte mit dem Duftgemisch aller Aftershaves der Welt. Einen Vorteil hatte das betäubende Geruchsdurcheinander: Der Brandgestank war kaum noch wahrzunehmen.

Dank reichlichem Bier- und Schnapsgenuss waren die männlichen Besuchergruppen warmgefeiert und wetteiferten beim Johlen und Grölen in der Lautstärke, um die Fahrgeschäfte und Ansager zu übertönen. Ähnlich enthemmte Gruppen in weiblicher Besetzung hielten mit Kreischen und Lachen dagegen.

Auch am dritten Wasen-Tag machte mich das Durcheinander an Sinneseindrücken genauso schwindelig wie die Höhen- und Geschwindigkeitsrekorde der Fahrgeschäfte. Bald wusste ich nicht mehr, wo ich hinsehen beziehungsweise wo ich lieber wegschauen sollte.

Anders als ich schien Annika den Trubel zu genießen und

hakte sich bei mir unter. »Macht das Spaß!«, rief sie aufge-
kratzt und verteilte Kusshände an ein paar junge Männer mit
Seppelhüten und einheitlichen grün-weiß karierten Hemden,
die uns nachpfiffen. »Stell dir nur vor, auf der Königstraße
ginge es so lustig her.«

Weil ich keine Spielverderberin sein wollte, stimmte ich
zu. »Wäre besser als die schlecht gelaunten Mienen und kri-
tischen Blicke, mit denen sich alle gegenseitig beäugen. Wir
Schwaben sind halt auch beim Shoppen eher leistungs- als
genussorientiert.«

Als mir ein Halbwüchsiger in Lederhose und schwarzem
Muskelshirt den Weg abschnitt, legte ich eine Vollbremsung
ein. In vollem Lauf nahm er direkten Kurs auf einen Abfall-
eimer und schaffte es gerade noch, sich darüberzubeugen,
bevor er sich übergab.

Annika bekam den ekelerregenden Zwischenfall nicht mit.
Sie hatte den Arm aus meinem gelöst und war einen Schritt
zurückgetreten, um einem älteren Herrn mit Gamsbart am
Filzhut auszuweichen, der ihr auf den Hintern klatschen
wollte. »Das Berühren der Figuren mit den Pfoten isch verboten«, rief sie in geschwäbeltem Berlinerisch und hob gespielt
tadelnd den Zeigefinger.

Eine Frauengruppe im pinkfarbenen Dirndl-Fünflings-
look mit schwarzen Minizylindern auf dem Scheitel lief an
uns vorbei und schmetterte lautstark »Atemlos durch die
Nacht ...«.

»... bis ein neuer Tag erwacht«, fiel Annika mit ein und
winkte den Fünflingen. Dann sah sie zu mir und verdrehte
die Augen. »Diesen Song habe ich gehasst. Meine Nachbarin
hat ihn den ganzen Tag rauf und runter gespielt. Zum Glück
ist er endlich Geschichte, auch wenn er bei uns im Zelt jeden
Tag ...« Mitten im Satz brach sie ab und starrte hinüber zur
Geisterbahn. »Du, Bea«, sagte sie zögernd. Ihre Fröhlichkeit
war auf einmal wie weggeblasen. »Ich muss kurz was erledi-
gen. Bin gleich zurück.« Ohne mich weiter zu beachten, lief
sie davon und verschwand in der Menge.

Überrumpelt blieb ich stehen und sah in die Richtung, in die sie davongelaufen war. Plötzlich prallte jemand gegen meinen Rücken. Ein hartkantiger Schuh landete auf meinem Fuß.

»Hoppla, junge Frau«, sagte eine Männerstimme dicht hinter mir.

»Autsch«, entfuhr mir zeitgleich ein Schmerzensschrei. Die Blasen von meiner gestrigen Tour am Hohenneuffen waren dick mit Pflaster abgedeckt, aber gegen die klobigen Haferlschuhe aus Wildbockleder, die der Rempler trug, war die Polsterung wirkungslos. Ich hob den Fuß hoch und tastete meinen großen Zeh ab, der in den rot-weiß karierten Keilsandalen aus Andrés Kollektion ungeschützt war.

Als ich ums Gleichgewicht kämpfend mit den Armen ruderte, spürte ich die Wärme einer fremden Hand auf meinem Rücken. Sofort ließ ich den Fuß sinken und schüttelte die Hand ab. »Nehmen Sie gefälligst Ihre Pfoten weg!«, rief ich empört und sah über die Schulter. Weitere Beschimpfungen blieben mir im Hals stecken.

Der Mann war ebenso verblüfft wie ich. »Frau Pelzer!«, stieß er aus und löste seine Hand von meinem Rücken. »Warum sind Sie nicht im Zelt?« Unter dem Trachtenhut aus rehbraunem Lodenstoff erkannte ich Dr. Jürgens. Der Ton seiner haselnussfarbigen Augen passte perfekt zum Trachtensakko mit Hornknöpfen. Das stammte nicht von André. Sah eher nach einem Klassiker von Frankonia oder Angermaier aus.

Mein malträtierter Zeh pulsierte schmerzhaft, daher reichte meine Energie nur für drei Worte. »Ich mache Pause«, presste ich zwischen den Zähnen heraus.

Demonstrativ langsam prüfte Dr. Jürgens seine Armbanduhr. »Ein Uhr«, stellte er fest und zog die dunklen Augenbrauen über der Nase zusammen. »Wieso machen Sie ausgerechnet in der Mittagessenszeit eine Pause? Unser Zelt ist doch hoffentlich voll besetzt?«

»Fast voll. Keine Sorge, meine Kollegin, Frau Wagenbach, vertritt mich im Shop.«

»Nun ja, wenn Sie meinen.« Dr. Jürgens deutete auf meinen Fuß. »Sie sind von einer Sekunde auf die andere einfach stehen geblieben. Ich konnte nicht mehr ausweichen.«

Statt einer Antwort trat ich versuchsweise auf den verletzten Fuß. Tat immer noch weh, aber ich würde es überleben.

»Gut, Frau Pelzer.« Dr. Jürgens räusperte sich mehrfach und löste den Blick von dem leuchtend roten Fleck, den eine Erdbeere aus dem Fruchtspieß auf meiner weißen Bluse hinterlassen hatte. »Wir sehen uns bei der Teambesprechung nachher im Zelt.«

Was für eine Teambesprechung? Davon wusste ich nichts. Ich nickte trotzdem und hob andeutungsweise die Hand, als Dr. Jürgens in weitem Abstand um mich herumging und sich entfernte.

Hoffentlich verpfiff er mich nicht bei André. Am besten nahm ich schnell wieder meinen Platz im Zelt ein.

Ich drehte mich um und wollte loshumpeln, da entdeckte ich Annika im Gespräch mit drei jungen Männern in der Nähe der Geisterbahn. Meine Kollegin drehte mir den Rücken zu und unterhielt sich mit einem Mann Mitte zwanzig. Er trug ein schwarzes T-Shirt und Röhrenjeans, in denen sich seine O-Beine deutlich abzeichneten. Während er auf Annika einredete, fuhr er sich über den fast kahlen Kopf, auf dem nur noch schwarze Stoppeln zu sehen waren.

Als mein Blick zu dem Mann neben ihm glitt, fuhr ich erschrocken zurück. Auf seine eng anliegende, knielange schwarze Kutte war mit heller Farbe ein menschliches Skelett aufgedruckt. Im Arm hielt er eine Totenkopfmaske. Die dunklen Haare waren verfilzt und hingen strähnig bis auf die Schultern. Das musste einer der Erschrecker sein, die in der Geisterbahn als Aushilfen beschäftigt waren. Der dritte Mann hakte die Daumen in die Träger seiner blauen Arbeits-Latzhose und beäugte Annikas Dekolleté.

Sollte ich ihr Bescheid geben, bevor ich zum Zelt zurückging? Unschlüssig humpelte ich ein paar Schritte auf das Grüppchen zu, entschied mich aber dagegen, als der glatzköpfige Mann neckend an einem ihrer Zöpfe zog. Annika kannte ihn offensichtlich gut, und ich wollte ihre private Unterhaltung nicht stören.

Um den Rückweg abzukürzen, ging ich an der Absperrung der Zeltruine entlang und sah hinauf zu den verkohlten Dachbalken. Die Feuerwehr hatte mit Helfern aus unserem Team damit begonnen, die von den Flammen zerstörte Ostseite abzubauen, und arbeitete sich langsam Richtung Westen vor. Hier war der Brandgeruch stärker. Vereinzelte Pfützen waren vom Löscheinsatz noch übrig. Im Augenblick war niemand auf der Baustelle zu sehen. Wahrscheinlich machten die Arbeiter Mittagspause.

Ob die Kripo endlich herausgefunden hatte, warum Achim von Holsten hatte sterben müssen? Seit der Radiomeldung über den Fund seines Handys auf der Fahrt gestern hatte ich nichts Neues über den Mordfall gehört. Vielleicht ergab sich nachher eine Gelegenheit, mich an einem Computer im Festzeltbüro über den aktuellen Stand der Ermittlungen zu informieren.

Bald kam ich an der Stelle vorbei, an der Besucher und Kollegen mit Blumensträußen und roten Grablichtern ihr Mitgefühl ausdrückten. Vor dem westlichen Eingang hatte André im Namen der Agentur einen Trauerkranz mit weißen Lilien und eine Beileidskarte abgelegt. Daneben entdeckte ich weitere Blumensträuße und Karten.

Von wem die Trauerkarten wohl stammten? Von der Familie des Festwirts? Seiner Frau oder Freundin? Während unserer Zusammenarbeit hatte Achim von Holsten nie ein Wort über seinen Beziehungsstand oder eine Familie verloren. Seine Angehörigen lebten vermutlich in München.

Aus dem Ersatzzelt war der Soundcheck einer Band zu hören. Eine weibliche Stimme stach hervor, untermalt von einer E-Gitarre. Als ich ins Zelt trat, blieb ich an der Tür stehen und sah zur Bühne.

»Oins, zwoi, gsuffa«, röhrte eine dralle Rothaarige in ziemlich kurzen Lederhosen ins Mikro. Ihre Hosenträger wölbten sich über einem bikiniartigen Oberteil in Neonpink. Das Publikum reagierte mit begeisterten Pfiffen. Ob die ihrem Outfit oder ihrer Wortwahl beim Mikrocheck galten?

Der Schlagzeuger hieb ein paarmal rhythmisch auf seine große Trommel ein. Dumpfe Töne ließen mein Trommelfell vibrieren und verhießen nichts Gutes, was die Lautstärke der Schlagerband von den Fildern anbelangte. Dem geplanten Programmablauf nach nannten sie sich »Die Hupfdudls«, was auch immer dieser Name bedeuten sollte.

Neben der Bühne stand eine weitere rothaarige Frau. Es war Helena Römerstein. Als Eventmanagerin war sie auch für die Bands zuständig. Wie so oft kombinierte Helena Andrés Trachtenmode mit Accessoires, die im Bohnenviertel beliebt waren. Zu ihrem roten Dirndl trug sie eng anliegende schwarze Overknees mit mindestens zehn Zentimeter hohen Absätzen und ein schmales Band aus Wildleder um den Hals, an dem ein rotes Samtherz hing. Helena blätterte in einer Liste auf ihrem Klemmbrett und schien vergeblich nach einer Information zu suchen. Sie ließ das Klemmbrett sinken und trat näher zur Bühne. Mit einer Handbewegung winkte sie die Sängerin zu sich. Die unterbrach ihren Soundcheck und ging am Bühnenrand neben Helena in die Hocke.

Vor dem Festbüro entdeckte ich André und Dr. Jürgens, die in ein Gespräch vertieft waren. Als Dr. Jürgens mich am Zelteingang ausmachte, wies er mit dem Kinn in meine Richtung und beugte sich näher zu André. Instinktiv duckte ich mich und spurtete hinter den breiten Rücken einiger Security-Mitarbeiter hinüber zum Trachtenshop. Nach dem anhaltenden Sirren in meinen Ohren zu schließen, planten die beiden notorischen Wichtigtuer das baldige Ende meiner Karriere in der Agentur. Vielleicht würde ich eine Zeit lang in Jeannettes Katzenpension in Beuren aushelfen, bevor ich mir einen neuen Job suchte. Dort gab es keine arroganten Chefs und besserwisserischen Geschäftspartner.

Als ich im Shop auftauchte, atmete Jeannette erleichtert durch. Umringt von einer Gruppe junger Frauen in gewagten

Hirschleder-Hotpants, stand sie vor den Kleiderständern und streckte die Arme weit von sich, um drei Dirndlmodelle auf Bügeln gleichzeitig zu präsentieren. Auf meinen fragenden Blick hin rollte sie die Augen in Richtung einer Gruppe von Männern vor dem Schuhregal. Vor den vier Typen stapelten sich Schuhkartons ohne Deckel. Überall lagen weiße Knäul Seidenpapier herum. Die zugehörigen Paar Schuhe waren um die Männer verteilt, als hätten sie sich durch alle Modelle in allen Größen probiert. Die Vierergruppe trug Wichtelhüte und grün-weiß karierte Hemden. Waren das nicht die Jungs, die Annika und mir vorhin nachgepfiffen hatten?

Bald waren alle mit den passenden Trachtenschuhen versorgt, und der Ansturm legte sich. Ich ging rüber in die Versailles-Bar und löschte meinen Durst mit einer Apfelschorle. Nach dem Soundcheck war der Geräuschpegel nun beinahe angenehm, auch wenn feierlustige Grüppchen bereits die Songs der ersten Band an diesem Tag anstimmten. Die Band hatte sich vor ihrem Auftritt in die Garderobe zurückgezogen.

Von der Theke aus beobachtete ich, wie Annika ins Zelt trat und aufs Festbüro zusteuerte. Nur Sekunden nach ihr kam der Mann mit dem fast kahl geschorenen Kopf und den O-Beinen herein, mit dem ich sie im Gespräch bei der Geisterbahn beobachtet hatte. Nach wenigen Metern schloss er zu Annika auf und hielt sie am Arm fest. Annika fuhr herum und schien überrascht, den Mann hier im Zelt zu sehen. Sie sagte etwas zu ihm, worauf der Glatzköpfige ihren Oberarm fester packte und auf sie einredete. Bald entspannte sich Annikas Miene, und sie nickte.

Was ging zwischen den beiden vor? Brauchte Annika Hilfe?

Für alle Fälle stellte ich mein leeres Glas auf der Theke ab und ging durch die Menge in ihre Richtung. Nun ließ der Mann Annikas Arm los. Sie griff in die rote Filztasche aus Andrés Kollektion, die über ihrer Schulter hing, und nahm ihren Geldbeutel heraus. Als sie aufsah, fiel ihr Blick auf mich. Sofort drehte sie sich weg und wandte mir den Rücken zu. Trotzdem bekam ich mit, wie sie dem Mann ein paar Scheine in die Hand drückte. Der Glatzköpfige schob das Geld in seine Jeans und lief zum Seitenausgang.

Bald hatte ich Annika erreicht. »Hat der Typ dich belästigt? Ich dachte, du brauchst vielleicht Hilfe.«

Annika schüttelte den Kopf und steckte den Geldbeutel in ihre herzförmige Tasche zurück. »Alles okay, Bea.«

»Was wollte der Mann von dir? Ich hab gesehen, wie du ihm Geld gegeben hast.«

Annika blieb schweigsam. Ihr verschlossener Gesichtsausdruck signalisierte deutlich, wie wenig mich das ihrer Ansicht nach anging. Als der Schlagzeuger einen Trommelwirbel anstimmte und unsere Gäste die Band mit Klatschen und Pfiffen auf der Bühne begrüßten, erschraken wir beide.

Ich beugte mich zu Annika. Aus ihren Haaren stieg Veilchenduft auf. »Schon gut, ich wollte nur helfen.«

Als ich mich wegdrehte, griff Annika nach meiner Hand. »Bea, das ist tatsächlich etwas Privates.« Sie zögerte einen Moment. »Neulich, in der Agentur, weißt du noch? Da habe ich dir von meiner Schwester erzählt.«

Unsere Unterhaltung in der Toilette war mir noch im Gedächtnis. Annika hatte geweint und sich vor uns versteckt. »Ja, ich erinnere mich. Sagtest du nicht, sie hieß Lena?«

Kaum hatte ich den Namen ausgesprochen, presste Annika die Lippen aufeinander, bis das Blut aus ihnen wich. Sie sah sich um, als wollte sie vermeiden, dass noch jemand anders mitbekam, was sie mir erzählte. Als die Rothaarige auf der Bühne den ersten Song anstimmte, kam Annika noch näher.

»Der Mann eben, das war Charlie. Ihr Freund«, erklärte sie und versuchte, die Trommelschläge des Schlagzeugers zu übertönen. »Er war völlig vernarrt in Lena. Als sie gestorben ist … das hat ihn … aus der Bahn geworfen.«

»Verstehe. Arbeitet er hier auf dem Wasen? Ich hab ihn vor der Geisterbahn gesehen.«

»Ja. Er hangelt sich von einem Aushilfsjob zum nächsten.«

»Daher das Geld.«

»Ich helfe ihm manchmal.« Annika sah zu Boden. »Immerhin … wie soll ich mich ausdrücken? Na ja, Charlie mochte Lena sehr. Jetzt, wo sie nicht mehr da ist, ist er eine Art Verbindung zu ihr …«

Verständnisvoll drückte ich Annikas Hand und blickte auf. André beobachtete uns. Er stand vor dem Shop, in dem wieder ziemliches Gedränge herrschte. Vor Ärger war sein Gesicht rot angelaufen und hatte fast den Ton der Samtherzen, die von der Decke hingen.

»Dreh dich nicht um«, raunte ich Annika zu. »André sieht aus, als würde er gleich platzen vor Wut. Wir sollten schleunigst rüber in den Shop zu Jeannette.«

Annika schob den Henkel ihrer Tasche die Schulter hoch. Sie schien sich wieder gefasst zu haben und nickte entschlossen. »Alarmstufe rot. Auf ins Gefecht.«

Mit möglichst unschuldigem Gesichtsausdruck schleusten wir uns durch die Gasse zwischen den Bierbänken auf den Shop zu, in dem Jeannette drei Kunden auf einmal betreute. André stand in Lederhose und pastellgelbem Hemd daneben und tat, was er am besten konnte: sich aufplustern wie ein Papagei in der Brunft.

Wir näherten uns dem Shop und kamen an einem Biertisch vorbei, an dem ein älterer Herr mit Schiebermütze saß. Neben seinem Maßkrug lag die »Bild am Sonntag«. Mein Blick blieb an der Titelseite hängen. Das Foto neben dem Aufmacherartikel zeigte ein Gesicht, das mir bekannt vorkam. Ich ließ Annika vorgehen und kniff die Augen zusammen, um schärfer zu sehen. War das wirklich mein Vater? Ich überflog die Schlagzeile. Mein Herz setzte einen Schlag lang aus. In großen roten Buchstaben stand dort zu lesen: »Musste der Festwirt aus Rache sterben?«

Fassungslos starrte ich meinen Vater auf der »BamS« an. Das Foto schien älter zu sein, seine Haare waren noch eher schwarz und nicht grau meliert wie heute. Kragen und Schulterpartie eines schwarzen Anzugs waren zu erkennen, darunter ein hellblaues Hemd mit Stehkragen, das ich noch nie an ihm gesehen hatte.

»Brauchen Sie die Zeitung noch?«, fragte ich den älteren Herrn. Der würdigte weder mich noch die Zeitung eines Blickes, weil er die Rothaarige auf der Bühne nicht aus den Augen ließ. »Ich gebe Ihnen fünf Euro dafür.« Noch immer keine Reaktion. Um seine Aufmerksamkeit zu gewinnen, fingerte ich einen Schein aus der Tasche unter meiner Schürze und wedelte ihm damit vor den Augen herum.

Der Köder wirkte. Der Mann sah zuerst auf die fünf Euro. Dann spähte er zu mir hoch und rückte die Schiebermütze in den Nacken, als wollte er prüfen, ob mein Angebot ernst gemeint war. Sein Blick glitt zurück zu dem grünen Geldschein.

»Die ›Bild‹-Zeitung?«, knurrte er. »Hat was vom Bier abbekommen.« Ein Zeigefinger mit dunklem Rand unterm Fingernagel deutete auf eine feuchte Ecke der Titelseite.

»Egal. Hier, fünf Euro. Nehmen Sie das Geld!«

Der Mann schnappte nach dem Schein und schien zufrieden mit unserem Geschäft. »Wie Sie wollen, junge Frau. Steht sowieso nichts Gescheites drin.«

Ich griff mir die Zeitung und rollte sie im Gehen zusammen. Bevor jemand anders von der Agentur Peters Foto auf der Titelseite entdeckte, wollte ich wissen, was hier gespielt wurde. »Musste der Festwirt aus Rache sterben?«, tönte die Schlagzeile in Endlosschleife in meinem Kopf. Dagegen hatte sogar der mehrfach wiederholte Refrain »Krüge hoch, jetzt geht's los« der Rothaarigen auf der Bühne keine Chance.

Mit der gerollten Zeitung in der Hand erreichte ich den Trachtenshop. Dort holte mich Andrés erboste Stimme zurück in die Realität.

»Bea, glaubst du, du hättest hier Zeit zum Lesen?« Er brüllte fast, um die Band zu übertönen. Seinem Gesichtsausdruck nach hätte er mir die Zeitung am liebsten um die Ohren gehauen, und zwar nicht nur einmal. »Wir sprechen uns noch, *ma chère*«, presste er heraus.

Wie zur Untermalung hieb der Schlagzeuger auf seine

Basstrommel ein. Der dumpfe Ton waberte durchs Zelt und beendete den Song. Beifall brandete auf.

Jeannette drängte sich zwischen mich und André.

»Bea, gut, dass du da bist«, flötete sie bemüht harmlos. »Du musst dich dringend um die beiden Frauen bei den Dirndln kümmern. Die zwei wollen sich von Kopf bis Fuß mit unserer Kollektion eindecken.« Mit dem sanftmütigsten aller Lächeln wandte sie sich zu André. »Mit *deiner* Kollektion selbstverständlich, André. Es wird dich freuen zu hören, dass die Geschäfte heute *superbe* laufen.«

Nach diesem diplomatischen Meisterstück zerrte sie mich aus Andrés Reichweite und schob mich vor sich her in den Shop. »Bea, ich hab keine Ahnung, was hier läuft. Aber du solltest besser einen Gang höher schalten, bevor André dich mit der erstbesten Schweinshaxe erschlägt und ich die ganze Arbeit allein machen muss.«

Verständlicherweise war ich mit den Gedanken ganz woanders, aber irgendwie schaffte ich es, die Verkaufsgespräche zu überstehen und passendes Wechselgeld herauszugeben. Als der Ansturm abebbte, schob ich ein dringendes menschliches Bedürfnis vor und verzog mich mit der Zeitungsrolle unter der Schürze zu den Toiletten. In der ersten freien Kabine verschanzte ich mich und deckte die Brille mit Toilettenpapier ab. Ungeduldig ließ ich mich nieder und zog die »Bild«-Zeitung heraus.

Ein Blick genügte. Tatsächlich! Das war mein Vater auf der Titelseite. Insgeheim hatte ich gehofft, mich getäuscht zu haben.

Ich überflog die wenigen Zeilen neben dem Foto: »Tatort: Wasen. Münchner Wiesn-Wirt erschlagen und verbrannt. Ist dieser Mann der Mörder? Grausame Rache für den Konkurs seiner Firma?«, stand dort in kleineren, aber nicht weniger effekthascherischen Buchstaben zu lesen.

Für einen Augenblick kam es mir so vor, als wäre der gut aussehende Mann um die sechzig auf dem Foto ein Fremder. Das war keineswegs abwegig, hatte ich doch deutlich weniger Zeit in meinem Leben mit ihm verbracht als ohne ihn. Erst vor ein paar Monaten war er überraschend in Stuttgart – und wieder in meinem Leben – aufgetaucht. Die fast zwanzig Jahre zuvor hatte er in München gelebt. Genauer gesagt seit jenem Tag, als er meine Mutter und mich nach einer von Streit und harten Worten geprägten Trennungsphase verlassen hatte. Warum er München den Rücken gekehrt hatte, wusste ich nicht. Wir näherten uns zwar behutsam an und lernten uns neu kennen, aber unser Verhältnis war angespannt und noch weit von der Normalität entfernt. Nun würde ich ausgerechnet aus der »Bild am Sonntag« erfahren, warum er nach Stuttgart zurückgekehrt war.

Als ich mich in den Artikel vertiefen wollte, klopfte jemand gegen die Tür der Toilettenkabine. Fast hätte ich die Zeitung in die unappetitliche Pfütze vor meinen Füßen fallen lassen.

»Bea, bist du da drin?« Das war Jeannettes Stimme. »Leugnen nutzt nichts, ich sehe deine karierten Keilsandalen. Du, dies wäre ein guter Zeitpunkt, um dein Toilettenexil zu verlassen. Gleich geht die Teambesprechung los.«

Das Meeting hatte Dr. Jürgens nach unserem Zusammenstoß erwähnt. »Ist Peter auch dabei?«, fragte ich mit wackliger Stimme.

»Soweit ich weiß, spielt er Tennis mit dem Geschäftsführer einer Consultingfirma. Die suchen eine neue Agentur, und André hat deinen Vater auf ihn angesetzt. Kommst du endlich raus?« Jeannettes Finger klopften rhythmisch an die Tür. »Oder soll ich André sagen, du hättest das Mittagessen nicht vertragen? Zu viel Pommes mit Mayo oder so ähnlich.«

»Nein, geht schon. Bin gleich da.«

»Gut. Wir sind im Festbüro.« Jeannettes Schritte entfernten sich. Die Musik wurde für einen Augenblick lauter, als sie die Tür zum Festzelt öffnete, dann wieder gedämpft.

Ausgerechnet jetzt musste ich zurück! Aber ich wollte nicht riskieren, André noch mehr zu verärgern. Ich rollte die Zeitung zusammen und verbarg sie unter der Schürze. Auf dem Weg zum Festbüro ging ich am Schließfach in der Mitarbeitergarderobe vorbei und ließ sie in meiner Umhängetasche verschwinden.

Bei dem improvisierten Meeting war das gesamte Wasen-Team der Agentur dabei. Bis auf meinen Vater. André und Dr. Jürgens gingen die geplanten Marketingmaßnahmen der nächsten Woche durch. Dazu gehörte auch ein Interview mit der »Stuttgarter Zeitung«, in dem die beiden für das Ersatzzelt werben wollten. Helena gab bekannt, wer für welche Schichten im Zelt eingeteilt war und welche Events anstanden.

Die Besprechung rauschte an mir vorüber, als wäre ich in Watte gewickelt. Erst als André mich mit Namen ansprach, riss der Schleier.

»Bea, du führst morgen die Gruppe von der Uni Hohenheim über das historische Volksfest?«, erkundigte er sich und fixierte auffällig direkt meine Schürze. Dort wölbte sich zum Glück nichts mehr.

»Ja, genau. Hohenheim. Wir starten um elf Uhr.«

»Erwähne unbedingt das runde Jubiläum der Universität«, wies André mich an. »Vielleicht haben die noch einen Werbeetat zu vergeben, *tu comprends*?«

Nach der Besprechung war ich für eine weitere Schicht im Trachtenshop eingeteilt. Sobald ich die überstanden hatte, packte ich meine Sachen zusammen und verließ auf schnellstem Weg den Wasen.

Mein Corsa stand wie üblich auf dem reservierten Parkplatz. Bevor ich losfuhr, überlegte ich, ob ich meinen Besuch bei Gerit ankündigen sollte oder nicht. Wenn ich Jeannette richtig verstanden hatte, war sie allein zu Hause, während Peter auf dem Tenniscourt einen potenziellen Kunden von den Qualitäten unserer Agentur zu überzeugen versuchte. Nach einem Schluck Wasser aus der Flasche im Handschuhfach ließ ich den Motor an, überquerte den Neckar und fädelte mich auf der B 10 nordwärts ein. Am Pragsattel bog ich zum Killesberg ab und fuhr zu dem Haus, das die beiden gekauft hatten. Vor der Garageneinfahrt stellte ich den Wagen ab und schaltete den Motor aus.

Widerstrebend nahm ich die Sonntagszeitung aus meiner Tasche, überflog erneut die reißerischen Sätze auf der Titelseite und blätterte zu dem Artikel. Er umfasste gerade einmal achtzehn Zeilen. Umso brisanter war dafür sein Inhalt. Wenn alles stimmte, was hier geschrieben stand, hätte mein Vater wahrlich einen guten Grund gehabt, sich an Achim von Holsten zu rächen. Aber wäre er überhaupt fähig, einen Menschen umzubringen? Ihn hinterrücks zu erschlagen und die Leiche einfach liegen zu lassen? Das konnte ich mir beim besten Willen nicht vorstellen.

Andererseits bewies schon ein einziger Blick in die Nachrichten, wozu Menschen fähig waren, wenn sie unter Druck standen. Was, wenn die beiden in Streit geraten waren und mein Vater im Affekt gehandelt hatte?

Ich blieb noch ein paar Minuten im Auto sitzen. Wie sollte ich Gerit diese Enthüllung schonend beibringen? Oder war der direkte Weg der beste? Schließlich war sie Journalistin und mit den Machenschaften ihrer Branche vertraut. Geistesabwesend sah ich hinüber zu dem Neubau, in dem mein Vater und seine zweite Frau lebten. Die Rasenfläche im Vorgarten hatte ich mit ihm eingesät. Auch die Sandsteinplatten, die vom Gartentor in einer ungleichmäßigen Kurve zur Haustür führten, hatten wir gemeinsam verlegt. Weder an ihm noch an mir war ein Handwerker verloren gegangen, trotzdem hatten wir viel Spaß gehabt.

Vor dem Küchenfenster stand die Holzbank, die mein Vater aus dem halbierten Stamm und den größeren Ästen eines Zwetschgenbaumes zusammengezimmert hatte, der im Garten der Rasenfläche hatte weichen müssen. Auf dieser Bank hatten wir nach der ungewohnten körperlichen Arbeit die Beine ausgestreckt und mit Gerit Kaffee getrunken.

Bei diesem Gedanken sank mir das Herz. Falls Gerit noch nichts über diese Zeit in Peters Leben wusste, würde der Artikel für sie ein noch größerer Schock sein als für mich, denn er enthüllte einige pikante Details aus dem Liebesleben meines Vaters. Womöglich würde ich sie erstmals mit dieser Episode im Leben ihres Mannes konfrontieren. Ausgerechnet ich, die fremde Tochter aus seiner früheren, gescheiterten Ehe.

Ein Auto fuhr vorbei. Kam mein Vater vom Tennisplatz zurück? Nein, es war ein dunkelroter Audi. Der Fahrer blinkte und parkte auf der anderen Straßenseite. Die Tür ging auf, und Kommissar Gabriel stieg aus. Der Leiter der »Soko Wasen« hatte mich bereits entdeckt. Er kam auf den Corsa zu und blieb vor der Motorhaube stehen.

Kommissar Gabriels Schultern waren nach vorn gezogen, und er wirkte müde. Kein Wunder, um Sonntagsarbeit riss sich auch bei der Polizei niemand.

Ich gab mir einen Ruck und stieg aus.

Entschlossenen Schrittes kam er auf mich zu. »Guten Tag, Frau Pelzer. Ich nehme an, wir haben dasselbe Ziel.« Er machte eine Geste zum Haus meines Vaters.

»Höchstwahrscheinlich haben wir auch denselben Grund.« Ich zog die »Bild«-Zeitung aus meiner Umhängetasche. Selbst in zusammengerolltem Zustand war das marktschreierische Layout unverkennbar.

Der Kommissar zog die Nase hoch. »Unerfreulich, davon ausgerechnet aus diesem Blatt zu erfahren.«

»Heißt das, Sie und Ihre Kollegen wussten bisher nichts davon?«

»Wir ermitteln in verschiedene Richtungen«, sagte er ausweichend und verlagerte das Gewicht aufs andere Bein.

»Stimmt das, was hier steht?«

»Um das herauszufinden, bin ich hier. Sie offenbar auch, Frau Pelzer, oder?«

Ich sah zum Gartentor und zögerte. Was sollte ich antworten? Musste ich das überhaupt, wenn es um so private Dinge ging?

»Ich würde Sie gern etwas fragen, bevor wir Ihre Eltern treffen«, hörte ich den Kommissar sagen. »Wieso ist Ihr Nachname Pelzer und nicht Herzog wie bei Ihrem Vater?«

Mein Blick galt nach wie vor dem Gartentor. Wie sollte ich diesen Umstand in wenigen Worten erklären? Schließlich wollte ich nicht meine ganze verkorkste Familiengeschichte ausbreiten. »Das hier ist nicht mein Elternhaus.« Endlich wandte ich mich zum Kommissar. »Mein Vater und meine Mutter haben sich getrennt, als ich ein Teenager war. Meine Mutter hat danach ihren Mädchennamen wieder angenommen. Das gilt auch für mich. Hier wohnt mein Vater mit Gerit. Seiner zweiten Frau.«

»Verstehe.« Kommissar Gabriels Augen wurden schmal, als schalte er von einer harmlosen Plauderei in den Verhörmodus um. »Wie ist das Verhältnis zwischen Ihnen und Ihrem Vater?«

»Sie meinen, ob ich davon wusste?« Ich hob die zusammengerollte Zeitung hoch. »Nein. Ich hatte keine Ahnung, dass er bereits in München geschäftlich mit Achim von Holsten zu tun hatte. Genauso wenig wusste ich von seiner Beziehung zu …«

Im Augenwinkel nahm ich eine Bewegung wahr und hielt inne. Die Haustür ging auf.

Eine schlanke Gestalt in einem blauen Sommerkleid erschien im Eingang. »Bea! Ich dachte sofort, diese Stimme kenne ich.« Gerit winkte mir freudig überrascht zu und lächelte. »Ich habe dich vom Küchenfenster aus gesehen.« Ihr Blick wanderte von mir zum Kommissar und mit einem fragenden Ausdruck wieder zu mir zurück.

Ich beschleunigte meine Schritte und lief über die Sandsteinplatten. Mit einer Kopfbewegung forderte ich den Kommissar auf, mir zu folgen. »Bitte kommen Sie mit ins Haus.« Erst drinnen wollte ich ihn Gerit vorstellen. Das schien mir ratsam, denn ich legte keinen Wert darauf, den Nachbarn Einblick in die Untiefen unseres Familienlebens zu geben. Außerdem war ich mir nach Gerits Begrüßung sicher, dass sie von dem Artikel noch nichts wusste. Als Journalistin einer seriösen Tageszeitung gehörte das Revolverblatt ohnehin wohl kaum zu ihrer täglichen Lektüre.

Kommissar Gabriel trat hinter mir in den Flur. Der fensterlose Raum erhielt nur Licht durch die Glasbausteine neben der Haustür. Die Luft fühlte sich deutlich kühler an als draußen.

Verwundert beobachtete Gerit, wie ich mit einem fremden Mann im Schlepptau eintrat, bat uns aber gleich weiter ins Wohnzimmer.

»Gerit, das ist Kommissar Gabriel vom Dezernat für Tötungsdelikte. Er leitet die Soko, die den Mordfall im Festzelt untersucht.«

Gerit begrüßte den Kommissar und sah zu mir, als wartete sie auf eine Erklärung.

»Hast du die ›Bild am Sonntag‹ schon gelesen?«

Sichtlich erstaunt schüttelte Gerit den Kopf. »Nein. Wenn es nicht unbedingt sein muss, tue ich mir das nicht an. Warum fragst du?«

»Es ist besser, wenn wir uns setzen.« Ich ging um den Couchtisch herum und ließ mich auf dem schwarzen Ledersofa nieder. Durch den Stoff meines Dirndls spürte ich die Kühle des Leders an meiner Haut. Dem Kommissar bot ich den dazugehörigen Sessel gegenüber an.

»Bea, was wird hier gespielt?«, fragte Gerit und trat zu mir.

Wortlos entrollte ich die Zeitung und reichte sie ihr. Als Gerit das Foto ihres Mannes auf der Titelseite sah, wurde sie blass unter der Sonnenbräune. Ohne den Blick von der Zeitung abzuwenden, ließ sie sich neben mir auf dem Sofa nieder, überflog die wenigen Sätze auf der Titelseite und blätterte zum Artikel. Als sie ihn durchgelesen hatte, sah sie auf und wirkte einigermaßen fassungslos.

»Das verstehe ich nicht. Peter kannte den Festwirt schon in München? Und er soll eine Affäre mit seiner Frau gehabt haben? Das muss ein Irrtum sein.« Ihre Stimme klang fest, aber in ihren grünen Augen spiegelte sich Verunsicherung. Sie kannte meinen Vater erst seit gut anderthalb Jahren. Vielleicht wusste sie nicht viel über das Leben, das er vor ihrer Zeit geführt hatte.

Gabriel übernahm das Reden, was mir recht war. »Frau Herzog, entschuldigen Sie den Überfall. Frau Pelzer und ich haben uns zufällig vor Ihrem Haus getroffen. Meine Kollegen und ich haben erst heute von der gemeinsamen Vergangenheit des Opfers und Ihres Mannes erfahren. Ist er hier?«

Gerit schlug die Zeitung zu und schob sie auf den Couchtisch. »Nein, mein Mann ist nicht zu Hause. Er ist im Tennisclub auf dem Weißenhof.«

»Nun, dann können Sie mir vielleicht ein paar Fragen beantworten.« Kommissar Gabriel holte sein Notizbuch aus der Brusttasche seines Blazers und nahm den daran befestigten Stift ab. »War Ihnen bekannt, dass Ihr Mann und Achim von Holsten bereits in München geschäftlich miteinander zu tun hatten?«

»Peter hat die Werbung für einen Kunden auf der Wiesn koordiniert. Daran kann ich mich erinnern. Aber er hat mir keine Einzelheiten erzählt. Wir hatten uns gerade erst kennengelernt, unsere Berufe spielten keine große Rolle.« Sie zog die Zeitung wieder zu sich und blätterte zur Seite mit dem Artikel. Ihr Finger glitt über die Zeilen, aber sie schien nicht fündig zu werden. »Ich wusste auch nichts von einer Beziehung zu dieser Frau, wie heißt sie noch gleich?«

Kommissar Gabriel sah von seinen Notizen auf. »Helena Römerstein.«

Mein Magen wurde zu einem harten Klumpen. Nicht nur von Holsten und Helena hatten ihre gemeinsame Vergangenheit allen verschwiegen. Das galt ebenso für meinen Vater. Wieso hatte ich nicht bemerkt, dass er und Helena sich auch privat kannten? Die Nähe und Vertrautheit, die eine Beziehung mit sich bringt, selbst wenn sie nur kurz ist, hätte mir auffallen müssen. Schließlich war ich seine Tochter. Aber ich hatte so lange keinen Kontakt zu ihm gehabt, woher sollte ich seine Verhaltensweisen kennen?

»Meine Kollegen und ich haben mit Frau Römerstein gesprochen«, fuhr der Kommissar fort. »Um genau zu sein, mehrmals.«

Ein paar Sekunden lang war nur das Brummen des Kühlschranks aus der Küche zu hören.

»Heißt das etwa, Sie verdächtigen Helena?«, fragte ich, nachdem mir aufgegangen war, welche Tragweite die Bemerkung des Kommissars hatte. Dann erinnerte ich mich an unser Gespräch während des Shootings. »Oder geht es um die Textnachricht, die von Holsten ihr geschickt hat? Genauer gesagt, die von seinem Handy aus an sie ging?« Erklärend wandte ich mich an Gerit. »Von Holsten war wohl bereits tot, als die SMS abgeschickt wurde.«

Gerit nickte. »Ich weiß. Peter hat mir davon erzählt. Und von seiner Unterhaltung mit Ihnen«, sagte sie und sah den Kommissar an. Für eine Frau, die eben erfahren hatte, dass ihr Mann möglicherweise ein Mörder war, wirkte sie bemerkenswert gefasst.

»Wissen Sie jetzt, wer die SMS geschickt hat?«, fragte ich Gabriel.

»Das ist noch ungeklärt, wie so vieles in diesem Fall. Der Aufbauhelfer, in dessen Lkw wir das Handy des Opfers gefunden haben, verweigert bisher jede Aussage.«

»Haben Sie neulich in der Agentur mit Helena über die SMS gesprochen?«, fragte ich.

Während ich redete, sah der Kommissar zu Gerit, als wollte er feststellen, wie sie auf den Namen Helena reagierte.

Gerit verzog keine Miene. Sie setzte ihr Reporterinnengesicht auf, wie ich es nannte. Man hätte es auch als Pokerface bezeichnen können. Sie schien entschlossen, sich in Gegenwart des Kommissars keine Blöße zu geben. Das fand ich nur fair, da wir Peters Version der Geschichte noch nicht kannten.

»Was hat Helena Ihnen erzählt?«, hakte ich nach. »Wurde diese SMS tatsächlich an ihr Handy gesendet?«

»Ja. Frau Römersteins Aussage ist korrekt. Sie hat mir die SMS gezeigt.« Kommissar Gabriel blätterte in seinem Notizbuch, als suchte er nach Helenas Aussage.

»Dann hat ja alles seine Richtigkeit. Und warum genau ermitteln Sie gegen Helena?«

Der Kommissar zögerte. »Nun ja, ich will es so ausdrücken. Es könnte sein, dass Frau Römerstein noch eine Rechnung mit ihrem Exmann offen hatte. Soweit wir bisher wissen, war die Scheidung ziemlich unschön. Der reinste Rosenkrieg.«

Ich konnte kaum glauben, was ich da hörte. Vor meinen Augen hatte sich ein Hollywooddrama abgespielt, und ich hatte nichts davon mitbekommen.

»Hat Frau Römerstein ein Alibi für die Tatzeit? Sprich für die Nacht von Mittwoch auf Donnerstag?«, meldete sich nun Gerit zu Wort. »Ein Motiv hatte sie ja offenbar. Eine Scheidung kann das Schlimmste im Menschen zum Vorschein bringen.«

»Sie haben gewiss Verständnis, Frau Herzog, dass ich Ihnen keinen Einblick in den Stand unserer Ermittlungen geben kann«, erwiderte Gabriel und hob das Kinn. »Zumal Sie für die ›Stuttgarter Zeitung‹ schreiben und daher auch beruflich involviert sind.«

»Das ist richtig, Herr Kommissar. Aber seien Sie versichert, ich kann Berufliches und Privates sehr wohl trennen.« Ein kurzes Heben der Mundwinkel nahm Gerits Bemerkung die Spitze. »Apropos beruflich, wie passt eigentlich das Bekennerschreiben in Ihre Theorie? Und der Brandanschlag? Haben Sie herausgefunden, wer das Bekennerschreiben an meine Redaktion geschickt hat?«

Gerits Stimme klang erstaunlich emotionslos. Hatte sie die Rolle gewechselt und war statt als Ehefrau eines potenziell Verdächtigen nun als Kriminalreporterin unterwegs? Ihr Gesicht war unbewegt, als wäre es ihr täglich Brot, professionelle Ermittler auszuquetschen.

»Richtig, das Bekennerschreiben ging an Ihre Redaktion«, sagte der Kommissar und stellte sich nahtlos auf Gerits Rollenwechsel ein. »Nun, ich muss Sie auf die Presseerklärung verweisen, die meine Kollegen bald herausgeben. Aber ich habe noch eine Frage.« Er blätterte in seinem Notizbuch und griff nach einem Foto, das im Einband steckte. »Bei der

Obduktion haben meine Kollegen von der Rechtsmedizin einen Gegenstand in der Hand des Opfers gefunden. Es ist ein Metallgebilde.« Er reichte Gerit eine Fotografie, die so groß wie ein Polaroidbild war.

Gerit warf einen Blick darauf. »Tut mir leid, dafür muss ich meine Brille aus dem Arbeitszimmer holen. Einen Moment bitte.« Sie reichte das Foto an mich weiter und verließ das Wohnzimmer.

Einigermaßen irritiert sah ich ihr hinterher. Eigenartig, den Artikel in der »Bild«-Zeitung hatte sie ohne Brille lesen können. Vielleicht brauchte sie eine Pause, um sich vom ersten Schreck zu erholen.

Auf dem Foto war ein Maßband zu sehen, neben dem ein kleiner schwarzer Knubbel lag. Der Gegenstand war etwas mehr als einen Zentimeter lang und ungefähr genauso breit. Auf der Oberfläche erkannte ich ein flaches Muster.

»Was ist das?«, fragte ich den Kommissar, ohne vom Foto aufzusehen.

»Sagen Sie es mir, Frau Pelzer.«

Ich betrachtete das Foto ein paar Sekunden lang und überlegte laut. »Das könnte eine alte Münze sein. Oder der Kopf einer Schraube. Vielleicht eine zusammengeschmolzene Mutter?«

»Ihre Phantasie ist bemerkenswert. Das muss an Ihrem kreativen Beruf liegen.«

Wäre die Situation entspannter gewesen, hätte ich schallend gelacht. »Längst nicht so kreativ, wie Sie vielleicht denken, Herr Kommissar. Verraten Sie mir jetzt, was auf dem Foto zu sehen ist?«

»So, da bin ich wieder«, hörte ich Gerit sagen. Die Sitzfläche des Sofas gab nach, als sie sich neben mir niederließ. Sie beugte sich über das Foto in meiner Hand und betrachtete es nun durch eine Gleitsichtbrille. Der grüne Kunststoffrahmen hatte dieselbe Farbe wie ihre Augen.

»Kommt Ihnen der Gegenstand bekannt vor?«, wollte Kommissar Gabriel von ihr wissen.

»Nicht dass ich wüsste.«

»Nun, meine Kollegen und ich vermuten, es könnte ein Knopf sein. Und zwar ein Trachtenknopf aus Metall mit einem Muster aus geschwungenen Linien.«

Ein Trachtenknopf! Mir wurde heiß und kalt zugleich. Länger als nötig starrte ich den Gegenstand auf dem Foto an. Allmählich konnte ich das Muster an der zerschmolzenen Oberfläche erkennen. Es zeigte ein Ornament, das ich schon öfter gesehen hatte. Erst als ich mir sicher war, dass ich meine Gesichtszüge wieder im Griff hatte, sah ich auf. »Ich glaube nicht, dass ich diesen Gegenstand schon einmal gesehen habe.« Mit regloser Miene gab ich dem Kommissar das Foto zurück.

»Schade. Trotzdem danke, dass Sie sich die Zeit genommen haben.« Er steckte das Bild zurück in sein Notizbuch und erhob sich aus dem Sessel. Dann zog er eine Visitenkarte aus der Innentasche seines Blazers und reichte sie Gerit. »Würden Sie Ihrem Mann ausrichten, er soll mich anrufen, sobald er nach Hause kommt?«

Gerit nickte und nahm die Visitenkarte entgegen.

»Und falls Ihnen noch etwas einfällt, was wichtig für unsere Ermittlungen sein könnte, Frau Herzog – oder auch Ihnen, Frau Pelzer –, melden Sie sich bitte umgehend bei mir oder meinen Kollegen.«

Gerit begleitete den Kommissar in den Flur. Als die Haustür hinter ihm ins Schloss fiel, kehrte sie ins Wohnzimmer zurück.

»Ich habe ihm gar nichts angeboten«, sagte sie leise und sank wieder aufs Sofa. Sie legte die Hände ineinander. »Ein Glas Wasser oder Kaffee, meine ich. Möchtest du vielleicht eine Erfrischung, Bea?«

»Bleib sitzen. Ich hole mir ein Glas Wasser aus der Küche. Für dich auch?«

»Bitte, ja.«

Ich ging in die Küche und drehte den Wasserhahn auf. Wenn ich ehrlich war, hatte ich gar keinen Durst. Mir ging es nun so wie vorhin wahrscheinlich Gerit. Ich brauchte eine Pause, um nachzudenken. Und um zu entscheiden, was ich tun sollte. Denn natürlich hatte ich den metallenen Gegenstand wiedererkannt.

Mit zwei Gläsern kaltem Wasser kehrte ich zurück ins Wohnzimmer und reichte Gerit eines. Sie stürzte es hinunter, als wäre sie vor dem Verdursten. Als sie das leere Glas auf dem Couchtisch abstellte, liefen ein paar Tropfen am Rand hinunter und bildeten Minipfützen auf dem weißen Marmor. »Meinst du, ich sollte Peter auf dem Handy anrufen? Er wollte längst zurück sein. Vielleicht sitzt er mit eurem neuen Kunden noch im Clubhaus und handelt die Konditionen aus.«

»Du kannst genauso gut warten, bis er zu Hause ist.«

»Ja, stimmt. Darauf kommt es nun auch nicht mehr an.« Gerit stand auf und trat ans Panoramafenster im Westen. Das Fenster wurde seinem Namen nicht ganz gerecht. Statt eines Panoramas zeigte es den Garten hinter dem Haus. Den Sommer über hatten sich die Rosensträucher, die Vater und ich dort gepflanzt hatten, an ihre neue Heimat gewöhnt und waren nun mit pfirsichfarbenen und roten Blüten übersät. Auf dem Rasen bildeten herabgefallene Blütenblätter bunte Tupfer.

»Das Foto, das der Kommissar uns gezeigt hat«, sagte ich wie nebenbei. »Hast du den Gegenstand darauf wirklich noch nie gesehen?«

»Nein, ich glaube nicht.« Gerit verschränkte die Arme vor der Brust. »Und du?«

Ich zögerte einen Augenblick und drehte mein Glas zwischen den Fingern. »Ich weiß es nicht genau.«

»Du bist eine ziemlich schlechte Lügnerin, Bea. Wie gut, dass der Kommissar das nicht gemerkt hat.«

Da war ich mir nicht so sicher. »Wieso denkst du, ich hätte gelogen?«

»Du hattest ein Flackern in den Augen, als du dir das Foto angesehen hast. Und da war irgendwas an deiner Körperhaltung, das dich verraten hat. Die Art, wie du deinen Kopf gedreht hast. Peter macht das genauso, wenn er etwas vor mir verbergen will.«

Obwohl dies der wohl unpassendste Moment war, wurde mir warm ums Herz. Es tat gut zu hören, dass mein Vater und ich eine Angewohnheit teilten. Ihn nach so langer Zeit wieder in meinem Leben zu haben fühlte sich noch immer neu an. Umso mehr freute ich mich über alles, was uns verband.

»Du hast recht, Gerit. Ich habe dem Kommissar nicht alles gesagt. Der Gegenstand auf dem Foto … Ich glaube, das ist tatsächlich ein Knopf. Besser gesagt, das, was davon übrig ist nach dem Brand.«

»Du hast diesen Knopf also schon einmal gesehen.«

»Darauf schwören würde ich nicht, aber die Ähnlichkeit ist frappierend. Zu Andrés Trachtenkollektion für den Wasen gehören spezielle Knöpfe. Sie sind aus Metall und an der Oberseite mit einem Muster verziert. Eine Art Ornament, zu dem ihn ein Schlosstor in Versailles inspiriert hat. Sieht aus wie Blütenranken, die ineinander verschlungen sind.«

»Und du glaubst, das ist einer von diesen Knöpfen?«

»Gut möglich. Soweit ich weiß, hat Annika sie bei der gesamten Kollektion verarbeitet.«

»Also stammt dieser Knopf von jemandem, der ein Modell von André getragen hat?«

»Das könnte sein«, sagte ich möglichst gelassen, denn ich wollte Gerit nicht beunruhigen. Aber als der Kommissar mir das Foto gezeigt hatte, erinnerte ich mich an eine Szene neulich in der Agentur. Vor ein paar Tagen hatte Vater Annika um eine neue Trachtenweste gebeten. Vielleicht war es nur ein Zufall, dass er seine Weste ausgerechnet jetzt verloren hatte. Oder uns das glauben machen wollte.

Ein Geräusch aus dem Flur ließ uns aufhorchen. Ein Schlüssel wurde ins Schloss gesteckt.

»Ich bin zurück«, war eine Stimme zu hören. Das war Vater. Er klang entspannt. »Bist du zu Hause?«

Gerit blieb stumm auf dem Sofa sitzen, die Hände im Schoß ineinandergelegt.

Schritte kamen näher. Vater trat ins Wohnzimmer. Er trug ein hellblaues Poloshirt und weiße Shorts. Seine schwarzgrauen Haare hingen ihm in die Stirn. Zielstrebig ging er auf Gerit zu und küsste sie auf die Wange. »Hallo, mein Schatz.« Erst jetzt bemerkte er mich und strahlte übers ganze Gesicht. »Ach, da sind gleich zwei Schätze.« Er strich mir mit der Hand übers Haar und sank in den Sessel, in dem vorhin der Kommissar gesessen hatte. »Mensch, ich bin vielleicht geschafft. Das Spiel ging über fünf Sätze, und am Schluss hat Lachenmaier gefightet wie Boris Becker in seinen besten Zeiten. Aber ich hab gewonnen.« Er lachte zufrieden. »Ich gebe zu, dass ich ihm beinahe den Sieg überlassen hätte. Für einen hohen Etat, wohlbemerkt. Da kann man sich auch mal zurückhalten.« Als von Gerit und mir keine Reaktion kam, musterte er uns erstaunt. »Was ist los? Ihr seht aus, als hätte es euch die Petersilie verhagelt.«

Aus einem plötzlichen Impuls heraus stand ich auf. »Gerit wird dir alles erzählen. Ich lass euch besser allein.« Ich ging aus dem Zimmer und verließ das Haus, bevor das Drama seinen Lauf nahm.

Eine Stunde später saß ich am Küchentisch in der WG und unterdrückte nur mühsam die Tränen. Auf der Eckbank gegenüber war Jeannette in sich zusammengesunken, während ich ihr von meinem Aufeinandertreffen mit Kommissar Gabriel erzählt hatte. »Hast du die Zeitung dabei?«, fragte sie.

»Die habe ich bei Gerit gelassen.«

»Macht nichts. Ich kann mir den Artikel nachher im Internet ansehen. Oder in den Nachrichten. Auf diese Sensationsmeldung werden sich garantiert alle Sender stürzen.« Jeannette sah zur Digitalanzeige am Herd. »Fast halb acht. Das ist spät genug für Alkohol. Möchtest du ein Glas Wein?«

»Nein. Mein Magen zwickt, seit ich Peters Bild auf der Titelseite entdeckt habe.«

Jeannette holte ein Glas aus dem Küchenschrank und schenkte sich Merlot aus einer Flasche auf der Fensterbank ein. Sie trank es in einem Zug leer und schenkte sich gleich nach. »Wenn das so weitergeht, bin ich bald Mitglied bei den Anonymen Alkoholikern«, sagte sie und rutschte zurück auf die Eckbank.

»Also, wenn ich dich eben richtig verstanden habe, Bea, waren dein Vater und der Festwirt in München Geschäftspartner. Peters frühere Agentur hat dort die Werbung für von Holstens Festzelt auf der Wiesn übernommen. Stimmt das?«

»Ob es stimmt, weiß ich nicht. Die Zeitung behauptet es.«

»Okay. Auch privat gab es Gemeinsamkeiten, um es neutral zu formulieren. Achim von Holsten und Helena Römerstein waren damals miteinander verheiratet. Und Helena hatte parallel was mit deinem Vater. Als von Holsten von der Affäre erfuhr, hat er alle Aufträge storniert. Peter musste seine Mitarbeiter entlassen und wenig später Konkurs anmelden. So war's doch, oder?«

Nach Jeannettes Zusammenfassung fühlte ich mich noch elender und konnte nur wortlos bestätigen.

Jeannette schnaubte. »Klingt wie der Plot eines unterdurchschnittlichen Fernsehfilms im Öffentlich-Rechtlichen. Eines Krimis, um genau zu sein, schließlich ging einer von den dreien über den Jordan. Und einer der beiden anderen könnte daran schuld sein. Also gewissermaßen ein mörderischer Dreier.«

»Glaubst du, mein Vater könnte jemanden umbringen?« Ich brachte nur ein Flüstern heraus, trotzdem zitterte meine Stimme.

»Allein der Gedanke ist grauenhaft, Bea. Und wie du schon sagtest, der Knopf könnte von jedem stammen, der ein Kleidungsstück aus Andrés Kollektion trägt.«

»Findest du, ich sollte Kommissar Gabriel von Peters Weste erzählen?«

»Du meinst, dass er sie verloren hat? Oder es zumindest so darstellt?« Jeannette überlegte. »Das musst du selbst entscheiden. Vielleicht wäre es ratsam, erst mit deinem Vater zu sprechen, bevor du die Bullen alarmierst.«

»Ich kapiere nicht, wieso ich vorhin einfach davongelaufen bin. Meine Beine haben einfach das Kommando übernommen. Im Nachhinein ärgere ich mich darüber, aber in dem Moment konnte ich nicht anders. Soll ich Peter anrufen?«

»Hm. Ich weiß nicht. Sprich ihn lieber direkt darauf an. Warte bis morgen früh, wenn du ihn in der Agentur siehst.«

»Das wird knapp. Spätestens um zehn muss ich los.«

»Ach ja, deine Führung auf dem historischen Volksfest.« Jeannette stierte geistesabwesend in ihr Weinglas und ließ die letzten Tropfen kreisen. »Ich überlege die ganze Zeit, ob mir etwas an Peters und Helenas Verhalten aufgefallen ist. Wenn wir zusammen im Meeting waren oder im Festzelt auf dem Wasen.«

»Das hab ich mich auch gefragt. Ich habe den Eindruck, sie sind ziemlich sachlich miteinander umgegangen. Da gab es nichts Persönliches, keinen kleinen Scherz oder eine private Bemerkung.«

»Klar! Die hatten die Handbremse angezogen. Wie bei einem Waffenstillstand, wenn keiner eine falsche Bewegung machen möchte.«

»Ein Waffenstillstand«, wiederholte ich und überlegte kurz. »Ob das bei Vater und von Holsten ähnlich gewesen ist? Wenn das stimmt, was in diesem Schmierblatt steht, dann muss es für die beiden ein Riesenschock gewesen sein, hier in Stuttgart wieder aufeinanderzutreffen.«

»So viel hatten sie gar nicht miteinander zu tun. André war von Holstens direkter Ansprechpartner. Als wir den Etat für das Festzelt bekommen haben, hat Peter die Betreuung der übrigen Kunden übernommen. André hat sich um den Wasen fast allein gekümmert. Genauer gesagt, hat er den Job förmlich an sich gerissen. Wahrscheinlich wegen seiner Trachtenmode. Die konnte er dort am besten unters Volk bringen.«

»Das stimmt.« Ich zögerte, bevor ich fortfuhr. »Es gibt noch eine andere Möglichkeit. Vielleicht wusste André über die Sache in München Bescheid und hat dafür gesorgt, dass Vater und von Holsten möglichst wenig aufeinandertrafen.«

»Traust du unserem Häuptling so viel Feingefühl zu? Also ich eher nicht.« Jeannette stand auf und holte den Merlot von der Fensterbank. »Andererseits ist André ein Fuchs, wenn's ums Geschäft geht. Um sich den Auftrag für das Festzelt zu sichern, wäre er auch über Leichen gegangen.« Sie sank zurück auf die Bank. »Das meine ich nur symbolisch. Wobei … Wenn ich mich nicht täusche, trägt er seit Wochen nichts anderes als seine eigenen Entwürfe. Und fast alle Kleidungsstücke haben diese Knöpfe. Der Knopf in der Hand der Leiche könnte also auch von ihm stammen. Puh, langsam komme ich mir vor wie in einem Stück von Shakespeare. Ein Reigen voller Leidenschaft und Intrigen.« Sie nahm ihr Glas in die Hand und schenkte sich ein. »Ich bin gespannt, was die Landesschau daraus macht. Kommst du mit vor den Flimmerkasten?«

»Nein, lieber nicht. Nach allem, was heute geschehen ist, brauche ich mal Abstand. Ich versuche, Georg zu erreichen.«

Jeannette rollte die Augen. »Noch mehr Drama. Das scheint in deiner Familie in den Genen zu liegen. Wobei Georg eher eine ruhige Kugel schiebt, wenn es um Emotionen geht.«

An Jeannettes Sticheleien gegen meinen Freund war ich gewöhnt. Trotzdem kränkte mich ihre Bemerkung. »Was hast du gegen ihn, Jeannette? Nur weil er in einer Bank arbeitet und sein Leben in geordneten Bahnen verläuft, ist er noch lange kein solcher Langweiler, wie du behauptest.«

Jeannette drehte sich an der Tür herum, in einer Hand die Weinflasche, in der anderen ihr Glas. »Na ja, vielleicht zieht dich genau das zu ihm hin, diese Sicherheit. Ich meine, schau uns an. Wir leben hier in einer besseren Studenten-WG, haben prekäre Jobs und weder eine Lebensversicherung noch einen Bausparvertrag. Davon hat Georg jede Menge. Verträge, meine ich. Und er hat einen Plan für sein Leben. Das Einzige, was in Georgs Leben nicht konstant ist, bist du.«

»Nur weil ich noch nicht entschieden habe, ob ich mit ihm zusammenziehen will? Ich brauche einfach mehr Zeit und möchte nichts überstürzen.«

»Bea, du weißt, ich bin deine Freundin. Aber sei ehrlich. Georg und du, ihr habt nichts gemeinsam. Und das ist schon aufgerundet.« Sie verschwand im Wohnzimmer. Nur Sekunden später begann der Fernseher zu dröhnen.

Jeannette neigte zu Übertreibungen, das war nun mal ihre Art, mit dem Leben umzugehen. Trotzdem hatte sie in einer offenen Wunde herumgestochert. Zwischen Georg und mir kriselte es seit geraumer Zeit. Wahrscheinlich weil ich von unserer gemeinsamen Zukunft kein so klares Bild hatte wie er.

Ein klares Bild. Entschlossen richtete ich mich auf. Genau das brauchte ich jetzt. Den Rat eines besonnenen, unvoreingenommenen Menschen, der die Fakten analysieren konnte wie die Kurse an der Börse, statt im Gefühlschaos unterzugehen wie ich gerade.

Leise zog ich die Küchentür zu und wählte Georgs Nummer auf dem Handy. Als sich die Mailbox einschaltete, beendete ich die Verbindung, ohne eine Nachricht zu hinterlassen. Um mich von den widerstrebenden Gefühlen in meinem Inneren abzulenken, schaltete ich den Laptop ein und öffnete die Datei mit dem Führungstext für morgen. Mich auf die wechselvolle Geschichte des Volksfestes zu konzentrieren gelang mir noch halbwegs. Aber ich schaffte es einfach nicht, mir die Stationen meiner Führung in der richtigen Reihenfolge und mit allem, was ich dazu sagen wollte, einzuprägen. Für alle Fälle notierte ich Stichworte auf kleinen Karteikarten, die gerade in meine Handinnenfläche passten. Mit einer Schlaftablette aus Jeannettes reichhaltigem Bestand ging ich zu Bett.

## Montag

Nach einem tagelangen Hoch legte der Spätsommer zum Wochenbeginn eine Verschnaufpause ein. Wie ich am frühen Morgen beim Blick aus dem Badezimmerfenster feststellte, war der Himmel über Stuttgart wolkenverhangen. Statt strahlendem Blau und warmen Farben beherrschten Grautöne den Horizont rings um den Stadtkessel. Hoffentlich regnete es nicht ausgerechnet während meiner Führung. Bei der Tour über das historische Volksfest auf dem Schlossplatz schlüpfte ich erneut in die Rolle der Katharina von Württemberg. Zu ihrem Kostüm gehörte der voluminöse Reifrock aus mintgrünem Satin, für den mein handlicher Taschenschirm definitiv zu wenig Spannweite hatte.

Über dem Killesberg ballten sich Gewitterwolken, passend zum Stimmungstief im Haus meines Vaters. Trotz der Schlaftablette war ich in der Nacht aufgeschreckt und hatte mich in einen Strudel aus Vorwürfen hineingesteigert, weil ich Gerit gestern Abend allein gelassen hatte. Kommissar Gabriel war sie auf Augenhöhe und als ebenbürtige Gesprächspartnerin begegnet. Aber vielleicht hätte sie bei der Unterhaltung mit ihrem Mann Unterstützung gebraucht? Wäre ich dageblieben, hätte ich zudem persönlich mitbekommen, wie mein Vater auf die Mutmaßungen der »Bild am Sonntag« reagierte.

Das musste ich nun allein herausfinden. Aus diesem Grund war ich deutlich früher als sonst auf den Beinen. Bevor ich mich auf den Weg zum Schlossplatz machte, wollte ich in der Agentur vorbeischauen, um mit ihm unter vier Augen zu sprechen.

Für ein improvisiertes Frühstück auf der Fahrt in die Weinsteige packte ich ein paar Scheiben Knäckebrot ein. Als ich die Wohnung verließ, drangen Schnarchtöne aus Jeannettes Zimmer.

Im Erdgeschoss sichtete ich die Tageszeitungen, die in den Briefkästen steckten. Links unten ragte eine zusammengefaltete Zeitung mit einer Menge schwarzer und roter Druckerfarbe heraus. Unverkennbar das Boulevardblatt. Es war der Briefkasten unserer Vermieterin. Sollte ich es riskieren, einen Blick auf die Titelseite zu werfen? Nach dem gestrigen Enthüllungsbericht über meinen Vater folgte heute bestimmt die Fortsetzung.

Als ich ein Rascheln aus der Wohnung des Hausdrachens hörte, entschied ich mich dagegen. Die Gefahr war zu groß, dass sie hinter der Tür lauerte und mich dabei erwischte, wie ich ihre Zeitung klaute. Jeannette und ich standen sowieso schon auf ihrer schwarzen Liste.

Auf dem Weg zum Auto fielen ein paar Tropfen. Es lohnte sich kaum, den Schirm aufzuspannen. Nach ein paar Minuten war der kurze Guss vorüber. Von der Straße stieg der unverwechselbare Geruch nach Regen auf, der nach einer Trockenperiode auf staubigen, erhitzten Asphalt fällt.

Ich sog den Duft tief ein und fragte mich, welchen Anteil Feinstaub und Stickstoffdioxid an diesem speziellen Kesselparfüm hatten. Würde sich der Geruch in den Straßen unserer Stadt verändern, sobald die ersten Fahrverbote galten? In der Schwabenmetropole waren die Automobilkonzerne nach wie vor die heimlichen Herrscher. Aber auch wenn sie hinter den Kulissen Druck machten und mit dem ewigen Schreckgespenst Arbeitsplatzverlust drohten, früher oder später würde den Stadtoberen keine andere Wahl mehr bleiben. Glaubwürdig war ihr Verhalten ohnehin nicht mehr.

In der Agentur führte mein erster Gang in die Küche. Aus der exklusiven Kaffeemaschine ließ ich mir einen Cappuccino als Wachmacher gegen die Erschöpfung, die mich nach aufregenden Tagen und schlafarmen Nächten zu lähmen drohte. Wie ein Kätzchen leckte ich mit der Zunge über den Schaum und fühlte mich ertappt, als ein Kollege die Küche betrat.

Es war Teddy. Kein Wunder. Mein Ex hatte eine besondere Begabung, mich in delikaten Situationen zu überraschen.

Beim Anblick meines peinlich berührten Gesichts grinste er und zeigte seine makellos weißen Zähne. »Du siehst aus, als würdest du gleich losschnurren.« Er nahm sich eine Espressotasse aus dem Oberschrank und mutmaßte: »Schlaflos in Stuttgart?«

»Eher das Gegenteil. Schlaftablette von Jeannette.«

Teddy ließ sich einen Espresso heraus und lehnte sich mit der braunen Tasse lässig an die Wand. Während er an seinem Espresso nippte, wanderte sein Blick von meinen Fesseln über meine Waden bis zu den Knien hoch, die gerade noch unter dem Saum des Dirndls zu sehen waren.

Ich ließ die Fleischbeschau über mich ergehen. »Ist Peter schon da?«

»Der hat eben angerufen.« Teddy stieß sich von der Wand ab und stellte die leere Tasse auf den Spültisch. »Kommt erst gegen Mittag. Hat vorher noch ein Date mit dem Kommissar.« Er tastete über die Taschen seiner Lederhose.

Ein Date mit dem Kommissar? Ich verschluckte mich und bekam einen Hustenanfall, bei dem ich feine hellbraune Tropfen auf der Glasplatte des Küchentischs versprühte. Teddy trat neben mich und tätschelte meinen Rücken, bis ich wieder Luft bekam.

»Blöd, das mit deinem alten Herrn.« Seine Stimme war voller Mitgefühl. »Die Geier von der Presse haben sich auf ihn gestürzt, als wären sie völlig ausgehungert. Unsere brave Stadt gehört nach wie vor zu den sichersten in Deutschland. Einen spektakulären Mord auf dem Jubiläumswasen, vielleicht sogar mit politischem Hintergrund, das schlachten die aus. Logo, das pusht die Verkaufszahlen.« Erneut tastete er seine Hosentaschen ab. Diesmal wurde er fündig und fischte ein Päckchen Zigaretten heraus. »Auch eine? Beruhigt die Nerven.«

Da mein Vater nicht in der Agentur war und es sich kaum lohnte, vor der Führung mit dem Tagesgeschäft zu beginnen, hatte ich noch Zeit, bis ich losmusste. Ich folgte Teddy auf den Balkon vor der Küche, der sich auf der Rückseite der

Villa erstreckte. Das Dröhnen der Motoren auf der Neuen Weinsteige flutete über den Garten und brach sich an der Hauswand.

Teddy steckte sich zwei Zigaretten zwischen die Lippen, zündete sie an und reichte mir eine. Als wir noch ein Paar gewesen waren, hatte er das in den seltenen Momenten, in denen ich Lust auf eine Zigarette hatte, genauso gemacht. Benutzte er diese vertraute Geste absichtlich, um mir seine Anteilnahme zu signalisieren? Oder machte er das mit jeder Frau so?

Bei diesem Gedanken spürte ich ein Ziehen in der Brust. War ich eifersüchtig auf meine zahlreichen Nachfolgerinnen?

Teddy blies den Rauch über das Geländer und betrachtete die dunklen Bäuche der Wolken am Himmel.

»Woher weißt du von der Sache mit meinem Vater?«

»Das habe ich völlig beiläufig aus der Zeitung erfahren und in den Radionachrichten gehört. Und von André, kaum hatte ich den Fuß in die Agentur gesetzt.« Teddy schnippte die Asche von der Zigarettenspitze. »Wird überall breitgetreten, diese folgenreiche Dreiecksgeschichte zwischen Peter, dem Festwirt und der schönen Helena.«

Während ich Teddy zuhörte, kam mir ein Gedanke. Teddy war Artdirector und für die Gestaltung des Festzeltes zuständig. Er war viele Male auf dem Wasen gewesen und hatte Stunden mit von Holsten verbracht. Und mit unserer Eventmanagerin. Ich nahm einen Zug aus der Zigarette und versuchte, meine Frage harmlos klingen zu lassen.

»Du, Teddy. Du warst in den letzten Wochen oft mit Helena auf dem Wasen. Ist dir irgendwas an ihrem Verhalten aufgefallen?«

Rauchkringel stiegen von Teddys Lippen auf und schwebten über das Balkongeländer Richtung Garten davon. »Meinst du ihr Verhalten gegenüber von Holsten? Oder wie sie mit deinem Vater umgegangen ist?«

»Na ja, beides. Ich meine, irgendjemand muss was von ihrer gemeinsamen Vergangenheit mitbekommen haben.« Ein aschiger Geschmack breitete sich auf meiner Zunge aus.

Teddy sah in den Garten. Ich legte die Zigarette in den Tonaschenbecher auf der Fensterbank und schluckte den widerlichen Geschmack hinunter.

Teddy drehte sich zu mir um. »Helena und deinen Vater hab ich höchstens zwei- oder dreimal zusammen auf dem Wasen gesehen. Wenn ich mit von der Partie war, ging es nur ums Geschäft. Liefertermine, Verträge und dergleichen Zeug. An irgendwas Persönliches zwischen den beiden kann ich mich nicht erinnern.«

»Vielleicht haben sie sich um ein betont sachliches Verhalten bemüht, weil ihre ... ihre Beziehung schon länger zurücklag. Schließlich ist Peter wieder verheiratet.«

Teddy fixierte mich mit seinen dunkelblauen Augen, in denen nun ein spöttischer Ausdruck lag. »Ja, genau. So hättest du es gern. Alles schön unter der Decke halten und anständig bleiben. Ja nicht emotional werden.«

Obwohl sein Tonfall neutral blieb, fühlte ich mich angegriffen. »Was willst du damit sagen? Dass ich keine Gefühle habe?«

»Die hast du schon.« Teddy hob den Mundwinkel. Ein kommaförmiges Grübchen erschien in seiner Wange. Schnell sah ich weg. Gegen diesen Schlüsselreiz war mein Herz noch immer nicht immun. »Nur zeigst du sie nicht.«

»Ach, komm. Das hier ist eine Werbeagentur und kein Familientreffen. Ist doch klar, dass Peter und ich anders miteinander umgehen, wenn es sich um Berufliches handelt.«

Wir schwiegen eine Zeit lang. Als ich wieder zu Teddy sah, erwiderte er meinen Blick mit einem scheinbar harmlosen Lächeln. »Und wie ist das bei uns, Bea? Keine Gefühle mehr? Oder zeigst du sie nur nicht?«

Schuldbewusst wich ich zurück, bis sich die Fensterbank in meine Hüfte drückte. Konnte Teddy seit Neuestem Gedanken lesen? Oder hatte mich mein Gesichtsausdruck verraten, als ich sein Grübchen betrachtete? »Hier geht's nicht um uns, Teddy. Das ist Vergangenheit. Ich habe dich nach Helena und Peter gefragt.«

»Also gut. Wie du willst.« Er drehte mir den Rücken zu und warf seinen Zigarettenstummel in den Garten. Er landete mitten auf dem Biomüll neben der Regentonne. »Zwischen Helena und Peter ist mir nichts aufgefallen, was nach Affäre aussah. Einer längst vergangenen Affäre, meine ich. Bei Helena und von Holsten ging es emotionaler zu. Die beiden sind oft lauter geworden und wirkten … wie soll ich mich ausdrücken … gereizt. Ich dachte, das liegt an ihrer unterschiedlichen Persönlichkeit. Helena ist kontrolliert und eine Perfektionistin. Von Holsten war eher ein Teamplayer. Er mochte es, mit anderen Ideen zu entwickeln, und war ziemlich gesellig. Er schätzte Menschen. Musste er auch, schließlich kamen jeden Tag Tausende zu ihm ins Zelt.« Unvermittelt unterbrach Teddy seinen Redefluss und beäugte mich misstrauisch. »Wieso komme ich mir vor wie in einem Verhör? Willst du dich in die Ermittlungen einmischen?«

»Ich frag nur.«

»Bea, halt dich da besser raus und lass die Polizei ihre Arbeit tun. Auch wenn es um deinen Dad geht.«

Mit einem Quietschen schwang die Balkontür auf. Andrés verdrießliche Miene erschien im Türspalt. »Teddy, ich warte auf das Layout für den Trachtenflyer. Frühstückspause ist erst in einer Stunde, *n'est-ce pas*?«

»Schon unterwegs.« Teddy schlüpfte an André vorbei und verzog sich.

Andrés Blick wanderte zu mir und wurde prompt noch um einige Grade frostiger. »Bea, das gilt ebenso für dich. Glaub nicht, deine unverschämte Extrapause gestern auf dem Wasen sei mir entgangen.« Ohne meine Reaktion abzuwarten, schritt er sehr erhobenen Hauptes davon.

Ich dagegen sehnte mich nach einem Mausloch, in das ich verschwinden konnte. So langsam wuchs mir alles über den Kopf. Der gestrige Tag mit seinem Wechselbad an Gefühlen hatte mich an meine Grenzen gebracht. Zuerst der schockierende Zeitungsartikel und die schmerzvolle Erkenntnis, wie wenig ich über das Leben meines Vaters wusste. Am Abend dann die überstürzte Flucht vor einem schwierigen Gespräch mit ihm. Und nun eben mit Teddy dieser irritierende Wunsch nach Nähe. Was war nur los mit mir? Hatte ich wirklich Probleme mit meiner emotionalen Seite, wie Teddy behauptete?

Zum Glück hatte ich keine Zeit mehr, mich vom Balkon zu stürzen. Ich holte das Kostüm für meine Führung aus dem Garderobenschrank und packte vorsichtshalber einen der schwarzen Automatikschirme mit dem Agenturlogo in meine Tasche. Die hatten mehr Spannweite als mein Taschenschirm. Mit dem ausladenden Kleidersack über dem Arm machte ich mich auf den Weg zum Schlossplatz.

Je näher ich dem Stadtzentrum kam, umso präsenter war die Polizei. Einsatzwagen standen am Straßenrand und bewaffnete Polizisten kontrollierten den Verkehr auf den Hauptstraßen. In den Parkanlagen unterhalb des Neuen Schlosses sah ich vom Auto aus eine Polizeieskorte auf Pferden.

Von der Konrad-Adenauer-Straße bog ich in das Parkhaus unter der Staatsgalerie ab. Die aktuelle Ausstellung der hauseigenen Grafiken und Zeichnungen von Ernst Ludwig Kirchner zog scharenweise Brücke-Fans an, aber montags war Ruhetag im Museum. Vielleicht bekam ich hier einen Parkplatz am Rand. Normalerweise legte ich als Frau keinen gesteigerten Wert darauf, mein Auto in der schummrigsten Ecke weit und breit abzustellen. Heute kam mir das gelegen, da ich noch in mein Kostüm schlüpfen musste.

Kaum hatte ich den Motor abgestellt, summte es aus meiner Umhängetasche. Das war mein Handy. Ich kontrollierte den Posteingang. Gerit hatte mir schon heute früh eine SMS geschickt. Die hatte ich überhört. Sie bat um ein Treffen nach meiner Führung im »Café Planie«.

Einerseits war ich froh über ihren Vorschlag. Andererseits fürchtete ich mich vor diesem Treffen. Ich würde erfahren, wie mein Vater auf die Enthüllungen reagiert und ob er eine Affäre mit Helena gehabt hatte.

Ich simste Gerit ein Okay zurück und stellte das Handy

auf lautlos. Im bodenlangen Kleid und mit der Hochfrisurperücke auf dem Kopf verließ ich als Katharina von Württemberg das Parkhaus. Dank der Sneakers gelangte ich zügi-
gen Schrittes zur Unterführung vor dem Haus der Geschichte
und verschwand im Halbdunkel. Auf der anderen Seite der
Straße tauchte ich wieder auf und hielt am Opernhaus vorbei
auf den Eckensee zu.

Wolken ballten sich über dem Kessel, aber innerhalb der
nächsten Stunde schien weder ein Gewitter noch ein Platz-
regen zu drohen. Nach der Tragödie auf dem Wasen waren
auch die Zugänge zum historischen Volksfest eingeschränkt
und das Gelände streng bewacht. An der Absperrung zwischen Kunstgebäude und Neuem Schloss musste ich einen
speziellen Ausweis vorzeigen, der mich als autorisierte Stadtführerin über das Volksfest auswies. Eine Polizistin sichtete
den Inhalt meiner Umhängetasche, bevor sie mir Zutritt
gewährte. Auf dem Schlossplatz fiel ich in der Menschenmenge kaum noch auf. Zwischen Einheimischen, die ihre
Frühstückspause draußen verbrachten oder zum Einkaufen
unterwegs waren, und Besuchern des Spektakels tummelten
sich zahlreiche Gestalten in historischen Kostümen. Oder
zumindest in Kleidungsstücken, die einigermaßen nach längst
vergangenen Zeiten aussahen. Das gehörte zum Konzept des
Festes und sollte Authentizität vermitteln.

Der weitläufig angelegte Platz zwischen Königsbau, Alter
Kanzlei, Altem und Neuem Schloss, Königin-Olga-Bau und
Kunstgebäude gehörte zu den großartigsten Ecken der Lan-
deshauptstadt. Hier zeigte sich die ganze Pracht des früheren
Herrschaftssitzes als Residenz des Herzogtums Württem-
berg und später der württembergischen Könige. Beziehungs-
weise der Reste, die nach den verheerenden Luftangriffen am
Ende des Zweiten Weltkrieges übrig waren. Und der Idee,
eine autogerechte Stadt zu bauen, nicht im Wege standen.
So wurde das Neue Schloss nur dank heftiger Proteste von
Denkmalschützern und Bürgern wiederaufgebaut, statt, wie
eigentlich geplant, einem Hotel zu weichen.

Zur Feier des runden Wasen-Jubiläums hatte sich der Schlossplatz in einen schillernden Jahrmarkt verwandelt, der an das erste Volksfest vor zweihundert Jahren erinnerte. Aus den Alleen waren Kirmespromenaden mit zeitgenössischen Attraktionen aus dem neunzehnten und zwanzigsten Jahrhundert geworden. Gaukler, Akrobaten und nostalgische Fahrgeschäfte wie eine Schiffsschaukel und ein Drehbodenkarussell ließen eine altertümliche Atmosphäre entstehen. Auch beim Flohzirkus und an der malerisch gestalteten Hauden-Lukas-Station tummelten sich kleine wie große Besucher. Traditionelle Kirmesorgeln sorgten für eine akustische Zeitreise, und der Gaumen durfte mit gebratenen Würsten, Sauerkraut, Limonaden und Most den Geschmack der vermeintlich guten alten Zeit kosten.

Treffpunkt für meine Führung mit Mitarbeitern der Universität Hohenheim war die Jubiläumssäule im Zentrum des Platzes. Der dreißig Meter hohe Granitschaft war weithin sichtbar und trug eine fünf Meter hohe Statue der römischen Göttin Concordia, die Eintracht und ein respektvolles Miteinander symbolisierte. Eine verkleinerte Ausgabe dieser Statue vor der Agentur würde unserem Betriebsklima guttun, kam mir in den Sinn, als ich mich an Andrés feindseligen Gesichtsausdruck in der Küche erinnerte. Vielleicht wäre eine solche Statue ein passendes Mitarbeitergeschenk für den nächsten Geburtstag unseres Despoten.

Vor dem massiven quadratischen Unterbau der Säule warteten die Teilnehmer meiner Führung auf mich. Alle fünfzehn Frauen und Männer trugen blaue T-Shirts und Caps mit dem Logo der Universität Hohenheim. Das Logo zeigte den Eingangsbereich des Schlosses und darunter die Jahreszahl, auf die es ankam: 1818. Wie der Wasen feierte auch die Universität ein rundes Jubiläum. Darüber hinaus gab es weitere Gemeinsamkeiten, welche die beiden an sich so verschieden wirkenden Institutionen verbanden.

Mit einem königlich zurückhaltenden Gruß à la Queen Elizabeth II. trat ich zu der Gruppe aus Mitarbeitern des agrarwissenschaftlichen Instituts. »Seid willkommen, Untertanen«, verkündete ich und stellte mich als Katharina Pawlowna Romanowa vor, Großfürstin von Russland und Königin von Württemberg. In herrschaftlicher Geste wies ich hinüber zum Neuen Schloss. »Auch im Namen meines Gemahls, König Wilhelm I. von Württemberg, der hinter den prachtvollen Fassaden dieses Schlosses residiert und von dort aus das Land regiert.«

Verhaltenes Kichern und Schmunzeln begleiteten wie meistens die ersten Minuten meiner Führung. Am Anfang waren die Teilnehmer mehr damit beschäftigt, meine Schläfenlöckchen und das mintfarbene Kleid mit den cremefarbenen Bordüren zu bestaunen, als mir zuzuhören.

Nach und nach ging ich von meinem improvisierten Herrschaftsslang zur Alltagssprache über. »Es freut mich, heute agrarwissenschaftliche Spezialisten über das historische Volksfest zu begleiten. Besonders, da meinem Gemahl die Landwirtschaft sehr am Herzen lag.« Mit einem Blick auf die Tafel am Sockel der Jubiläumssäule fuhr ich fort. »Diese Säule haben unsere Untertanen ihm gewidmet.«

Ich legte eine Pause ein und ließ den Teilnehmern Gelegenheit, die Inschrift zu lesen: »Dem treuesten Freunde seines Volkes, König Wilhelm dem Vielgeliebten, widmen die Stände Württembergs dieses Denkmal zur Feier seines fünfundzwanzigjährigen Regierungsjubiläums, den 30. Oktober 1841.«

Dann fuhr ich fort. »Bereits zu Beginn seiner Amtszeit bewies mein Gemahl viel Zuneigung für sein Volk. Im April 1815 brach der Vulkan Tambora in Indonesien aus. Hundertvierzig Milliarden Tonnen Asche- und Staubpartikel wurden kilometerweit in die Atmosphäre verteilt. Durch diese Aschewolke fiel auch bei uns im Jahre 1816 der Sommer aus, was zur schlimmsten Hungersnot des neunzehnten Jahrhunderts führte.« Gesetzten Schrittes machte ich mich auf den Weg zu dem historischen Festzelt, das rund tausendfünfhundert Gästen Platz bot. Mit einer Handbewegung forderte ich die Teilnehmer auf, mir zu folgen. »Mitten in der Krise bestieg mein Gemahl den Thron. Zur Linderung der Not und um der Landwirtschaft wieder auf die Beine zu helfen, stiftete er 1818 das Cannstatter Volksfest mit Pferderennen und Preisverleihungen für erfolgreiche Viehzüchter. Auch wenn man sich das kaum vorstellen kann, verdanken wir unser Volksfest also einer Katastrophe.«

Inzwischen waren wir beim Festzelt angekommen. Vor einem Plakat des historischen Volksfestes hielt ich an. Das Plakat war in einem eigenwilligen historisierenden Stil gestaltet, an dem sich die kreativen Geschmäcker schieden.

»Die Fruchtsäule auf dem Wasengelände symbolisiert die Themen Landwirtschaft und Erntedank«, sagte ich und schlug den Bogen zur beruflichen Heimat meiner Teilnehmer. »Im selben Jahr gründeten mein Gemahl und ich die landwirtschaftliche Unterrichts-, Versuchs- und Musteranstalt Hohenheim, aus der die Universität Hohenheim hervorging – aber da erzähle ich Ihnen sicher nichts Neues.«

Meine Teilnehmer nickten erfreut und folgten mir wie Schafe ihrem Hirten. Nach einer Runde über den Schlossplatz gelangten wir zurück zum Eingang des altertümlichen Festzeltes, das sich nicht nur architektonisch, sondern auch gastronomisch mit klassischen Gerichten an früheren Zeiten orientierte. Besonders beliebt war das Zelt bei Freunden des flüssigen Brotes. Sprich des Jubiläumsbiers, das Stuttgarter Hofbräu und die Familienbrauerei Dinkelacker speziell für diesen Anlass gebraut hatten und in Halbliter-Steinkrügen ausschenkten. Schon um die Mittagszeit lockte es reichlich Durstige an, wie die gefüllten Biertische im Zelt bewiesen. Auch die Teilnehmer meiner Führung bekamen zum Abschluss Gelegenheit für ein zünftiges Mittagessen. Nachdem ich sie zum reservierten Tisch gebracht hatte, kehrte ich zurück ins Parkhaus.

Zwanzig Minuten später hatte ich mich in Bea Pelzer zurückverwandelt und stand vor der großen Terrasse des »Grand

Café Planie« am Karlsplatz. Um diese Tageszeit waren fast alle Tische belegt. Das war kein Wunder, denn die Lage des Alten Waisenhauses direkt an dem nach Herzog Carl Eugen benannten Platz zwischen Altem und Neuem Schloss war einmalig. Mit seinen herrlichen Kastanienbäumen und dem Reiterstandbild von Kaiser Wilhelm I. war der Platz für Stuttgarter Verhältnisse eine fast schon südländisch anmutende Oase im autoumtosten Zentrum.

Gerit war höchstwahrscheinlich schon da, aber ich konnte sie in der Menge nicht entdecken. Ich überlegte, ob ich sie anrufen sollte, da erschien eine winkende Hand am Rand der Terrasse direkt bei den Kastanien.

»Waren deine Untertanen folgsam?«, erkundigte sie sich und versuchte zur Begrüßung ein Lächeln, das ihr nicht recht gelingen wollte. Ihre Augen wirkten trüb, als hätte sie geweint. Die kurzen blonden Haare standen verwuschelt in alle Richtungen. Deutlicher als sonst traten die Fältchen in ihren Augenwinkeln zutage. Darin sammelte sich der Puder, mit dem sie ihre Blässe zu überdecken versucht hatte.

»Wie die Lämmchen«, entgegnete ich und ließ mich auf dem Korbsessel neben ihr nieder. »Ich hatte fast Mitleid mit ihnen. Als Sklavin unseres absolutistischen Agentursystems kann ich mich bestens in frühere Zeiten hineinversetzen.«

Gerit schob ihre Sonnenbrille in die Locken. »Geht mir genauso. Mein Chefredakteur hat mich heute früh kaltgestellt, als er mich bei einer Recherche über Bekennerschreiben erwischt hat.«

»Lass mich raten. Du machst trotzdem weiter.«

»Nach dem Gespräch mit Peter gestern Abend war ich kurz davor, die Koffer zu packen.« Gerit verstummte, als ein Kellner an den Tisch kam und unsere Bestellung aufnahm.

»Ach, Gerit.« Mitfühlend legte ich meine Hand auf ihre. Trotz der warmen Temperaturen waren ihre Finger eiskalt.

»Peter hat alles zugegeben«, sagte Gerit. Sie fasste sich mit der Hand an die Stirn. »Das ist natürlich falsch formuliert. Ich meine die Affäre mit der Römerstein und das geschäftliche

Desaster mit Achim von Holsten. Entschuldige, hab kaum geschlafen.«

»Ging mir nicht anders, und das trotz Schlaftablette.«

Gerit rieb sich die Augen. »Das alles hat sich kurz vor meiner Zeit abgespielt. Ich meine, bevor Peter und ich uns verliebt haben. Trotzdem verletzt es mich sehr. Peter hielt es wohl nicht für nötig, mir davon zu erzählen, dass er mit dieser Frau seit Monaten eng zusammenarbeitet.« Ihre Augen wurden feucht, aber sie hatte sich schnell wieder im Griff. »Erklär mir einer die Logik der Männer.«

»Wahrscheinlich wollte er dich schonen.«

»Das kann schon sein. An seiner Stelle hätte ich mich ähnlich verhalten. Aber spätestens, als der Festwirt tot in seinem Zelt gefunden wurde, hätte Peter mir doch …« Sie brach ab und seufzte. »Ich weiß auch nicht, was ich dazu sagen soll. Dass Hohlbergs Reich ausgerechnet das Zelt dieses Festwirts betreut, hat er mir erst gestern Abend erzählt. Und dass Achim von Holsten ihm als Hauptkunde seiner Münchner Agentur die Pleite eingebrockt hat. Trotzdem beteuerte er, nichts mit seinem Tod zu tun zu haben.«

»Ich glaube ihm«, sagte ich sofort. »Vater wäre niemals fähig, jemanden umzubringen.« Erst als ich den Satz ausgesprochen hatte, kamen mir Zweifel. Woher wusste ich das? Mein Vater und ich hatten lange völlig getrennte Leben geführt. Wenn ich ehrlich war, hatte ich keine Ahnung von seinem Innenleben. Ich wünschte mir einfach, er entspräche dem Idealbild, das ich von einem Vater hatte.

Schweigend sahen wir zu, wie der Kellner vor Gerit eine Portion Kaffee und vor mir eine Rhabarberschorle auf den Bistrotisch stellte. Ein Körbchen mit aufgeschnittenem Weißbrot schob er an den Tischrand.

»Das sehe ich genauso, Bea«, stimmte Gerit zu, als der Kellner sich entfernte und ins Café zurückeilte. »Dennoch weiß ich, wozu ein Mensch fähig ist, wenn die Emotionen überkochen.« Sie griff nach der Kaffeekanne und schenkte sich ein. Obwohl sie weder Zucker noch Milch hinzugefügt hatte, rührte sie gedankenabwesend mit dem Löffel in der Tasse.

Ein Spatz landete auf dem Tisch und spazierte zum Brotkorb. Als er Anstalten machte, sich eine Scheibe herauszupicken, verjagte ich den kleinen Räuber mit einer Handbewegung.

»Wie geht's nun weiter?« Ich trank von meiner Schorle, bis das Glas zur Hälfte leer war. Der säuerliche Geschmack war erfrischend. Seit dem Vormittag heizte sich der Kessel auf. Dunkle Wolken schoben eine Gewitterfront über Stuttgart.

Gerit richtete sich auf. »Mein Boss meint, ich soll die Finger vom Wasen lassen. Wegen persönlicher Befangenheit, so hat er sich ausgedrückt. Stattdessen soll ich junge Foodblogger interviewen. Das Thema ist gerade angesagt. Aber nicht bei mir.« Sie stellte ihre leere Tasse so energisch auf den Unterteller zurück, dass der Löffel klirrend auf den Bistrotisch fiel, und nahm ihre Ledertasche zur Hand. Daraus zog sie ein zusammengefaltetes Stück Papier, tippte mit dem Finger darauf und schob es über den Tisch. »Meinen guten Riecher nutze ich lieber für das hier.«

Ich faltete das Blatt auf und überflog den kurzen Text. Die Formulierungen »Multikulti« und »Hort der Unzucht und des Bösen« sprangen mich förmlich an. »Das ist das Bekennerschreiben, wegen dem du in die Agentur gekommen bist, nicht wahr? Daran habe ich gar nicht mehr gedacht.«

Gerit stieß einen trotzigen Laut aus. »Da bist du nicht die Einzige. Ich frage mich, wie lange die sogenannten Experten noch brauchen, um zu prüfen, ob es echt ist.«

»Hat Peter sich dazu geäußert?«

»Nein, er hat es mit keinem Wort erwähnt. Schwer vorstellbar, dass er einer radikalen Gruppe angehört und einen Brandanschlag verübt hat.«

»Das passt alles nicht zusammen, wenn du mich fragst.«

»Sehe ich genauso.« Gerit holte tief Luft. »Und deshalb werde ich herausfinden, was es mit dieser ominösen Gruppe auf sich hat. Und ob die bereits woanders in Erscheinung getreten ist. Ein Studienkollege von mir ist Kriminalreporter bei der ›Süddeutschen‹. Der hatte schon öfter mit solchen Fällen zu tun und kann mir sicher ein paar Tipps geben.«

»Das heißt, du fährst nach München.« Ich trank die restliche Schorle aus und scheuchte erneut einen Spatz weg, der um den Brotkorb herumhopste.

»Folge dem Geld, heißt es doch so schön.« Gerit tippte sich an den Nasenflügel. »Genau das werde ich tun. Ich will die genauen Umstände von Peters Insolvenz wissen. Seine Version kenne ich schon und die der ›Bild‹ auch.« Sie senkte die Stimme, als der Kellner sich mit zwei Tellern beladen näherte. »Auch die Exfrau des Opfers interessiert mich, eure Eventmanagerin.«

Als die Salatteller vor uns standen, kam sie zum Punkt und wirkte auf einmal hellwach. »An dich, Bea, habe ich eine Bitte.«

»Ich soll für dich in der Agentur herumschnüffeln.«

»Treffender hätte ich es kaum formulieren können.« Gerit schob ihren Teller ein Stück zur Seite, damit ihre Unterarme Platz hatten. Sie beugte sich über den Tisch. »Wir müssen wissen, ob der metallene Gegenstand in der Hand des Opfers ein Knopf aus eurer Trachtenkollektion war.«

»Das kläre ich am besten direkt mit Annika. André muss davon nichts mitbekommen.«

Gerit nahm eine Gabel aus dem Besteckkorb und stach in eine Cherrytomate. Sie kaute darauf herum und fädelte ein Blatt Radicchio auf.

»Mir ist noch was eingefallen«, erwiderte ich und senkte die Stimme, als sich eine junge Frau mit Pagenschnitt am Nebentisch nach uns umsah. »Jeannette und ich haben spekuliert, ob ein anderer Festwirt was damit zu tun haben könnte.«

Zwischen Gerits Augenbrauen erschien eine senkrechte Falte. Nachdenklich biss sie auf den Zinken der Gabel herum. »Du meinst die eingesessenen Wasen-Wirte? Ob die was gegen den Neuling von der Wiesn hatten?«

»Folge dem Geld, wie du vorhin sagtest.«

»Passt immer, dieser Spruch«, gab Gerit zurück und pikste beherzt ein Radieschen auf. »Wir müssen herausfinden, wem Achim von Holstens Tod nutzt. Und nun iss deinen Salat, Bea. Wir brauchen Kraft, um die nächsten Tage durchzustehen.«

Jeannette war erleichtert, als ich endlich im Trachtenshop des Ersatzzeltes auftauchte. »Unser Häuptling war schon zweimal hier wegen des Interviews für die ›Stuttgarter Zeitung‹. Er hat dicke Luft produziert, weil du dich wieder vor der Arbeit drückst. Im O-Ton hat er das böse Wort Arbeitsverweigerung benutzt. Ich wollte dich auf dem Handy warnen, aber du bist nicht rangegangen.«

»Das ist noch auf lautlos gestellt von der Führung. Über Mittag habe ich Gerit getroffen, sie wollte mit mir über Peter sprechen. Das war mir wichtiger als das Interview.« Meine Worte klangen selbstbewusster, als mir zumute war. Bevor ich es wagte, einen Blick durchs gut gefüllte Zelt zu werfen, nahm ich Deckung hinter einem Garderobenständer voller Lederhosen. Viele Gäste waren noch beim späten Mittagessen, von anderen Tischen wehte bereits Kaffeegeruch herüber. Bier war den ganzen Tag über angesagt. Hopfensaft in sämtlichen Variationen gehörte zum Volksfest wie die Luft zum Atmen. »Ist André im Zelt?«

»Keine Sorge. Er ist mit Dr. Jürgens zum Essen gegangen, um das Interview abzustimmen. Auswärts, wohlgemerkt. Unsere Grillhähnchen schmecken den beiden anscheinend nicht. Musst du aufs Klo, oder warum bist du so nervös?«

»Jeannette, könntest du noch kurz hierbleiben, bevor ich übernehme? Nur fünf Minuten. Höchstens zehn, versprochen. Ich muss dringend mit Annika reden. Es geht um Peter.«

»Na schön. Aber nur weil du's bist«, murrte Jeannette. Sie hakte ihre Daumen in die Träger der Trachtenlederhose, die sie zu einer roten Bluse trug. »Annika ist im Festbüro und spricht dort mit –«

»Danke!«, fiel ich ihr ins Wort und rannte aus dem Shop. Solange André außer Sichtweite war, wollte ich ungestört mit Annika reden.

Ich eilte den Gang zwischen den Biertischen entlang und hielt auf die Tür des Festbüros zu. Als ich an der Bühne vorbeikam, entdeckte ich Helena beim Mischpult. Sie sprach mit einem Techniker und deutete zu den Scheinwerfern oben im Dachgebälk. Dabei fiel ihr Blick auf mich. Ohne zu grüßen, drehte sie den Kopf weg. Stand ich bereits auf der Abschussliste und war zur Persona non grata geworden?

Das Festbüro war nur wenige Quadratmeter groß und bestand aus drei winzigen Bereichen: dem eigentlichen Büro für das Team der Festzeltleitung, einem Minibüro für zwei Mitarbeiterinnen und einem Vorraum, zu dem auch Gäste Zutritt hatten. Zwischen dem Minibüro und dem Vorraum war eine Glasscheibe in die Wand eingelassen, die man für Organisatorisches wie die Abrechnung reservierter Tische oder die Abholung von Bier- und Hähnchenmarken aufschieben konnte.

Als ich den Vorraum betrat, bemerkte ich durch die Glasscheibe in der Trennwand, dass Annika Gesellschaft hatte. Ein Mann, den ich kannte, war bei ihr: Kommissar Gabriel. Offenbar war er mir einen Schritt voraus. Abrupt blieb ich stehen und schob mich an der Wand entlang bis zum Fenster. Nun sah ich gerade noch ins Festbüro hinein, blieb aber selbst unsichtbar.

Annika saß am Tisch. Neben ihr stand der Kommissar mit einem Foto in der Hand. Es war unschwer zu erkennen, was das Gesprächsthema der beiden war: die Trachtenknöpfe, die vor Annika auf dem Tisch lagen. Soweit ich von hier aus erkennen konnte, stammten sie aus Andrés Kollektion.

Ich schob mich näher an die Scheibe und legte das Ohr an die kühle Fläche, damit ich ihre Unterhaltung mithören konnte.

Annika zeigte auf das Foto in Kommissar Gabriels Hand. »Hundertprozentig kann ich es Ihnen nicht sagen. Aber ich glaube, dieser Knopf stammt aus unserer Kollektion.« Sie griff nach einem der Trachtenknöpfe. »Sehen Sie das Muster hier?« Ihr Finger deutete auf den Knopf.

Kommissar Gabriel sagte etwas, das ich nicht verstehen konnte.

Annika sah zu ihm hoch. »Ja, das sind Blumenranken. Herr Hohlberg hat das Muster selbst entworfen. Als Anregung diente ein Ornament an einem schmiedeeisernen Tor von Schloss Versailles. Sie wissen schon, das riesige Schloss in der Nähe von Paris. Unser Chef ist fasziniert vom französischen Barock- und Rokokostil. Er steht total auf diese Schnörkel und schneckenähnlichen Formen.«

Kommissar Gabriel fuhr über die Oberfläche des Trachtenknopfes, den Annika zwischen Zeigefinger und Daumen hielt. »Blumenranken, sagen Sie? Ja, so was könnte das Muster darstellen.« Er schürzte die Lippen und sah auf das Foto in seiner Hand.

Bestimmt war es die Fotografie, die er Gerit und mir gezeigt hatte. Darauf war der angeschmolzene Metallgegenstand aus der Hand des toten Festwirts abgebildet.

Kommissar Gabriel legte das Foto neben die Trachtenknöpfe und verglich das geschwärzte Exemplar mit denen auf dem Tisch. »Haben Sie diese Knöpfe für alle Kleidungsstücke verwendet? Auch für diejenigen, die Ihre Kollegen tragen?«

»Ja. Sehen Sie?« Annika deutete auf die Knopfleiste ihres Dirndls. »Ich habe solche Ranken hier am Oberteil.«

»Ihre männlichen Kollegen auch?«

»Ja, die haben Knöpfe am Hemd, am Janker, an Jacken, an der Lederhose, an Westen –«

»Das gilt auch für Peter Herzog?«, unterbrach Kommissar Gabriel sie. »Hat er ebenfalls diese Knöpfe an seiner Kleidung?«

Entsetzt hielt ich die Luft an und presste das Ohr noch dichter an die Glasscheibe, um kein Wort zu verpassen. Ich ahnte bereits, worauf der Kommissar hinauswollte.

Als Annika zustimmte, setzte er nach: »Wenn ich Sie richtig verstanden habe, Frau Weiss, haben Sie die Trachten mitentworfen und sind für die Herstellung zuständig. Gehört es auch zu Ihrem Aufgabenbereich, etwas auszubessern? Zum Beispiel Knöpfe anzunähen, die verloren gegangen sind?«

»Das kommt ab und zu vor. Warum fragen Sie?«

»War Peter Herzog in den letzten Tagen bei Ihnen, um ein Kleidungsstück flicken oder ausbessern zu lassen?«

»Nein. Da gab's nichts zu flicken. Er hat mich nur gebeten, eine neue Trachtenweste für seinen Anzug anzufertigen.«

»Eine neue Trachtenweste?«, wiederholte Kommissar Gabriel interessiert. Er fixierte Annika. »Wann genau war das?«

»Da muss ich kurz überlegen. Warten Sie, das war … am Freitag, glaube ich. Ja, das muss am Tag der Eröffnung gewesen sein. Ich bin gleich zur Schneiderei rüber, damit die Weste noch rechtzeitig bis zum Fassanstich fertig wird.«

»Und warum hat Herr Herzog Sie um eine neue Weste gebeten?«

»Ich glaube, er hatte seine verloren. Ja, das hat er gesagt. Warum fragen Sie, Herr Kommissar?«

In diesem Moment spürte ich einen Luftzug an meinen Beinen.

»Frau Pelzer, was machen Sie denn da?«, sagte eine Männerstimme hinter mir.

Vor Schreck verlor ich das Gleichgewicht und stieß mit der Schulter gegen die Glasscheibe. Mein Gewicht ließ die dünne Wand aus Holzlatten vibrieren. Alarmiert sahen der Kommissar und Annika in meine Richtung. Ich hob die Hand in einer entschuldigenden Geste und tat so, als wäre ich eben erst hereingekommen und über eine Kante im Fußboden gestolpert.

Das kräftige Aftershave des Mannes, der hinter mir in den Vorraum getreten war, stieg mir in die Nase. Noch jemand, der mich beim Spionieren ertappte. Ich warf einen Blick über die Schulter und fluchte innerlich.

»Guten Tag, Herr Dr. Jürgens«, erwiderte ich und zwang mich zu einem Lächeln. »Gerade bin ich auf der Suche nach Ihnen. Jeannette meinte, Sie und Herr Hohlberg wollten das Interview mit mir durchsprechen?«

Dr. Jürgens nickte gleich mehrmals, während sein Blick Kommissar Gabriel, Annika und die Knöpfe erfasste. »Genau, Frau Pelzer, das Interview. Herr Hohlberg und ich haben beim Essen darüber gesprochen. Wir wollten uns hier treffen, aber wie ich sehe, ist das Festbüro belegt.«

Eine Standpauke von André und eine nervenzehrende Besprechung später verließ ich das Festbüro und durchquerte das Zelt, um Jeannette endlich im Trachtenshop abzulösen. Mein Weg zwischen den Biertischen hindurch ähnelte einem Hindernislauf. Die meisten Gäste standen auf den Bänken und feierten die packende Show auf der Bühne. Fünf halbwüchsige Jungs mit nacktem Oberkörper, Lederhose und Spitzhüten tobten sich in einer boygroupreifen Choreografie aus. Das Publikum bestand zumeist aus Mädchen und jungen Frauen, die sich im Kreischen überboten und ihre Dirndlröcke im Rhythmus der wummernden Bässe mit den Händen hochwarfen. Das schien eine Art Ritual bei dieser Band zu sein. Einige Mädchen hatten ihre BHs ausgezogen und wirbelten sie wie rosafarbene, weiße oder schwarze Lassos durch die Luft. Neben der Bühne entdeckte ich Helena, unsere Eventmanagerin. Auch sie klatschte mit und schien kurz davor, sich ebenfalls ihrer Unterwäsche zu entledigen. Farblich hätte ihr BH einen neuen Akzent gesetzt, das sah ich an ihrem Dekolleté. Aus der engen Korsage blitzte rote Spitze. Als die ersten BHs auf die Bühne flogen, erreichte ich abgekämpft den Shop.

Jeannette war gerade dabei, einem älteren Herrn mit grauem Haarkranz eine Tüte mit unserem Agenturlogo zu überreichen, die bis obenhin gefüllt war. Als der Mann den Shop verlassen hatte, stützte sie die Hände auf die Hüften und funkelte mich an.

»Fünf Minuten hast du gesagt, Bea!«, schrie sie, und ihre Lautstärke war nicht nur auf den Lärmpegel im Zelt zurückzuführen. »Das ist fast zwei Stunden her. Ich müsste längst in der Weinsteige sein und mich um wirklich wichtige Dinge kümmern! Stattdessen muss ich hier auf Verkäuferin machen.«

»Sorry, Jeannette. Aber es ging nicht früher. André und Dr. Jürgens haben mich im Festbüro bearbeitet. André hat mich zur Schnecke gemacht, und dann haben die beiden ewig über das Interview debattiert.« Wie ein Häufchen Elend sackte ich auf dem Holzhocker hinter dem improvisierten Kassentisch zusammen und war kurz davor, loszuheulen. Seit gestern hatte mein Nervenkostüm rapide abgebaut.

Der Ärger meiner Freundin verrauchte genauso schnell, wie er gekommen war. »So schlimm? Hat André dich rausgeworfen?« Sie ging in die Hocke und legte die Hände auf meine Knie.

Die Boygroup auf der Bühne machte eine Pause, und wir konnten uns in normaler Lautstärke weiterunterhalten.

Als ich den Kopf schüttelte, entfuhr mir ein Schluchzer, der von tief drinnen kam.

»Du armes Ding.« Jeannette nestelte ein Taschentuch aus ihrer Lederhose. »Du siehst schrecklich aus. Entschuldige, dass ich eben ausgeflippt bin, aber dieses Gekreische geht mir voll auf die Eierstöcke.« Sie reichte mir das Taschentuch.

»Der Kommissar … Er ist hinter meinem Vater her«, stammelte ich und wischte mir über die Augen. Meine vegane Wimperntusche war wasserlöslich und hinterließ dunkelgraue Flecke auf dem Stoff.

»Wundert dich das nach dem Zeitungsartikel gestern?« Jeannette schnaubte und stemmte sich aus der Hocke hoch. »Die Presse scheint sich auf Peter eingeschossen zu haben. Dabei gibt es noch andere Kandidaten, die eine Rechnung mit von Holsten offen hatten.« Sie deutete in Richtung Bühne. »Hast du Helena gesehen? Die hopst neben der Band herum, als wäre alles in bester Ordnung. Entweder wiegt sie sich in

Sicherheit, oder sie ist kalt wie 'ne Rotfeder aus dem Neckar. Der Kommissar sollte sich die Dame dringend zur Brust nehmen. Ich sag nur Rosenkrieg.«

Jeannettes Solidarität tat mir gut. Ich putzte mir die Nase. »Annika hat Gabriel erzählt, dass Peter seine Trachtenweste verloren hat.«

»Was hat Peters Weste mit den Ermittlungen zu tun?« Jeannette wirkte irritiert.

Ich erzählte ihr von dem Foto, das Kommissar Gabriel Gerit und mir gestern gezeigt hatte.

»Und dieser angeschmolzene Knopf soll ausgerechnet von Peters Weste stammen?«, kam es ungläubig von Jeannette. »Woher will der Kommissar das wissen? Jeder kann diesen blöden Knopf verloren haben. Ich meine, schau dich doch um.« Mit einer Handbewegung erfasste sie die Regale und Garderobenständer im Shop. »An diesen Klamotten hier sind Hunderte solcher Knöpfe zu finden. Das Teil auf dem Foto kann von jedem stammen, der Andrés Kollektion trägt.«

»Theoretisch stimmt das«, entgegnete ich und knüllte das schmutzige Taschentuch zusammen. »Aber unser Shop hat erst seit Freitag geöffnet. Achim von Holsten ist bereits in der Nacht auf Donnerstag ermordet worden.«

Jeannette kratzte sich an der Nase. »Stimmt. Das engt den Kreis der Verdächtigen zugegebenermaßen ziemlich ein. Auf alle, die an der Produktion der Trachten beteiligt sind. Und auf die Mitarbeiter der Agentur. Dich und mich eingeschlossen.«

Nach einer fast vierstündigen Schicht im Trachtenshop konnte ich nachvollziehen, wie sich eine Verkäuferin in der Klamottenabteilung eines Kaufhauses fühlen musste. Unverschämte Kunden, schlechte Luft, nerviger Lärmpegel, miese Musik, keine Pausen. Als ich einer Kollegin aus von Holstens Team den Shop übergab und das Zelt verließ, freute ich mich fast auf meinen Schreibtisch in der Agentur, und das wollte was heißen.

Während meiner Schicht hatten die düsteren Wolken über Stuttgart ihre nasse Fracht entlassen. Die bislang schwüle Luft war angenehm abgekühlt. Mit tiefen Atemzügen versuchte ich, die Brathähnchen- und Pommesschwaden loszuwerden, die sich bis in meine Lungenspitzen gedrängt hatten. Hier draußen roch es intensiv nach gebrannten Mandeln und verschwitzten Achselhöhlen. Da hatte der Brandgeruch keine Chance mehr.

Vor dem Festzelt nebenan standen zwei Bedienungen neben dem Holzgeländer am Terrassenrand. Beide trugen die gleichen Dirndl in den Farben ihres Zeltes und hatten die Haare in typische Volksfestfrisuren gezwirbelt. Die eine rauchte eine Zigarette, die andere kramte in einer Tüte mit Nüssen. Die Gelegenheit schien mir günstig, um die Konkurrenz auszuhören. Ich näherte mich den beiden Frauen.

»Hallo, auch endlich Pause?« Als wäre ich eine Kollegin, gesellte ich mich zu den beiden, holte meine Wasserflasche aus der Tasche und nahm einen kräftigen Schluck. Ich deutete zum Himmel, wo sich statt der dunkelgrauen nun cremeweiße Wolken ballten, die an eine Herde Schafe vor der Schur erinnerten. »Endlich ist es wieder trocken. Und das Klima ist deutlich besser als in unserem Zelt. Herrscht bei euch unterm Dach auch so dicke Luft?«

Eine der Frauen brach in Lachen aus. Sie war ziemlich rundlich in der Körpermitte, und ihre dunkelbraunen Haare waren in einem Kranz um den Kopf geflochten. »Dicke Luft, das ist gut.« Sie stieß ihrer Kollegin den Ellbogen in die Seite. »Tamara und ich haben schon alles versucht, um diesen Hendlgeruch aus den Klamotten zu bekommen, aber nichts hilft.«

Ihre Kollegin bejahte entschieden. Die Haarschnecken über den Ohren wackelten mit. »Lüften bringt gar nichts, sag ich dir. Ich sprühe nach Feierabend alles mit chemischem Zeug ein. Soll die Gerüche neutralisieren. Stinkt eklig, aber allemal besser als Frittenfett.« Sie bot mir die Tüte mit Nussmischung an. »Hier, die sind gesünder als alles, was wir unseren Gästen servieren.«

»Danke, nett von dir.« Ich nahm mir eine Handvoll Rosinen und Cashewnüsse.

»Ich bin Eva«, stellte sich die Mollige vor. »Du bedienst in dem Zwergenzelt drüben?« Sie wies hinüber zu unserem Ersatzzelt. »Schlimme Sache, das mit eurem Festwirt. Im eigenen Zelt verbrannt, was für eine grausame Art zu sterben.«

»Der Münchner war doch schon hinüber, als das Feuer losging«, korrigierte die Kollegin mit den Haarschnecken. »Wurde erschlagen. Stand in der ›Bild‹, und unser Chef hat's mir auch erzählt.«

»Euer Zelt ist Stammgast auf dem Wasen?«, lenkte ich das Gespräch in eine andere Richtung. »Wir waren bisher auf der Wiesn, das ist unsere Premiere in Stuttgart. Und dann gleich dieser Schicksalsschlag …« Seufzend kaute ich auf den Nüssen herum. »Ich bin ja aus der Gegend, aber meine Kollegen aus München fühlen sich nach dem Tod unseres Festwirts hier nicht mehr wohl in ihrer Haut.«

»Tja.« Eva neigte den Kopf abwägend. »Mit Münchnern haben wir's halt nicht so. Ich meine, die verdienen dicke auf der Wiesn. Da fragt man sich schon, was die auf einmal in Cannstatt wollen.«

Ihre Kollegin Tamara rieb Daumen und Zeigefinger aneinander. »Geschäfte machen wollen die. Weiß doch jeder, dass die Bayern sich für was Besseres halten. Und nun machen die sich auch hier breit.« Sie schüttelte den Kopf. »Von wegen Multikulti und Flüchtlinge aus Afrika. Mir reichen schon die Bayern.« Kaum war der Satz zu Ende, legte sie ihre Hand auf meinen Oberarm. »Du, nichts gegen dich. Du weißt schon, wie ich das meine, nicht?«

Ich verdrehte die Augen, als würde ich ihr zustimmen. »Das ist so ähnlich, wie wenn BMW nach Untertürkheim expandieren würde.«

Es dauerte, bis die beiden meinen Vergleich verstanden hatten.

»Was die Zwetschge wohl dazu sagen würde?« Tamara strich sich über die Haarschnecken. »Guckt eines Morgens aus seinem noblen Büro in den Hof und stiert auf Blau-Weiß mit schwarzem Ring außen rum.«

»Blau-Weiß mit Ring?«, wiederholte die Mollige. »Kapier ich nicht.«

»Na, ich meine das BMW-Logo, Eva. Kenn ich aber auch nur, weil Daniel einen BMW fährt.« Erklärend wandte sie sich zu mir. »Daniel ist mein Sohn. Hat den Wagen mit seinem ersten Gehalt angezahlt. Mein Mann wollte ihm vorher nichts leihen, weil der Sohnemann aus Protest gegen uns keinen Mercedes kaufen wollte. Sind halt ehrenkäsig, wir Schwaben, wenn's um heiligs Blechle geht.«

»Sehen die anderen Festwirte das genauso?«, versuchte ich, an den Anfang des Gesprächs anzuknüpfen. »Ich meine, dass die Bayern sich hier auf den Wasen drängen. Wie unser Wirt zum Beispiel.« Mit dem Daumen zeigte ich in die Richtung des Ersatzzeltes.

»Du, da hab ich schon so was munkeln hören.« Eva plusterte die Backen auf. »Namen sag ich nicht, aber neulich beim Stammtisch hat eine Bedienung erzählt, ihr Wirt hätte keine Träne vergossen, als der Sarg abgeholt wurde.«

»Wobei das freilich furchtbar ist, der Tod von eurem Chef«, ergänzte Tamara schnell, als sie meinen schockierten Blick bemerkte.

»Weißt du noch, welcher Wirt das war?«, fragte ich und tat, als zählte ich die restlichen Nüsse in meiner Hand durch.

»Ich glaub, das war einer von vorn bei der Wildwasserbahn.«

»Bist du sicher?«, warf Tamara ein. »War's nicht der ein Zelt weiter beim Almhüttendorf?«

»Meinst du? Na, egal.« Eva drückte ihre Zigarette in einem Aschenbecher auf dem Tisch aus. »Die Kripo hat eine neue heiße Spur. Kam vorhin im Radio.«

»Heiße Spur?« Mein Puls beschleunigte sich.

»Ein Zeuge hat zwei Männer gesehen, die sich in eurem Zelt – dem großen meine ich – gestritten haben. Kurz bevor das Feuer ausbrach.«

»Zwei Männer? Haben die gesagt, wer das war?«

»Einer war auf jeden Fall der Festwirt. Dieser Holsten, der beim Brand umgekommen ist. Über den anderen kam nichts Genaues. Oder hast du was mitbekommen, Tamara?«

»Nee, ich hab sowieso nur die Hälfte gehört«, gab ihre Kollegin zurück. »Bin fast taub von dem ständigen Humptata.« Sie sah auf ihre Armbanduhr. »Du, die Pause ist vorbei, wir müssen zurück zur Schicht.«

Die beiden gingen in ihr Zelt. Kaum waren sie außer Sichtweite, rannte ich los zu meinem Auto. Als ich das Radio einschaltete, waren die Nachrichten gerade vorbei. Ich musste mich bis zur nächsten Sendung gedulden.

Der Feierabendverkehr tobte durch die Stadt. Für die wenigen Kilometer in den Süden benötigte ich fast eine Dreiviertelstunde. Vor der Villa in der Weinsteige parkte ich den Corsa neben Teddys Alfa Romeo und schaltete das Radio erneut ein. Während des Werbeblocks kaute ich auf meinen Nägeln herum und fieberte den Nachrichten entgegen. Die erste Meldung drehte sich um das Dauerthema Fahrverbote. Danach kamen die Neuigkeiten, auf die ich gewartet hatte.

»Wie die Polizei meldet, gibt es neue Hinweise im Mordfall auf dem Volksfest. Vergangenen Donnerstag war die Leiche des Münchner Festwirts Achim von Holsten in den Trümmern seines Zeltes gefunden worden. Inzwischen steht fest, dass er Opfer eines Verbrechens wurde. Gestern hat sich ein Zeuge bei der Polizei gemeldet, der am fraglichen Tag gegen zweiundzwanzig Uhr einen Streit zwischen zwei Männern im Festbüro gehört haben will.«

Die nächste Meldung begann. Ich schaltete das Radio aus und lehnte mich zurück. Laut den beiden Bedienungen hatte der Zeuge die Streitenden beobachtet, nicht nur gehört. Entweder gab es einen weiteren Zeugen, oder die beiden hatten die Meldung falsch verstanden. Oder sie mir gegenüber ausgeschmückt.

Als ich unser Büro betrat, sah Jeannette von ihrem Bildschirm auf. »Auch schon da?«

»Feierabendverkehr«, erwiderte ich kurz angebunden. Mir war nicht nach Reden, bevor ich Klarheit hatte, was die Zeugenaussage anbelangte.

Im Internet durchsuchte ich die hiesigen Zeitungen nach neuen Meldungen über den Mord. Nach ein paar Klicks stand fest, dass der Zeuge den Streit nur gehört, aber die Kontrahenten nicht gesehen hatte. Mehr Details gab die Kripo aus ermittlungstaktischen Gründen nicht preis.

»Wenn du weiter auf deinen Nägeln herumkaust, musst du dir neue transplantieren lassen«, sagte Jeannette. »In der Alexanderstraße hat ein neues Studio eröffnet. Die lackieren dir während des Volksfestes das Stuttgarter Rössle als Sonderangebot auf die Fingernägel. Hab ich im Schaufenster gesehen.«

Noch halb in Gedanken betrachtete ich meine Nägel an Zeigefinger und Daumen. Die Kanten waren zerklüftet wie eine Felswand. »Jeannette, weißt du, ob am Abend vor dem Brand ein Meeting im Zelt stattgefunden hat?«

»Ein Meeting? Das haben wir gleich.« Jeannette klackerte auf ihre Tastatur ein und beobachtete den Bildschirm. Nach ein paar Sekunden verneinte sie. »Im Agenturkalender ist nichts eingetragen. Warum fragst du?«

Nachdem ich ihr von der Zeugenaussage berichtet hatte, schürzte sie die Lippen. »Du glaubst, einer unserer Kollegen hat sich mit von Holsten getroffen?«

»Gut möglich.« Ich legte eine Pause ein und fragte dann wie beiläufig: »Weißt du, ob Peter in der Agentur ist?«

»Nein, der trifft sich mit einem neuen Kunden.« Jeannette hatte eine schnelle Auffassungsgabe. Noch während sie sprach, zählte sie eins und eins zusammen. »Glaubst du, der andere Streithammel war dein Vater? Falls das so war, kreuzt der Kommissar bald wieder hier auf. Womöglich buchtet er Peter gleich ein.«

Genau das befürchtete ich, und deshalb brauchte ich Gewissheit. Ich verließ das Zimmer und klopfte an die Tür von Peters Büro. Keine Reaktion. Also hatte er tatsächlich einen

Auswärtstermin. Umso besser. Nach den jüngsten Entwicklungen wollte ich eine Begegnung mit ihm vermeiden, bis ich mir eine eigene Meinung gebildet hatte, statt nur auf mein Gefühl zu vertrauen.

Ich betrat sein Büro, schloss die Tür hinter mir und setzte mich hinter den puristisch gehaltenen weißen Schreibtisch. Computer, Brillenetui, Maus, Designerlampe, das war alles. Auf der ausladenden Fläche lagen keine Jobmappen oder vollgekritzelten Ausdrucke herum wie bei mir. Papiernes war in den schwarzen Ablagefächern untergebracht, die im rechten Winkel in einer Ecke gestapelt waren. Eilig sah ich die Fächer durch, doch ich fand weder einen Kalender mit einem entsprechenden Hinweis noch ein Gesprächsprotokoll des Meetings im Zelt.

Es gab noch eine weitere Möglichkeit: die Schreibtischunterlage aus genarbtem Leder. Unter meiner befand sich eine Art Friedhof für Notizzettel, den ich erst ausmistete, wenn der Berg sich wölbte. Vielleicht hatte ich diese Angewohnheit von Peter geerbt.

Ich hob die Lederunterlage an und wurde enttäuscht. Nur der blanke Tisch. Also doch der Apple. Nach wenigen Sekunden hatte ich das Passwort geknackt: Gerit. Ich klickte auf das Symbol von Peters persönlichem Kalender und überflog die Einträge vom vergangenen Mittwoch.

Beim letzten krampfte sich mein Magen zusammen, als hätte mir jemand einen Faustschlag versetzt. Da war er, der Eintrag, den ich gesucht und gleichzeitig nicht zu finden gehofft hatte!

Einige Sekunden lang starrte ich reglos auf die wenigen Buchstaben und Zahlen in Peters Kalender. »21 Uhr, Achim, Festbüro«.

Dieser Eintrag musste noch nichts zu bedeuten haben. Vielleicht hatte von Holsten das Meeting kurzfristig abgesagt, weil ihm ein dringenderer Termin dazwischengekommen war. Oder die Besprechung hatte nur ein paar Minuten gedauert, und danach war ein weiterer Termin gefolgt. Dennoch würde dieser Eintrag Peter schwer belasten, sobald die Polizei ihn entdeckte.

Kurz entschlossen löschte ich den letzten Termin des Tages. Buchstabe für Buchstabe verschwanden die Zeichen, als wären sie nie da gewesen.

Mit gemischten Gefühlen kehrte ich an meinen Arbeitsplatz zurück und war erleichtert über Jeannettes leeren Stuhl. Sie hätte mir das schlechte Gewissen an der Nasenspitze abgelesen. Bereits jetzt begann ich meine unüberlegte Löschaktion zu bereuen. Was hatte mich da nur geritten? Wenn die Kripo dahinterkam, dass ich den Eintrag entfernt hatte, würde ich Ärger bekommen.

Widerstrebend begann ich mit dem Interview von André und Dr. Jürgens, für das ich von den beiden Wichtigtuern im Festbüro genug Input für mindestens zehn Seiten bekommen hatte.

Obwohl die Printausgaben von Tageszeitungen seit Jahren an Bedeutung und Leserschaft verloren, bekamen die meisten Menschen nach wie vor leuchtende Augen bei dem Gedanken, ihren Namen in der Zeitung gedruckt zu sehen. Unser Interview war schlichtweg gekauft und hatte rein gar nichts mit halbwegs unabhängiger Berichterstattung zu tun. Die Agentur schaltete während des Volksfestes massenhaft Anzeigen für Andrés Kollektion, deshalb hatten wir gleich mehrere redaktionelle Beiträge gut. Einer davon war dieses Interview mit einem fiktiven Gesprächspartner der Zeitung, das die Verkaufszahlen der Kollektion weiter pushen sollte.

Während ich André die Vorzüge seiner Entwürfe schildern ließ, wies ich Dr. Jürgens den Part zu, für die restlichen Events im Ersatzzelt zu werben. In seinen Statements brachte er das Kunststück fertig, kein einziges Wort über den toten Festwirt zu verlieren, als hätte dieser tragische Todesfall gar nicht stattgefunden. Das war nicht meine Idee, sondern eine Anordnung von oben. Der Fisch stank eben vom Kopf. Das galt auch und besonders in der Werbung. Unnötig zu erwähnen, dass der fiktive Interviewer der Zeitung auch nicht auf die Idee kam, die Verdachtsmomente gegen den zweiten Geschäftsführer Peter Herzog zu thematisieren.

Das Klingeln des Telefons riss mich aus meinem Schreibfluss. Es war Gerit. Sie wollte wissen, was ich über die Trachtenknöpfe herausgefunden hatte. In wenigen Sätzen fasste ich das Gespräch zwischen Annika und Kommissar Gabriel zusammen, das ich belauscht hatte. Als ich alles geschildert hatte, drang eine Zeit lang nur Rauschen aus dem Hörer. Begleitet von Motorengeräuschen und einem anschwellenden Lärm, der alles überlagerte und sich zu einem ohrenbetäubenden Kreischen entwickelte.

Als der Lärm sich legte, fragte Gerit: »Bist du noch dran? Ich fahre gerade am Flugplatz vorbei. Eben war eine Maschine im Landeanflug über mir.«

»Bist du auf der Autobahn unterwegs?«

»Ja. Ich fahre nach München. Offiziell bin ich brav auf Recherche über Foodblogger, falls jemand fragt.«

»Verstehe. Du willst dich mit dem Experten für Bekennerschreiben treffen.«

»Genau. Außerdem will ich mehr über diese Helena Römerstein rausfinden.«

»Gute Idee«, erwiderte ich und zögerte kurz. »Wie geht's Peter? Was hat er über sein Gespräch mit dem Kommissar heute Morgen erzählt?«

»Ich hatte noch keine Gelegenheit, mit ihm zu sprechen. Du?«

Ich schüttelte den Kopf, bis mir einfiel, dass Gerit das nicht sehen konnte. »Nein. Soweit ich weiß, trifft er sich mit einem Kunden. Nach meiner Schicht im Trachtenshop habe ich auf dem Wasen zwei Bedienungen von nebenan ausgehört. Wie ich erfahren habe, gibt es Beschicker beim Volksfest, denen von Holstens Tod … sagen wir, nicht ungelegen kommt.«

»Aha, da haben wir sie wieder, die alte Feindschaft zwischen Münchnern und Stuttgartern.« Gerit schnaubte. »Von wegen Globalisierung. Vielen wäre die alte Kleinstaaterei lieber. Inklusive Zölle und Grenzbäume. Hast du was Konkretes erfahren?«

»Leider nicht. Trotz Nachbohren wollten die Bedienungen mir keine Namen nennen. Sie waren auch uneins, von welchem Festwirt diese Aussage kam. Vielleicht wollten sie kein Kollegenbashing betreiben.«

»Da musst du dranbleiben, Bea«, forderte Gerit mich auf. »Schön hartnäckig bleiben und so lange bearbeiten, bis jemand einen konkreten Anhaltspunkt für dich hat. Du weißt, worum es geht. Dein Vater hatte ein Motiv, und nun hat der Kommissar mit diesem Knopf sogar ein Indiz, das einen Richter zu einem Haftbefehl veranlassen könnte.«

»Nicht nur das.«

»Was meinst du?«

Augen zu und durch. »Peter hat sich am Abend vor dem Brand mit von Holsten getroffen. Und zwar in dessen Zelt.«

Eine Weile hörte ich nur Gerits Atemgeräusche, im Hintergrund untermalt von Motorenlärm. »Woher weißt du das?«

»Ein Zeuge hat sich bei der Polizei gemeldet und von einem Streit zwischen zwei Männern im Festbüro berichtet. An dem Abend, bevor das Zelt abbrannte.« Und Achim von Holsten ermordet wurde. Den letzten Satz sparte ich mir. »Ich habe Peters Agenturkalender durchgesehen und einen Eintrag gefunden, der beweist, dass er sich mit dem Wirt getroffen hat.«

»So eine Scheiße«, kam es aus dem Hörer. Normalerweise mied Gerit Schimpfwörter. Das zeigte mir, wie angespannt sie war.

»Ich habe den Eintrag gelöscht.«

»Du hast *was* getan?«

»Ich weiß auch nicht. Es ist passiert, bevor ich nachdenken konnte. Ein Reflex oder so.«

»Beschützerinstinkt«, präzisierte Gerit. »Du wolltest deinen Vater beschützen. Das verstehe ich voll und ganz, jetzt, wo sich die Schlinge um seinen Hals immer enger zuzieht.

Aber die Polizei wird anderer Meinung sein. Das ist Vernichtung von Beweismaterial.«

Vor meinem geistigen Auge sah ich bereits, wie der Kommissar mir Handschellen anlegte und mich abführte. Merkwürdigerweise machte mir diese Vorstellung nichts aus. Ich hatte getan, was getan werden musste. Schließlich war ich Peters Tochter. Er hätte dasselbe auch für mich getan. Oder nicht?

»Bea, ich muss nachdenken«, sagte Gerit. »Ich melde mich morgen, sobald ich mehr weiß.«

»Freut mich, dass ich dich zu einem Ausflug aufs Land überreden konnte, Bea.« Jeannette bog von der Autobahn Richtung Süden ab, als das gesuchte Hinweisschild am Straßenrand erschien. »Du wirst sehen, wir werden uns mit den Outlander-Fans prächtig amüsieren.« Wenig später relativierte sie ihre Aussage. »Zumindest werden die schottischen Abenteuer dich ablenken.«

Eine Stunde zuvor hatte Jeannette mich in unserem Büro aufgelöst vorgefunden. Es dauerte nicht lange, bis sie über alles im Bilde war: die Zeugenaussage, Kommissar Gabriels Ermittlungen wegen des Trachtenknopfs und den verräterischen Eintrag in Peters privatem Onlinekalender. Auf mein Eingeständnis, diesen belastenden Eintrag gelöscht zu haben, reagierte sie anders als erwartet. Statt mir Vorwürfe zu machen, schlug sie vor, sie nach Nürtingen zum DVD-Abend von Becky Jürgens' Outlander-Fanclub zu begleiten. Ich hatte die Einladung längst vergessen. Jeannette als eingefleischten Fan hätte nicht einmal ein Erdbeben davon abgehalten, diesen Abend mit gut gelaunten Anhängern des charmanten Freiheitskämpfers Jamie Fraser zu verbringen.

Unterwegs nach Nürtingen klärte sie mich über die wichtigsten Figuren und Handlungsstränge der Kultserie auf, damit ich sie nicht allzu sehr blamierte. Anfangs war ich nur halbherzig bei der Sache, doch mit ihren humorvollen Nacherzählungen schaffte sie es, mich abzulenken.

»Hier müsste es irgendwo sein. Wendlingen.« Jeannette
setzte den Blinker und bog ab. »Becky sagte am Telefon, wir
müssten auf die B 313 und Ober…dingens durchqueren. Wie
der Ort genau heißt, habe ich vergessen.«

»Oberensingen, da steht es. Wir sind richtig.«

»Falls du zur Copilotin umschulen willst, schreibe ich dir
eine Empfehlung. Warst du schon öfter in Nürtingen?«

»Nur ein paarmal. Ich habe eine Mörike-Führung mitge-
macht und eine Ausstellung in der Freien Kunstakademie be-
sucht. Vor ein paar Wochen war ich in der Sammlung Dom-
nick, die liegt rechts von uns auf der Oberensinger Höhe.
Das war Georgs Idee. Er beschäftigt sich seit Neuestem mit
Kunst als Geldanlage.« Das hatte auch damit zu tun, dass ich
von seinem Vorschlag, eine Eigentumswohnung zu kaufen
und zusammenzuziehen, wenig begeistert war. Doch das
behielt ich für mich. Jeannette hatte genug Munition gegen
Georg.

Prompt verzog sie das Gesicht zu einer Grimasse. »Hätte
ich mir denken können, dass sich dein Banker aus diesem
Grund für Kunst interessiert. Die Villa ist als Immobilie
sensationell. Wohnen im Museum, dazu noch ein Skulptu-
renpark mit Panoramablick auf die Alb, so lässt sich's leben.
Wobei das sogar Georgs Finanzen übersteigt, auch wenn er
der reinste Immobilienhai ist.«

»Bei der Finanzierung deiner Katzenpension hast du dir
bereitwillig von ihm helfen lassen.«

»Ach, Bea, nimm nicht gleich alles so persönlich, was ich
sage. Du weißt doch, mein Mundwerk hat mehr PS als mein
Gehirn«, gab Jeannette zurück und duckte sich, um ein Stra-
ßenschild unter der Sonnenblende hindurch lesen zu können.
»Hier müssen wir irgendwo über den Neckar nach Nürtingen.«

Nach ein paar Metern entdeckte ich das gesuchte Schild.
»Hochwiesenstraße, da musst du abbiegen.«

Jeannette blinkte. Wir überquerten den schmalen Lauf der
Aich, danach den deutlich breiteren Strom des Neckars.

»Weißt du, Bea, eigentlich habe ich gar nichts gegen deinen Liebsten.« Jeannette klang nun deutlich friedfertiger. »Die Breitseite gegen ihn gestern Abend bedauere ich, da habe ich mich in was reingesteigert. Was sagt er eigentlich zu dem Mord an unserem Kunden? Das hat er sicher auch in Hamburg mitbekommen.«

»Da geht's rein in die Hindenburgstraße.« Während Jeannette einen kleineren Gang einlegte und ihr Golf die Steigung hinauffuhr, überlegte ich, was ich erwidern sollte. »Gestern Abend habe ich ihn nicht erreicht. Er war vermutlich mit seinen Kollegen unterwegs.«

»Den männlichen Kollegen, tippe ich. Und zwar auf Sankt Pauli«, ergänzte Jeannette und lachte. »Endlich richtige Großstadtluft schnuppern statt nur ein laues Lüftchen wie bei uns im Bohnenviertel. Du, weiß Georg überhaupt schon, dass der Kommissar gegen deinen Vater ermittelt?« Sie musterte mich von der Seite.

»Verstehe. Falsches Thema.« Ihr Blick wanderte an den eleganten Häusern in Aussichtslage inmitten großer Gartengrundstücke entlang. »Scheint eine Art Killesberg von Nürtingen zu sein, dieses Wohngebiet. Der Hausnummer nach wohnt Jürgens dort drüben.« Sie parkte gegenüber von einem nobel aussehenden Neubau mit Erkern und altem Baumbestand im Garten und pfiff durch die Zähne. »Schicke Hütte. Wundert mich nicht, dass Becky bei ihrem Vater logiert statt wie wir in einer heruntergekommenen, überteuerten Altbauwohnung.«

Rund um das Grundstück verlief eine hohe Mauer, in die ein massives Garagen- und ein Gartentor eingelassen waren. Ich drückte auf das unterste Klingelschild mit Beckys Namen. Auf den beiden Schildern darüber stand: »Dr. Ludger Jürgens«.

»Hoffentlich kommt die Spaßbremse uns nicht in die Quere«, knurrte Jeannette und äugte durch den schmalen Schlitz zwischen Gartentor und Mauer, als könne Dr. Jürgens jeden Moment auftauchen und uns herunterputzen, weil wir nicht im Festzelt arbeiteten. »Aber ich schätze, der Wichtigtuer sieht auf dem Wasen nach dem Rechten. Ist immer noch sein Projekt, na ja, eher sein Horrorprojekt nach allem, was passiert ist.«

Ein Summer ertönte. »Hi, Mädels«, tönte Beckys fröhliche Stimme durch die Gegensprechanlage. »Ihr kommt genau richtig. Eben haben wir den Whisky aufgemacht.«

Jeannette hakte mich unter, und wir stiegen die Treppe hinauf zum Haus. »Heute Abend vergisst du den ganzen Mist wegen deinem Vater einfach. Wir machen uns einen entspannten Mädelsabend und himmeln Jamie in seinem sexy Schottenrock an, okay?«

Becky Jürgens wohnte in einer Einliegerwohnung, die großzügiger war, als die Bezeichnung vermuten ließ. Ihr Zuhause erstreckte sich über das halbe Erdgeschoss des Hauses.

Die junge Frau mit den kurzen roten Haaren und den Sommersprossen, die ich bei meiner Führung auf Burg Hohenneuffen kennengelernt hatte, öffnete die Tür und umarmte uns, als wären wir beste Freundinnen.

»Endlich seid ihr da! Super! Wie war die Fahrt?«, begrüßte sie Jeannette und mich mit einem Wortschwall. »Kommt rein und macht es euch bequem. Und keine Sorge, wir haben sturmfreie Bude. Mein alter Herr verbringt seine Abende auf dem Wasen, weil er denkt, ohne ihn würde der Betrieb auf dem Volksfest zusammenbrechen.« Sie verdrehte die Augen.

Als wir eintraten, standen wir mitten in einem riesigen Wohnraum. Alle Fenster waren bodentief und vermittelten das Gefühl, in einem Park zu wohnen. Durch mehrere Fenster und eine Glasfront vor der Terrasse fiel das milde Licht der Abendsonne herein und tauchte den Terrakottaboden in Orangerot. Kirschholzmöbel, zwei ausladende Sofas in Rostrot und Palmen ließen den Raum einladend wirken. An einer Wand stand ein riesiger Fernseher auf einem Sideboard. Davor saßen sechs Frauen auf dem Boden. Sie durchwühlten einen Haufen DVDs und diskutierten, welche Folgen der Kultserie sie sich anschauen wollten.

Becky stellte ihre Freundinnen aus dem Fanclub vor und drückte uns ein Glas schottischen Whisky in die Hand. Aus meinem Rucksack holte ich einige Packungen Shortbread und zwei Tüten Chips, die wir als Gastgeschenk besorgt hatten. »Leider hatte der Supermarkt im Westen keinen Häggis vorrätig.«

»Danke, Bea«, gab Becky belustigt zurück. »Macht es euch auf dem Sofa bequem oder auf den Sitzkissen am Boden, wie ihr wollt. Ich gehe die Raubtiere holen, damit wir was zum Schmusen haben.«

Nur Sekunden später stolzierten zwei Katzen herein, eine größere rothaarige und eine etwas kleinere Mieze mit schwarzem Fell. Sie ignorierten uns Besucherinnen, als wären wir Luft. Die Katzen kannten wir bereits von dem Foto, das Becky uns bei ihrem Besuch auf Jeannettes Baustelle gezeigt hatte.

»Darf ich vorstellen?« Becky deutete auf ihre Katzen. »Der rote Jamie und der galante Fergus. Lasst euch von der Herumstolziererei nicht täuschen, die tun gern hochnäsig. In Wirklichkeit können sie es kaum erwarten, von Schoß zu Schoß gereicht und durchgekrault zu werden.«

Mit Lockrufen stürzte sich Jeannette auf die beiden Haustiger. »Miezi, Miezi, kommt her, meine Süßen«, trillerte sie und gab Begeisterungslaute von sich, als Jamie an ihrem Bein entlangstrich und mauzend nach oben sah. Ein paar Streicheleinheiten später wichen die Katzen nicht mehr von ihrer Seite.

»Die stehen auf dich«, stellte Becky fest, als sich Jamie bereitwillig von Jeannette hochnehmen ließ. »Deine Katzenpension wird ein Renner. Ich habe dich übrigens schon weiterempfohlen. Wann ist die Eröffnung?«

»Vor den Herbstferien, wenn die Handwerker bis dahin noch einen Zahn zulegen.«

»Gut. Meine Freundinnen werden sich freuen. Und nun

wenden wir uns den Highlands zu. Ach, Moment, ich hab noch was Wichtiges vergessen.« Becky lief zu einer Holztruhe und öffnete den Deckel, der stilgerecht knarrte. Sie nahm eine karierte Wolldecke heraus und breitete sie über einem der Sofas aus.

»Das ist ja irre.« Jeannette warf sich verzückt auf das Sofa, Jamie noch im Arm, der ihre Aktion mit einem Fauchen kommentierte. »Wo hast du dieses tolle Stück nur her?«

»Geheime Quelle«, raunte Becky und klärte mich als Anfängerin in Sachen Outlander darüber auf, dass die Decke das Tartanmuster des Fraser-Clans zeigte, dem die Hauptfigur der Serie angehörte.

»Ein Fanclub aus Inverness hat die Decken bei einer Weberei in Auftrag gegeben und verkauft sie zum Herstellungspreis weiter. Als Nächstes sind Schottenröcke geplant. Für unseren Fanclub habe ich ein paar vorbestellt. Gebt Bescheid, wenn ihr auch welche wollt.«

»Wann geht's los?« Jeannette machte es sich im Schneidersitz bequem. Kater Jamie kuschelte sich zwischen ihre Beine. *Je suis prest*«, fügte sie hinzu und grinste breit. »Das ist das Motto der Frasers: Ich bin bereit«, erklärte sie mir.

Wie auf Kommando ließen sich die anderen Frauen auf den Sofas nieder. Als die eingängige Titelmelodie der Serie den Raum erfüllte und der Vorspann begann, galt die Aufmerksamkeit nur noch den Katzen und dem Fernseher.

Nach zwei Folgen beschloss der Fanclub, eine Pause einzulegen und vor der Fortsetzung einen Imbiss zusammenzustellen. Einige Frauen bereiteten ein paar Schüsseln Popcorn zu, die anderen bestrichen die mitgebrachten Scones mit Clotted Cream und Erdbeerkonfitüre. Die beiden Katzen strichen um den Küchentisch mit dem Glas voller Streichrahm herum und mauzten jämmerlich, als wären sie kurz vor dem Hungertod.

Während die anderen in der Küche herumwerkelten, trat ich durch die Glastür auf die Terrasse vor dem Wohnzimmer.

Im Westen ging die Sonne unter und zauberte ein phantastisches Farbenspiel zwischen Violett, Rosa und Hellblau über den Horizont. Im Süden erhob sich der Albtrauf mit der Burg Hohenneuffen.

Jeannette hatte recht behalten. Unsere Landpartie tat mir gut und entspannte meine Nerven. Zum ersten Mal seit Tagen fühlte ich mich wieder halbwegs wohl in meiner Haut. Ich zog die Turnschuhe aus und spazierte auf der bemerkenswert unkrautfreien Rasenfläche herum, die einem Golfplatz alle Ehre gemacht hätte. Das Gras war angenehm weich.

Ich ging ein Stück in den Garten und entdeckte auf der anderen Seite des Hauses einen Rohbau mit vielen Glasflächen und Glasdach. Sah aus wie ein halb fertiger Wintergarten. Nun war ich weit genug von der offen stehenden Terrassentür entfernt und konnte in Ruhe telefonieren. Ich zog mein Handy aus der Jeanstasche und drückte auf die Kurzwahltaste mit Georgs Nummer. Während es klingelte, überlegte ich, was ich auf die Mailbox sprechen wollte.

Endlich meldete sich jemand. Anders als erwartet, war es nicht Georgs Stimme, sondern die einer Frau.

»Ja, wer ist dran?«

Ich zögerte einen Augenblick und vergewisserte mich, ob ich auch wirklich Georgs Nummer gewählt hatte. »Hallo, hier ist Bea Pelzer.« Meine Stimme klang belegt, und ich räusperte mich. »Ich möchte mit Georg Bergmann sprechen.«

Ein bestürzter Ausruf ertönte. »Oh, Frau Pelzer. Tut mir leid, Georg ist nicht im Zimmer. Kann ich ihm etwas ausrichten?«

»Ähm, ja. Er soll mich ... nein, schon gut. Ich versuche es später wieder.«

Die Verbindung wurde beendet. Verunsichert sah ich auf mein Handy. Wer war diese Frau? Und warum ging sie an Georgs Telefon? Sie hatte von einem Zimmer gesprochen, war sie etwa in seinem Hotelzimmer? Mein Mund wurde trocken, und ich bekam Panik.

»Bea, störe ich dich?« Becky kam über die Terrasse herübergeschlendert und deutete auf mein Telefon. Sie hatte es mir gleichgetan und ihre Sandalen ausgezogen.

»Wie? Nein, nein.«

Becky plauderte drauflos und bemerkte erst nach einer Weile, dass ich mit den Gedanken woanders war. »Fühlst du dich nicht wohl?«, fragte sie. »Du wirkst angespannt.« Ihr Blick fiel auf das Telefon in meiner Hand. »Schlechte Nachrichten? Geht es um deinen Vater? Ich habe gehört, dass er in den Todesfall auf dem Wasen verwickelt ist.«

Ich schüttelte den Kopf und ließ das Handy in der Hosentasche verschwinden. »Nein, alles gut. Ich wollte nur frische Luft schnappen.« Ich atmete durch und sah zu einem Blumenbeet mit Herbstastern und Chrysanthemen vor einer Gruppe von Kiefern. »Herrlich grün hast du es hier. So einen Garten vor der Wohnung hätte ich auch gern. Aber bei den Preisen in Stuttgart ist das fast unbezahlbar, wenn du nicht bei Daimler oder Bosch arbeitest.«

»Auch bei uns haben die Preise angezogen«, erwiderte Becky und deutete zu ihrer Wohnung. »Ich bin froh über dieses kleine Paradies hier. Mein Vater ist ständig auf Achse und kommt mir nie in die Quere.« Sie machte eine Pause und blickte hinüber zum Rohbau. »Ich hoffe, das bleibt so, wenn er in zwei Monaten in Rente geht.«

»Ach, er hört auf? Davon wusste ich nichts.«

Becky zuckte mit den Achseln. »Eigentlich wollte er Abteilungsleiter werden, so war es zumindest mit seinen Vorgesetzten abgesprochen. Doch dann hat die Stadt seine Abteilung Knall auf Fall outgesourct, und es wurde nichts aus der geplanten Beförderung. Mein Vater war zuerst wie vor den Kopf gestoßen. Aber dann hat er sich entschlossen, zu privatisieren.« Sie blickte einem Schachbrettfalter nach, der über das Beet mit dunkelroten Astern flatterte. Dabei fiel ihr Blick auf den Rohbau. »Der Wintergarten ist sein neuestes Projekt, danach plant er ein Schwimmbecken im Keller. Mir soll's recht sein. Dann muss ich nicht mehr jeden Morgen rüber auf die andere Neckarseite ins Hallenbad, sondern kann hier meine Runden drehen, bevor ich zur Arbeit gehe.«

»Hey, ihr beiden!«, rief Jeannette von der Terrassentür herüber. Sie winkte uns zu sich. »Gleich geht die Schlacht von Culloden los, das wollt ihr doch nicht verpassen? Die Scones stehen bereit.«

»Wir sind schon unterwegs!«, erwiderte Becky und wandte sich an mich. »Das wird dir gefallen, Bea. Kurz vor der Schlacht reist Jamies Frau Claire durch den Steinkreis zurück in ihre Zeit und gerät in eine schwere emotionale Krise.«

Dank Jeannette konnte ich mitreden. »Wegen ihrem anderen Ehemann Frank, dem Historiker, nicht wahr? Ich bin gespannt, wie er reagiert, wenn er von ihrer Schwangerschaft erfährt.«

Voller Begeisterung berührte mich Becky am Arm. »Ja, vor allem, weil Claire deutlich mehr als neun Monate spurlos verschwunden war.« Sie hob ihre Sandalen auf und ließ mir den Vortritt ins Wohnzimmer. »Diese Folge gehört zu den Highlights der Serie. Dramatik pur, du wirst sehen.«

Erst um halb zwölf traten wir die Rückfahrt an. Jeannette hatte den schottischen Whisky ausgiebig verkostet und war nicht mehr Herrin ihrer Sinne, um es diplomatisch auszudrücken. Kurzerhand setzte ich mich ans Steuer ihres Golfs.

Als wir den Neckar Richtung Oberensingen überquerten, rülpste Jeannette. Eine kräftige Alkoholfahne breitete sich im Wagen aus. »Ach, das Landleben hat was für sich. So ein Garten mit hohen Bäumen und Blumenbeeten würde mir in Beuren gefallen. Vielleicht sollten wir auch ein paar Kiefern setzen, was meinst du?«

»Ist dann noch Platz für mehr Käfige, damit deine Pensionsgäste genug Auslauf haben? Das wolltest du in deiner Werbung vor der Eröffnung besonders betonen.«

»Stimmt, Bea. Ich muss mich mit meinem Landschaftsgärtner beraten.«

Ich setzte den Blinker und bog auf die Auffahrt der A 8

Richtung Stuttgart. »Du hast einen Landschaftsgärtner? Davon hast du noch nie erzählt.«

Jeannette gluckste und schlug mir auf den Schenkel. Vor Schreck trat ich das Gaspedal durch. Der Motor heulte auf, und der Wagen machte einen Satz. Aber es war genug Abstand bis zum Lastwagen vor uns, der üblen Abgasgeruch verbreitete. Ich drehte die Lüftung ab und kontrollierte den Verkehr im Rückspiegel.

»Reingefallen, Bea«, sagte Jeannette und gluckste erneut. »Ein Gartenfuzzi übersteigt mein Budget. Ehrlich gesagt, bin ich froh, wenn meine Rücklagen bis zum Kick-off reichen.«

Nachdem ich den stinkenden Lkw überholt hatte, drehte ich die Lüftung wieder auf, um die Mischung aus Abgasen und Whisky zu vertreiben. Umständlich tastete ich mich an ein Thema heran, das mir seit Wochen auf dem Herzen lag. »Willst du die Pension wie geplant vor den Herbstferien eröffnen? Eine Kundin hast du ja bereits.«

»Ende Oktober, wenn bis dahin alles fertig wird. Beckys Schmusetiger habe ich fest eingeplant.«

»Was wird aus der Reinsburgstraße? Allein kann ich mir die Miete nicht leisten.« Ich hängte mich hinter einen Agila und ging vom Gas, während ich auf Jeannettes Antwort wartete.

»Mensch, bin ich plötzlich müde.« Sie schraubte am Beifahrersitz herum und senkte ihn in die Liegeposition. Gähnend streckte sie sich aus. »Das muss der Alkohol sein. War wohl ein Gläschen zu viel. Hicks.«

Das sah ich genauso. Hoffentlich hielt uns keine Verkehrskontrolle an. Bei dem Alkoholdunst im Wagen würde ich in mehr als ein Röhrchen pusten müssen, bis die Polizei mir glaubte, dass ich nur an einem Whisky genippt hatte und die ganzen Promille in Jeannette gelandet waren.

»Das Zimmer in der Stadt behalte ich vorerst«, sagte Jeannette. »Becky hat mir eine Freundin empfohlen, die in der Pension mitarbeiten möchte. Wenn die zwei oder drei Tage in der Woche übernimmt, könnte ich weiter für André arbeiten, bis die Pension genug Kohle abwirft.« Sie gähnte erneut. »Weck mich, wenn wir zu Hause sind, ja?«

Als wir den Westen erreichten, schnarchte Jeannette seelenruhig vor sich hin und dünstete Whiskyduft aus. Einen Parkplatz in der Reinsburgstraße zu ergattern war um diese späte Uhrzeit eine Herausforderung. Erst nach mehreren Runden durchs Viertel parkte ein Mercedes in der Rötestraße aus. Jeannette kam zu sich, als das Motorengeräusch verebbte.

»Sind wir daheim? Trägst du mich die Treppen hoch?« Sie klang ungewohnt kindlich.

Ich musste lachen. »Können wir ausprobieren. Bis zum Haus musst du aber laufen.«

Wir gingen das kurze Stück die Rötestraße zurück und überquerten die Reinsburgstraße auf die hangwärts gelegene Seite. Auf dem Gehweg angekommen, fiel mir etwas Rotes ein paar Meter weiter ins Auge. Ich blieb stehen und deutete auf die Stelle.

»Sieh mal dort drüben, Jeannette. Das ist doch eine Handtasche aus Andrés Kollektion.«

Bis Jeannette sich orientiert hatte, war ich bei dem Fundstück angekommen. Ich ging in die Hocke. »Ja, das ist eine der herzförmigen Taschen aus Filz.« Ich hob die Tasche auf und sah mich suchend um. »Wem mag die gehören?«

»Vielleicht hat sie jemand verloren.« Jeannette riss die Kiefer auseinander und deutete die Straße runter. »Lass uns weitergehen, ich muss in die Waagrechte.«

»Die Tasche ist feucht«, stellte ich fest und betrachtete meine Fingerkuppen. Als ich rötliche Flecken entdeckte, schluckte ich hörbar. »Das ist Blut.«

»Blut? Lass sehen.« Jeannette fuhr über die Tasche und blickte auf ihre Finger. »Du hast recht.«

Ich sah mich um und entdeckte im Lichtschein, der aus einem Fenster im Erdgeschoss drang, einen weiteren roten Gegenstand. »Dort drüben!«, rief ich und drückte Jeannette die Tasche in die Hand. »Siehst du den Schuh? Vor den Autos, am Fuß der Treppe.« Schnellen Schrittes lief ich die paar Meter in die Sackgasse und stoppte abrupt, als ich eine Gestalt am Boden sah. »Da liegt jemand. Eine Frau.«

Wie so oft war Jeannette die Mutigere von uns. Plötzlich hellwach, überholte sie mich und kam als Erste bei der Frau an. Ihr musste der rote Pumps gehören, denn ihr linker Fuß war barfuß.

»Hallo, brauchen Sie Hilfe?«, fragte Jeannette die Frau, die von uns abgewandt lag. Sie trug ein rosa Dirndl aus Andrés Kollektion. Gewellte dunkelblonde Haare hingen wirr über ihren Rücken. »Bea, wir müssen sie umdrehen. Los, pack mit an.«

Mit vereinten Kräften rollten wir die Frau auf den Rücken.

»Sie blutet«, stellte ich fest und strich ein paar Strähnen zur Seite, die ihr Gesicht bedeckten. Schockiert fuhr ich zurück. Ihr Gesicht war übel zugerichtet. Beide Augen waren geschwollen und wölbten sich aus ihren Höhlen. Die Lider schillerten in dunklem Violett. Überall waren Blutflecke. Ein Mundwinkel war eingerissen. Aus einer Platzwunde auf der Stirn lief Blut. Die Nase sah seltsam schief aus.

Erst mit Verzögerung realisierte ich, dass ich diese Frau kannte. »Großer Gott, das ist Annika.« Vorsichtig berührte ich sie an der Schulter. »Annika, hörst du uns? Ich bin es, Bea.«

Keine Reaktion.

»Sieht aus, als wäre sie zusammengeschlagen worden.« Jeannette überlegte kurz. »Unser Haus ist gleich die Straße runter. Was meinst du, sollen wir sie in unsere Wohnung tragen und von dort den Notarzt rufen?«

Sofort schüttelte ich den Kopf. »Das schaffen wir niemals. Bis zum Haus vielleicht, aber nicht die Treppe hoch. Wir sollten sie lieber nicht bewegen. Vielleicht hat sie innere Verletzungen.«

Nach unserem Anruf bei der Polizei dauerte es nur Minuten, bis der Notarztwagen eintraf. Zwei Sanitäter sprangen heraus und knieten mit ihrer Ausrüstung vor der reglosen Annika. Während die beiden sie untersuchten und auf eine Trage verfrachteten, befragte uns ein Streifenbeamter, der kurz nach dem Notarzt hier gewesen war. Wir gaben Annikas Personalien an und schilderten, wie wir sie gefunden hatten. Der Polizist durchsuchte Annikas Handtasche. Weder ihr Portemonnaie noch ein Handy befanden sich darin. Daher ging er von einem Raubüberfall aus.

Während wir mit dem Polizisten sprachen, luden die beiden Sanitäter die Trage in den Notarztwagen ein und fuhren ins nahe gelegene Marienhospital.

Eine Viertelstunde später saßen Jeannette und ich am Küchentisch in unserer Wohngemeinschaft. Es war mitten in der Nacht, aber nach unserer schrecklichen Entdeckung war keiner nach Schlafen zumute.

»Hast du gesehen, wie schief ihre Nase war?« Jeannette zog die Beine hoch und kauerte sich auf der Eckbank zusammen. »Die ist bestimmt gebrochen. Sie muss fürchterliche Schmerzen haben. Ich hoffe, die Polizei fasst das Schwein, das sie so übel zugerichtet hat.«

Der Wasserkocher brodelte und schaltete sich automatisch aus. Ich stand auf, holte zwei Tassen aus dem Oberschrank und goss uns Tee auf. Aus den Tassen stieg Kamillenduft auf. »Glaubst du, es war ein Raubüberfall, wie der Polizist meinte?« Ich trug die Tassen zum Tisch und ließ mich auf einem Stuhl nieder.

Jeannette nahm eine Tasse an sich, griff nach dem Etikett und zog den Teebeutel in Kreisen durch das heiße Wasser. »Du nicht?« Sie sah auf und kniff die Augen beim Lesen meiner Gedanken zusammen. »Du denkst, der Überfall auf Annika hängt mit dem Mord auf dem Wasen zusammen, stimmt's?«

»Vielleicht bin ich langsam paranoid«, gab ich zu und rührte mit einem Teelöffel in meiner Tasse herum. »Aber ich kann an nichts anderes mehr denken. Seit die ›Bild‹ meinen

Vater als potenziellen Täter geoutet hat, tauchen ständig neue Hinweise auf, die ihn belasten. Es kommt mir vor, als läge ein Fluch auf ihm.«

»Stimmt. Diese Zeugenaussage könnte ihm zum Verhängnis werden. Auch ohne den Eintrag im Kalender, den du verschwinden hast lassen.« Jeannette nahm den Beutel aus ihrer Tasse und drückte ihn aus. »Autsch, heiß.« Sie ließ den Beutel auf den Tisch fallen und pustete über ihre Finger. »Ich habe vorhin mit Becky darüber gesprochen, als du im Garten warst. Dabei ist mir eine Sache aufgefallen, die mir bisher entgangen ist.«

Ich nippte am Tee. »Was meinst du?«

»Du erinnerst dich an den Tag, als die Feuerwehr von Holsten tot im Zelt gefunden hat? Weißt du noch, wo die Leiche entdeckt worden ist?« Jeannette zog die Augenbrauen hoch und beantwortete ihre Frage selbst. »In der Küche. Aber der Zeuge hat –«

Plötzlich wusste ich, worauf sie hinauswollte. »Der Zeuge hat gesagt, er hätte einen Streit aus dem Festbüro gehört.«

»Genau.« Jeannette trank einen Schluck und verzog das Gesicht. »Schmeckt scheußlich, dieses Zeug. Wie trockenes Gras.«

»Das passt nicht zusammen«, stellte ich fest und musste an mein Gespräch mit den Bedienungen zurückdenken. »Vielleicht hat sich der Zeuge getäuscht. Oder zu viel in seine Erinnerung hineininterpretiert. Wie die Bedienungen, mit denen ich heute gesprochen habe. Die beiden meinten, er hätte die Männer beim Streit gesehen. Aber im Radio und in anderen Medien hieß es, er hätte den Streit nur mit angehört.«

»Gut möglich. Aber genauso ist es möglich, dass der Zeuge recht hat. Das würde bedeuten, der Streit fand im Festbüro statt. Aber die Leiche wurde in der Küche gefunden.«

Als ich verstand, worauf sie hinauswollte, stellte ich die Tasse abrupt auf den Tisch zurück. Tee schwappte über und bildete einen durchscheinend grünlichen Ring um den Boden der Tasse. »Du meinst, das sind zwei Paar Schuhe. Von

Holsten hat sich in seinem Büro mit jemandem gestritten, der Zeugenaussage nach mit einem Mann. Ermordet wurde er aber im Küchenbereich. Und zwar nicht von Peter.«

»Nun ja.« Jeannette schien noch nicht überzeugt. »Das kann natürlich so gewesen sein. Genauso gut können die beiden ihren Streit aus irgendeinem Grund in der Küche fortgesetzt haben. Sei mir nicht böse, Bea, aber ich glaube, du bist befangen, weil dein Vater in die Sache verwickelt ist.«

Ich hörte nur mit einem Ohr zu, weil ich meine Theorie weiter ausfeilte. »Vater hat sich mit Achim von Holsten im Festbüro getroffen, wie es in seinem Kalender steht. Beziehungsweise stand, nachdem ich … du weißt schon. Dort, im Festbüro, sind sie in Streit geraten. Aber getötet wurde von Holsten in der Küche. Zu einem späteren Zeitpunkt. Und der Täter ist bis jetzt auf freiem Fuß.«

»Wäre denkbar. Allerdings wissen wir noch nicht, wie es zu dem Feuer kam.«

»Du meinst den Brandanschlag?« Ich war wie elektrisiert von meiner Theorie.

»Brandanschlag, das klingt so dramatisch. Kann das Feuer nicht aus einem anderen Grund ausgebrochen sein?«

»Jedenfalls nicht von allein. Die Spurensicherung hat gesagt, in der Küche sei überall Spiritus verteilt worden. Als Brandbeschleuniger.«

Jeannette nickte. »Stimmt. Trotzdem muss es kein Brandanschlag gewesen sein. Was ich damit sagen will, ist, dass es nichts Politisches gewesen sein muss.«

»Und was ist mit dem Bekennerschreiben, das bei der ›Stuttgarter Zeitung‹ eingegangen ist?«

»Das musst du die Experten fragen. Die haben nun schon geschlagene fünf Tage über dieser E-Mail gebrütet und sind zu keinem Ergebnis gekommen. Oder hast du was gehört?«

Ich schüttelte den Kopf. »Nein, nicht ein Wort. Gerit hat sich darüber auch gewundert. Sie ist nach München gefahren, um sich mit einem früheren Studienkollegen zu treffen, der öfter mit solchen Fällen zu tun hat. Von ihm erhofft sie sich wichtige Hinweise. Und sie will mehr über die Geschichte zwischen Peter und Helena herausfinden. Dass ihr Mann und unsere Eventmanagerin eine Affäre hatten, lässt ihr keine Ruhe.«

»Nachvollziehbar. Ginge es dir anders? Ich finde es ehrlich gesagt unglaublich, dass dein Vater ihr das die ganze Zeit über verschwiegen hat. Und dass sie davon aus der Zeitung erfahren musste. Ausgerechnet aus diesem Boulevardblatt.«

Mir geht es nicht anders, dachte ich und starrte auf einen angetrockneten Honigfleck, der wieder einmal von Jeannettes Frühstück übrig war. Ein paar Mohnkörnchen klebten darauf.

Den Blick in ihre Tasse gerichtet, sagte Jeannette: »Becky hat mich darauf angesprochen. Sie hat von der Zeugenaussage gelesen und wollte wissen, wie es dir geht.«

»Mir? Wieso mir?«

»Wegen deinem Vater.«

»Ach so. Das ist nett von ihr.«

»Ja, sie ist klasse«, stimmte Jeannette zu. »Übrigens kannte sie Achim von Holsten. Nicht persönlich, soweit ich weiß, sondern vom Sehen. Er war ein paarmal bei ihrem Vater in Nürtingen zu Besuch.«

»Bei ihm privat? Wieso das denn?«

»Jürgens hat ihn im Auftrag der Stadt betreut. Es war sein Job, dafür zu sorgen, dass der Neue aus München dem Volksfest keine Schande macht. Die beiden hatten zweifellos eine Menge zu besprechen.« Sie gähnte. »Ich gehe schlafen. Du auch?«

»Gleich.«

Als ich Jeannette aus dem Bad kommen und in ihrem Zimmer verschwinden hörte, stellte ich die Teetassen auf die Spüle und ging in den Flur. Die rote Filztasche lag auf der Garderobe. Der Polizist hatte sie mir wieder in die Hand gedrückt, nachdem er den Inhalt gesichtet und protokolliert hatte.

An der Tasche klebte noch immer Annikas Blut. Kurzerhand nahm ich sie mit ins Bad, holte einen Putzlappen aus dem Unterschrank und wischte den Blutfleck weg. Danach war der Lappen rot verfärbt und nicht mehr zu gebrauchen. Ich packte ihn in eine Plastiktüte, knotete sie zu und stopfte die Tüte zuunterst in den Mülleimer.

Als ich Annikas Handtasche zum Trocknen auf den Wäscheständer legte, spürte ich etwas Hartes in einem Innenfach. Ich öffnete den Reißverschluss und sah, dass sich darin ein Schlüsseletui befand. Das hatten die Schläger ihr gelassen.

Das Trommeln meiner Absätze auf dem Asphalt schallte von den Hauswänden wider. Ich rannte, so schnell ich konnte, aber die Schritte und Rufe hinter mir kamen näher und näher. Fieberhaft sah ich mich nach einem Versteck um. Da, ein Hauseingang! Er war zwar dunkel, bot aber keine Deckung. Ein paar Meter weiter entdeckte ich ein kleines Stückchen Grün am Durchgang zum Hinterhof. Vielleicht konnte ich unter einen Busch kriechen. Aber der halb ausgedörrte Kirschlorbeer war dafür ungeeignet. Der Hinterhof fiel auch flach. Das Tor war abgesperrt und viel zu hoch. Bis ich es schaffte, darüberzuklettern, hätten meine Verfolger mich längst erreicht. Also weiter.

Noch einmal beschleunigte ich meine Schritte, doch allmählich ging mir die Puste aus. Ich begann zu taumeln. Mein Hals brannte, und ich sehnte mich nach einem Schluck Wasser.

»Bleib stehen, wir kriegen dich sowieso!«, rief eine Männerstimme hinter mir. Eine weitere Stimme fiel johlend ein.

Ein Adrenalinstoß trieb mich vorwärts und zapfte letzte Energiereserven an. Im Laufen zog ich mir die roten Trachtenschuhe von den Füßen und ärgerte mich, weil ich vorher nicht daran gedacht hatte. Barfuß war ich deutlich flinker.

Der Gehweg fühlte sich warm an unter meinen Sohlen, fast wie ein lebendiges Wesen. Ohne die Schuhe klangen meine Schritte viel leiser, dennoch war ich in meinem rosa Kleid für die Verfolger im Licht der Straßenlaternen deutlich auszumachen. Ich musste von der Straße weg und hielt kurz inne, um mich zu orientieren.

Da vorn kam die Rötestraße. Rechts führte eine Sackgasse zur Staffel. In diesem Bereich parkten Autos, vielleicht konnte ich mich unter einem …

Ein Schlag in meinen Rücken ließ mich zusammenzucken. Hinter mir keuchte jemand, dann wurde ich mit einem kraftvollen Tritt zu Boden gestoßen. Ich schlug hart auf dem Asphalt auf und prallte mit der Nase auf die Gehwegkante. Ein widerliches Knacken ertönte, und ein Schmerz fuhr mir wie ein Blitz vom Nasenrücken aus die Stirn hoch. Etwas Warmes, Feuchtes lief mir übers Kinn. Als ich danach fasste, sah ich Rot. Das war Blut. Mein Blut!

»Alte, du bist fällig!«, brüllte jemand und versetzte mir einen Stoß in die Nierengegend, der mir den Atem raubte. Meine Wange schrammte über spitze Steinchen, die mir die Haut aufschürften.

Ein Schrei entfuhr meiner Kehle. In meinem Kopf begann ein Geräusch anzuschwellen, rhythmisch und unerbittlich, wieder und wieder, als wolle es nie mehr aufhören.

Ich schreckte vom Boden hoch. Mein Herz raste, als ich mir instinktiv an die Nase fasste. Sie fühlte sich normal an, nichts schmerzte. Erleichtert registrierte ich, dass ich nicht auf Asphalt, sondern auf etwas Weichem lag. Das war mein Bett.

Gott sei Dank – ich hatte nur geträumt. Und was war das für ein Geräusch? Ein Klingeln. Das Telefon! Ich schlüpfte aus dem Bett, lief in den Flur und sah das Display meines Handys leuchten.

»Ja?« Meine Stimme krächzte. Ich musste husten, da mein Hals völlig ausgetrocknet war. Es war wie in meinem Traum.

»Bea? Hab ich dich geweckt? Ich habe es lange klingeln lassen.« Eine Frauenstimme. Es war Gerit. Sie sprach ohne Punkt und Komma weiter. »Du, ich habe eine heiße Spur. Mein Studienkollege Carsten hatte gestern Abend Zeit für ein Treffen, und wir waren zusammen in einem Biergarten in den Isarauen …«

Während ich Gerit zuhörte, tapste ich in die Küche. Ich schenkte mir ein Glas Mineralwasser ein und stürzte es in einem Zug hinunter. Noch halb in den eindringlichen Bildern und Ängsten meines Alptraums gefangen, sank ich auf einen Stuhl.

»Carsten meint, er braucht noch Zeit, um das Bekennerschreiben genauer unter die Lupe zu nehmen. Aber einiges konnte er mir schon sagen. Eine Formulierung kam ihm bekannt vor, eine andere musste er nachschlagen. Er hatte ein Tablet dabei und konnte auf sein Archiv zugreifen. Bea, bist du noch da?«

»Ja. Ich höre dir zu.« Die Digitalanzeige am Herd zeigte kurz nach zehn Uhr. Ich hatte verschlafen. Wieso hatte mein Wecker nicht geklingelt? Oder hatte ich ihn im Halbschlaf ausgemacht? Ich versuchte, mich auf Gerits Stimme zu konzentrieren.

»… kannte er aus einem Bekennerschreiben nach dem Sprengstoffanschlag auf ein Flüchtlingsheim in Sachsen. Eine andere Formulierung hat eine Abgeordnete aus München wohl in einem Tweet benutzt, um gegen Merkels Flüchtlingspolitik zu protestieren.«

»Eine Abgeordnete aus München?« Hier sah ich endlich einen Anknüpfungspunkt. »Also dort, wo von Holsten als Festwirt tätig war? Bevor er nach Stuttgart expandierte.«

»Das ist ein wichtiger Anhaltspunkt, auch wenn ich noch keinen direkten Zusammenhang zum Opfer erkennen kann. Und keinen zum Thema Flüchtlinge. Die Frau, von der dieser Tweet stammt, ist gebürtige Münchnerin, kandidiert aber für einen anderen Wahlkreis.«

»Und was hat es mit dem Anschlag auf das Flüchtlingsheim auf sich, den du erwähnt hast?«

»In Sachsen? Zuerst war eine rechte Gruppe im Verdacht, aber dann meinten die Behörden auf einmal, dass eine linke Gruppierung dahinterstecke. Vor allem, weil das Schreiben auf einer linksgerichteten Website aufgetaucht ist.«

»Moment, da komme ich nicht mehr mit, Gerit. Wer hat denn nun unser Schreiben verfasst? Die Rechten oder die Linken?«

Gerit schnaubte. »Das ist noch unklar. Carsten hat mir versprochen, dranzubleiben. Wir treffen uns heute Abend wieder. Bald weiß ich mehr.«

Plötzlich drang lautes Scheppern aus dem Handy. Ich entfernte es von meinem Ohr, bis das Geräusch abebbte. »Gerit? Bist du noch dran?«

Es raschelte, dann war ihre Stimme wieder klar. »Entschuldige, mir ist das Telefon aus der Hand gefallen.« Sie ging weiter. Ich konnte deutlich ihre Schritte hören. »Bis Carsten sich meldet, wollte ich die Nachbarschaft der Villa in Bogenhausen aushören, wo von Holsten mit seiner Frau gewohnt hat. Bis sie sich getrennt haben, meine ich. Da ist sie ausgezogen. Oder besser gesagt rausgeworfen worden.«

»Du meinst die Römerstein?«

»Ja.« Ein paar Sekunden hörte ich nur Schritte und Atemgeräusche. »Wie läuft's bei dir? Irgendwas Neues?«

Unwillkürlich fasste ich mir an meine Nase und war erleichtert, sie in unversehrtem Zustand vorzufinden. »Annika ist heute Nacht überfallen und zusammengeschlagen worden. Nicht weit von ihrer Wohnung entfernt. Ich vermute, sie war auf dem Heimweg vom Wasen.«

»Annika?«

»Du weißt schon, die Modedesignerin, die Andrés Trachten entworfen hat. Sie hat dem Kommissar gestern die Knöpfe der Kollektion gezeigt.« Ich sah den angeschmolzenen runden Metallgegenstand vor mir, der in der Hand des toten Festwirts gefunden worden war.

Scheinbar ging es Gerit genauso. »Wegen dem Foto, mit dem der Kommissar uns konfrontiert hat?«

»Ja, genau.«

Gerit fluchte ausgiebig. »Hoffentlich schieben sie diesen Überfall nicht Peter in die Schuhe.«

»Peter? Wieso sollten sie das?«

»Na, wegen diesem blöden Knopf, ist doch klar!« Gerit beruhigte sich rasch. »Verzeih, Bea. Ich wollte dich nicht anschreien. Aber diese Annika war es doch, die dem Kommissar erzählt hat, Peter habe bei ihr eine neue Trachtenweste in Auftrag gegeben.«

Mein Gehirn lief auf Hochtouren. »Du meinst, die Polizei

vermutet, dass von seiner alten Weste ein Knopf fehlt und er deshalb eine neue –«

»So funktioniert Polizeidenke«, sagte Gerit. Ihre Ungeduld war unüberhörbar. »Die Ermittlungen laufen schon seit Tagen, und noch immer gibt es keine Verhaftung. Die brauchen endlich ein Ergebnis.«

Ein kalter Schauder lief mir über den Rücken. »Glaubst du, sie halten Peter allen Ernstes für einen Mörder?«

»Leider gibt es einige Indizien, die gegen ihn sprechen. So wie ich das sehe, ist es nur eine Frage der Zeit, bis sie ihn verhaften. Aber ich bin keine Kriminalreporterin. Hast du mit ihm gesprochen?«

»Nein, ich hatte keine Gelegenheit. Gestern Abend war ich mit Jeannette unterwegs, und ich bin eben erst –«

»Du, ich stehe jetzt vor der Villa, in der die Holstens gewohnt haben«, fiel mir Gerit ins Wort. »Ich melde mich, sobald ich mehr weiß.«

Die Verbindung wurde beendet, bevor ich noch etwas sagen konnte. Ich wählte die Durchwahl von Jeannette und mir in der Agentur.

»›Soko Leise Pfote‹«, meldete sich Jeannette und kicherte. »Hab deine Nummer erkannt, Bea. Ich hoffe, du bist weit weg. Eben war Kommissar Gabriel mit seinen Leuten hier. Die haben das Büro deines Vaters durchsucht.«

Mein Herz machte einen Satz. »Hat er ihn verhaftet?«

»Nö, Peter ist auf dem Wasen, soweit ich weiß. Ich vermute, der Kommissar wusste das auch und wollte die Gelegenheit nutzen, um ungestört rumzuschnüffeln. Ein Kollege von ihm interessiert sich für unsere Agentursoftware und hat die Festplatte mitgenommen.«

Dazu gehörte auch der Onlinekalender, auf den alle Zugriff hatten. Jeder von uns konnte daraus seine persönliche Variante generieren, die für keinen anderen einsehbar war. »Hat die Kripo was gesagt wegen … wegen dem Kalender, du weißt schon?«

»Du meinst, ob sie dich einlochen, weil du Beweismittel vernichtet hast?« Jeannette schwieg einen Augenblick. »Kann schon sein. Jedenfalls hat André rumgebrüllt wie ein Silberrücken, weil du nicht da bist. Ob das an dem Interview liegt, auf das die ›Stuttgarter Zeitung‹ wartet, oder an der Kalendersache, weiß ich nicht. Ich hab keine Ahnung, ob du deinen kleinen Hintern in Lichtgeschwindigkeit hierherbewegen oder lieber untertauchen solltest.«

»Letzteres«, erwiderte ich sofort. »Ich muss mit Annika sprechen und herausfinden, wieso sie überfallen worden ist. Ich habe das Gefühl, das war kein Zufall. Es hat mit dem Mord an von Holsten zu tun.« Bevor Jeannette noch etwas erwidern konnte, drückte ich die Beenden-Taste.

Es hat mit dem Mord zu tun, war zu schwammig formuliert. Ich war mir ziemlich sicher, dass der Überfall auf Annika mit Peter zusammenhing. Genauer gesagt, mit ihrer Aussage über seine verschwundene Trachtenweste.

Rasch zog ich mich an und rannte zu meinem Auto. Bis ich den Corsa drei Straßen entfernt erreicht und einen Parkplatz in der Nähe des Marienhospitals gefunden hatte, wäre ich zu Fuß fast schneller gewesen. Es war bereits halb zwölf durch, als ich von der Eierstraße in die Betonwüste des Innenhofs zwischen dem Alt- und Neubau des Marienhospitals einbog. Die Terrasse vor dem Besuchercafé war bis auf den letzten Platz belegt. Bademäntel und Infusionsständer unterschieden die Patienten von Besuchern und Klinikmitarbeitern.

Durch die Drehtüren des Hauptgebäudes St. Maria gelangte ich zur Informationstheke. Eine junge Frau mit schwarzen Locken beschrieb mir den Weg zu dem Zimmer, in dem Annika untergebracht war. Erst im Aufzug fiel mir ein, dass ich weder Blumen noch ein anderes Mitbringsel dabeihatte. Nicht einmal die Filztasche mit ihren Schlüsseln hatte ich eingesteckt. Egal, die konnte ich ihr beim nächsten Besuch mitbringen.

Auf der Suche nach der richtigen Zimmernummer arbeitete ich mich den Flur entlang. Über allem lag der typische Krankenhausgeruch, diese unverkennbar widerliche Mischung aus Reinigungs- und Desinfektionsmitteln und der gefilterten Luft aus der Klimaanlage. Dazu drängte sich ein Geruch nach Erbsen, Rosenkohl oder Eintopf auf, egal, auf jeden Fall alles andere als appetitlich.

Zwischen den Türen zu den Patientenzimmern hingen an der Wand Aquarelle in sommerlichen Farben mit Strandszenen und Seelandschaften. Neben der Skizze einer Vase mit Mohnblumen entdeckte ich die Zahl, nach der ich Ausschau hielt. Die Tür war angelehnt.

Ich klopfte verhalten, aber es kam keine Reaktion. Vorsichtig zog ich die Tür ein Stück auf – und hörte Stimmen. Die eine gehörte Annika, die andere war eine Männerstimme. Ich überlegte, ob ich mich zurückziehen und später wiederkommen sollte, da glaubte ich das Wort Überfall herauszuhören. Das war mein Stichwort.

Geräuschlos trat ich ein und schob mich in eine Art Eingangsbereich, der von den Betten aus nur teilweise einzusehen war. Dabei hielt ich mich dicht an der Wand rechts, von der eine Tür ins Badezimmer führte. Auch diese war nur angelehnt und entließ Uringeruch aus der Nasszelle.

Zentimeterweise schob ich mich vorwärts und kam dem eigentlichen Zimmer näher, in dem die Krankenbetten standen. Ich konzentrierte mich darauf, flach zu atmen und meine Sandalen geräuschlos auf dem Linoleum aufzusetzen.

»Annika, bitte glaube mir«, sagte der Besucher eindringlich. Er sprach leise, dennoch konnte ich jedes Wort verstehen. »Ich habe es dir bereits gesagt. Von dem Überfall wusste ich nichts. Ich hätte doch niemals zugelassen, dass jemand dir wehtut.«

Für eine Sekunde schob ich mich vor bis zur Ecke und erhaschte einen kurzen Blick auf die Betten. Das erste war leer, in dem anderen an der Fensterseite lag Annika. Ihr Gesicht war voller Verbände und Pflaster. Das dunkelblonde Haar fiel ihr offen auf die Schultern. Heute Nacht war es voller Blut gewesen.

Endlich sprach Annika. Ich erkannte ihre Stimme kaum

wieder. Sie näselte und redete fast tonlos. Es war mehr ein Hauchen als wirkliches Sprechen. Das musste an ihrer verletzten Nase liegen.

»Ich glaube dir«, sagte sie und schluchzte. »Ich hatte solche Angst. Weil ich dachte, ich würde sterben.«

Der Mann hob die Hand und strich ihr behutsam über ein Stückchen Haut an ihrer Wange, das nicht mit Verbänden bedeckt war. Seine andere Hand umklammerte Annikas Rechte, in deren Handrücken eine Kanüle steckte. Ein Schlauch führte zu einem durchsichtigen Plastikbehälter, der über dem Bett an einem Haken befestigt war. Der Mann trug ein schwarzes T-Shirt, Jeans und Turnschuhe, wie viele andere auch. Eines jedoch war markant an seiner Erscheinung: die nur millimeterlangen Stoppeln, die seinen Schädel fast kahl erscheinen ließen. Diesen Mann hatte ich neulich schon gesehen. Auf dem Wasen. Bei Annika.

»Warum hat er das getan?«, sagte Annika leise. »Ich habe doch versprochen, dass ich niemanden verrate.«

Ihr Besucher griff nach einer Packung Papiertaschentücher auf der Ablage und zog eines heraus. In einer zärtlich wirkenden Geste tupfte er die Tränen auf, die aus Annikas zugeschwollenen Augen liefen.

Erneut schob ich mich ein Stück nach vorn. Dabei trat ich mit einer Sandale auf die Sockelleiste und rutschte ab. Deutlich vernehmbar knallte mein Absatz auf das Linoleum. Ich wurde zur Salzsäule.

Der Mann ließ Annikas Hand los, schoss vom Stuhl hoch und suchte nach der Geräuschquelle. Auch Annikas Kopf drehte sich zu mir.

Instinktiv zog ich die Mundwinkel hoch und setzte ein Lächeln auf. »Hallo, Annika«, sagte ich so harmlos wie möglich, deutete ein Winken an und machte noch ein paar Schritte, bis ich vor dem Fußende ihres Bettes stand. »Ich hoffe, ich störe nicht. Ich wollte unbedingt nach dir sehen.«

Annika und ihr Besucher wechselten einen Blick. Der Mann wich einen Schritt vor mir zurück, dann noch einen.

Er rückte den Stuhl in meine Richtung, bis er eine Barriere zwischen uns bildete. Dabei musterte er mich, als prüfe er, ob er mich kannte. In seinem Gesicht regte sich nichts. Er beugte sich über Annikas Bett. »Ich muss los.« Behutsam berührte er ihr Haar und entfernte sich vom Bett, wobei er einen weiten Bogen um mich machte.

Annika versuchte, sich aufzurichten, und stöhnte auf. »Bleib bitte noch«, sagte sie.

Ihr Besucher zögerte und schien unschlüssig, was er tun sollte.

Sie sah zu mir. »Bea, wie schön, dich zu sehen.« Dann blickte sie zu ihrem Besucher hoch, hob die Hand, die er gerade losgelassen hatte, und machte eine Geste in seine Richtung. »Ich glaube, ihr kennt euch noch nicht. Das ist meine Kollegin Bea aus der Werbeagentur. Und das ist Charlie, der Freund meiner Schwester. Ihr früherer Freund, meine ich. Ich habe dir von ihm erzählt.«

Der nahezu glatzköpfige Mann warf mir einen wachsamen Blick zu und schien zu beobachten, wie ich auf ihre Worte reagierte.

Ich lächelte brav, spielte das Unschuldslamm und streckte ihm die Hand hin. »Hallo, Charlie. Freut mich, Sie kennenzulernen.«

Er trat näher, griff nach meiner Hand und schüttelte sie. Sein wortloses Nicken gab nicht zu erkennen, ob er sich an mich erinnerte oder was Annika ihm über mich erzählt hatte.

»Annika, wir sehen uns. Bis bald.« Nach einem liebevollen Lächeln zog er die Zimmertür ins Schloss.

»Setz dich doch.« Annika deutete auf den Stuhl vor ihrem Bett, auf dem bis eben Charlie gesessen hatte.

»Wie geht es dir?« Sofort bereute ich meine banale Frage, die angesichts der Verbände und der Schwellungen in ihrem Gesicht wenig passend war. »Das ist also Charlie«, schob ich schnell nach. »Ich habe ihn im Zelt gesehen, als er von dir … als ihr miteinander gesprochen habt.«

Annika sah mir in die Augen. »Er hat Geld von mir bekommen, sprich es ruhig aus. Du kennst die Geschichte.« Sie zupfte an einem Pflaster auf ihrem Handrücken herum.

Wo wir schon bei der Wahrheit waren, kam ich direkt zu der Frage, die mir auf der Seele brannte. »Als ich ins Zimmer trat, habe ich zufällig gehört, wie er von einem Überfall gesprochen hat. Genauer gesagt, wie er sich davon distanziert hat.«

»Wird das ein Verhör, Bea?«

»Nein. Aber du verstehst, dass ich mir Sorgen mache. So wie die Schläger dich zugerichtet haben ... Ich glaube, es ging um mehr. Die wollten nicht nur deine Wertsachen stehlen.«

Annika hielt meinem bohrenden Blick stand. Sachte bewegte sie ihren Kopf hin und her. »Charlie hat nichts damit zu tun, Bea. Du verrennst dich da in was.« Sie senkte den Blick, bevor sie weitersprach. »Aber ich kann verstehen, dass du verzweifelt bist wegen deinem Vater. Der Kommissar hat mich nach der Weste gefragt, ich musste ihm die Wahrheit sagen.«

Das war eine Lüge. Im Vorraum des Festbüros hatte ich mitgehört, wie sie Kommissar Gabriel von sich aus davon erzählt hatte. Erst hinterher hatte er konkret nachgefragt. Aber ich schwieg und wartete, bis sie weitersprach. Diese Taktik hatte ich mir von einschlägigen Krimiserien abgeschaut. Je weniger der Polizist sagte, desto redseliger wurde der Verhörte. Vielleicht funktionierte diese Methode auch bei Annika.

»Du weißt, was Charlie hinter sich hat«, sagte sie prompt. »Mit Lena, meine ich, meiner Schwester. Er hat das Schlimmste erlebt, was möglich ist. Einen Menschen, den man liebt, sterben zu sehen und nichts dagegen tun zu können. Über ihren tragischen Tod kommt er einfach nicht hinweg.«

So viel zu meiner ausgefeilten Verhörtaktik. »Das geht vielen so«, erwiderte ich und hatte einen Geistesblitz, wie ich zum eigentlichen Thema zurückkehren konnte. »Es gibt bestimmt auch Menschen, die über den tragischen Tod des Festwirts nicht hinwegkommen.«

Annika wollte die Augenbrauen zusammenziehen. Sie stöhnte und fasste sich an den Verband über der Nase. »Du lässt nicht locker, was? Aber es gibt nicht nur die Guten und die Bösen, Bea«, sagte sie und atmete hörbar durch. »Achim von Holsten musste sterben, das ist schlimm. Und natürlich fügt sein Tod vielen Menschen großes Leid zu, da hast du recht. Aber seine Weste war nicht so weiß, wie alle denken.«

Ich hielt den Atem an. Mein Instinkt hatte mich nicht getäuscht. Annika wusste mehr über von Holstens Tod, als sie bisher zugegeben hatte. Ungeduldig wartete ich auf das, was folgen würde.

Plötzlich war ein Geräusch von der Tür zu hören. Ein kaum vernehmbares Quietschen. Verärgert über die Störung sah ich über die Schulter. Kam jemand ins Zimmer? Ausgerechnet in diesem wichtigen Moment, in dem Annika endlich auspackte? Auf dem Linoleum waren zwei, drei Schritte zu hören, dann schnappte die Tür ins Schloss.

Hatte Charlie etwa nur so getan, als hätte er den Raum verlassen? Und stattdessen gelauscht, was Annika und ich zu bereden hatten? So wie ich vorhin?

Als ich mich zu Annika drehte, zeigte ihre Miene keine Regung.

»Du wolltest gerade etwas über Achim von Holsten sagen«, versuchte ich sie zum Weitersprechen zu bewegen.

Doch ihr Gesicht blieb ausdruckslos. »Ich bin nur traurig, das ist alles.«

Wir sprachen noch ein paar Minuten über Belangloses, aber ich kam nicht mehr an sie heran. Schließlich verabschiedete ich mich und verließ das Krankenhaus.

»Seine Weste war nicht so weiß, wie alle denken.« Auf dem Weg in die Agentur lief Annikas Satz über den toten Festwirt wieder und wieder in meinem Kopf ab, als hätte sich eine Schallplatte in einer Rille verhakt und spielte dieselbe Stelle viele Male ab. Was hatte sie damit andeuten wollen?

Als ich in der Weinsteige ankam, war mir schlecht vor

Hunger. Unbemerkt ging ich über den Flur, verschwand in der Küche und ließ mir einen Espresso aus der Maschine. Auf dem Tisch stand ein Teller mit einer Butterbrezel, die von einer Besprechung übrig war. Mit wenigen Bissen verputzte ich sie und spürte, wie ich neue Energie bekam. Auf in den Kampf. Erhobenen Hauptes überquerte ich den Flur und wollte in meinem Büro verschwinden, als André mich stellte.

»Ah, unser Ehrengast«, sagte er süffisant. »*Ma chère*, wie schön, dass du doch noch den Weg zu uns gefunden hast. *Je suis très heureux.*« Sein missmutiges Gesicht bildete einen krassen Kontrast zu seinen Worten. André drückte mir einen Computerausdruck in die Hand. »Wir sprechen uns noch, Fräulein Pelzer«, zischte er. »Und jetzt mach das Interview fertig, *d'accord*?«

»Gratuliere, du hast überlebt.« Mit Daumen hoch begrüßte mich Jeannette in unserem Büro. »Ich habe Andrés Abreibung auf dem Flur mit angehört. Wie war dein Krankenbesuch?«

»Aufschlussreich«, erwiderte ich und schaltete den Computer ein. »Annika verschweigt uns etwas. Und ich werde herausfinden, was es ist.«

Jeannette zog spöttisch eine Braue hoch. »Na, wie gut, dass der Kommissar deinen Rechner nicht mitgenommen hat. Aber das kann noch kommen, wenn du so weitermachst. Findest du nicht, du solltest den Profis die Ermittlungen überlassen?«

»Soll ich tatenlos zusehen, wie sich die Schlinge um Vaters Hals immer enger zuzieht?«

»Meiner Meinung nach hätte der Kommissar deinen Vater längst verhaftet, wenn er stichhaltige Beweise gegen ihn hätte.«

»Was ist mit dem Knopf, den von Holsten in der Hand hatte? Ist das kein Beweis?«

»Dieser Knopf könnte von jedem stammen, das hast du

selbst gesagt. Solange die Polizei nichts Handfestes wie Fingerabdrücke oder einen Augenzeugen vorweisen kann, werden sie deinen Vater nicht einbuchten.«

Schweigend wandten wir uns unserer Arbeit zu. Ich baute Andrés Änderungen in den Entwurf des Interviews ein, war aber nur halb bei der Sache. Meine Gedanken kehrten zurück zu Annikas Bemerkung über den Festwirt. Bisher waren alle davon ausgegangen, dass von Holsten das unschuldige Opfer gewesen war. Doch möglicherweise spielte er eine völlig andere Rolle. Aber welche?

Bevor ich das herausfinden konnte, musste ich mich mit Andrés Änderungswünschen und den Anmerkungen von Dr. Jürgens herumärgern. In seiner kaum zu entziffernden, schnörkeligen Handschrift hatte der Projektleiter aus dem Eventbüro sämtliche Ränder rund um meinen Textentwurf vollgekritzelt und mir einen Scan dieses Kalligrafiekunstwerks gemailt. Wie es aussah, legte er Wert darauf, mindestens genauso viele Gesprächsanteile zu bekommen wie André. Darüber hinaus wollte er alle Events, die diese Woche im Ersatzzelt stattfanden, in Bild und Text vorstellen.

Es dauerte Stunden, mit Teddy passende Fotos herauszusuchen und halbwegs ansprechende Texte über die Bands zu verfassen. Als abzusehen war, dass ich bis zum Beginn meiner heutigen Schicht im Trachtenshop nicht fertig werden würde, bat ich Jeannette, für mich einzuspringen. Unter Protest machte sie sich auf den Weg zum Wasen, nachdem sie mir ausgemalt hatte, wie viele Male ich ihr als Wiedergutmachung in der Katzenpension aushelfen musste.

Als André und Dr. Jürgens das Interview nach zermürbenden Korrekturschleifen endlich freigaben, schaffte ich gerade noch den Redaktionsschluss für die morgige Ausgabe. Ohne mich abzumelden, verließ ich die Agentur. Es war höchste Zeit, mich um die wirklich wichtigen Dinge in meinem Leben zu kümmern.

Ich fuhr in die Reinsburgstraße und ließ meinen Corsa mit eingeschaltetem Warnblinker in der zweiten Reihe stehen, während ich Annikas Filztasche aus der WG holte. Annika wohnte nur knappe dreihundert Meter entfernt in der Röte-straße, aber vielleicht war das Schicksal auf meiner Seite und verschaffte mir dort einen Parkplatz.

Was ich in ihrer Wohnung suchte, wusste ich nicht genau. Aber nach ihren Andeutungen im Marienhospital war dies die vielversprechendste Spur, um endlich herauszufinden, warum der Festwirt ermordet worden war. Auch von Gerits Recherchen in München erhoffte ich mir weitere Aufschlüsse. Mein Handy war auf höchste Lautstärke eingestellt, damit ich ihren Anruf nicht verpasste.

Bisher war ich erst einmal in Annikas Apartment gewesen, als Jeannette und ich sie zu einem Picknick auf der Karlshöhe abgeholt hatten. Ihre Wohnung lag im Erdgeschoss eines Bür-gerhauses, das durch seine historisierende Fassade deutlich repräsentativer wirkte, als es in Wirklichkeit war. Wie bei den meisten Wohngebäuden hier im Viertel war die Fassade genau das, was ihr Name aussagte: eine hübsche Fassade, die vor ein durchschnittliches Backsteingebäude geklebt worden war, um »etwas herzumachen«, wie es im Volksmund hieß.

Mit Annikas Schlüsselbund gelangte ich problemlos in ihre Wohnung. Ein Bett, ein Couchtisch, ein großer Tisch mit ihrer Nähmaschine, ein deckenhoher Kleiderschrank und eine Garderobenstange mit Andrés Entwürfen und ihren ei-genen Designs bildeten die Einrichtung. Eine Wand war mit Postern berühmter Modedesignerinnen von Coco Chanel bis Vivienne Westwood bedeckt.

Auf dem Couchtisch standen Fotos in silberfarbenen Rahmen. Annika als Fotomodell bei einer Modenschau, ein mittelaltes Paar mit melancholischen Gesichtszügen, in dem ich ihre Eltern vermutete, ein Foto ihrer Abschlussklasse an der Modeschule. Ein Bild zeigte eine zierliche junge Frau mit einem kunstvoll gewickelten Turban, deren Gesichtszüge mich an Annika erinnerten. Das musste ihre Schwester sein, die so früh an Krebs gestorben war. Ein weiteres Foto zeigte dieselbe Frau mit langen blonden Haaren. Neben ihr stand ein lachender Mann in einem schwarzen T-Shirt und Jeans, der den Arm um sie legte und sie liebevoll an sich zog. Ich nahm das Bild in die Hand und sah es mir lange an. Die beiden wirkten bis über beide Ohren verliebt und so optimistisch, wie es nur ein junges Paar sein konnte, das noch nichts von den Schattenseiten großer Gefühle wusste. Trotz der schwarzen Locken erkannte ich in diesem Mann Charlie, ihre große Liebe.

Ich stellte das Foto zurück auf den Couchtisch und durchsuchte den Kleiderschrank und die Schubladen des Nähtischs. Unter einem Stapel mit Stoffmustern fand ich ein Tagebuch in einem roten Ledereinband. Es war mit einer Lasche und einem herzförmigen Schloss gesichert. Keiner der Schlüssel an Annikas Etui passte in das Schloss. Kurzerhand nahm ich die Schneiderschere vom Nähmaschinentisch und zerschnitt die Lasche.

Ohne zu zögern, schlug ich das Tagebuch auf und blätterte die Seiten durch. Die ersten Einträge lagen Monate zurück, der letzte stammte von gestern. Annika schilderte ihre Schicht auf dem Wasen und hatte einige Details wie Stickereien an Trachtenblusen skizziert, die sie bei Besuchern gesehen hatte. Nichts, was für mich interessant war.

Seite für Seite blätterte ich zurück und las die Einträge quer, bis mir der Name Charlie ins Auge fiel. »Dreißig Euro aus der Kasse für Charlie«, stand dort. War damit die Kasse des Trachtenshops gemeint? Das würde bedeuten, dass Annika Geld unterschlagen hatte.

Der nächste Satz ließ meine Ohren klingeln: »Mirko hat mir erneut gedroht. Ich soll niemandem etwas erzählen, sonst würde er mir wehtun.«

Mirko? Kannte ich jemanden aus dem Team des Festwirts, der so hieß? Ich war mir nicht sicher. Es gab einen Koch, der Mirko oder Marko gerufen wurde. Meinte sie ihn?

Nach diesem ersten Hinweis blätterte ich langsamer zurück und las nun jede Zeile. An einer Stelle machte sich Annika über Dr. Jürgens und seine konservativen Trachtenanzüge lustig. Auch André bekam sein Fett ab. Annika beschrieb ihn als »stillosen Wichtel, der sich für den Sonnenkönig hält«. Das war unterhaltsam zu lesen, brachte mich aber nicht weiter. Genauso wenig wie ein Eintrag über Teddy. »Küsst nicht so gut, wie er denkt«, stand da. Ich hatte mich also nicht getäuscht, was die beiden anging. Was hatte ich auch erwartet? Dass Teddy immer noch hoffte, ich würde zu ihm zurückkehren?

Ich blätterte weiter und gelangte schließlich zu den Einträgen der vergangenen Woche. Am Donnerstag war das Schriftbild auffallend unruhig. Statt ganzer Sätze hatte Annika nur Stichworte notiert wie »von Holstens Leiche gefunden« und »Kommissar wollte wissen, ob er Feinde hatte«. Am Ende der Seite entzifferte ich ein paar hingeschmierte Worte, die mich elektrisierten: »Geld von C. Sagt, er war es nicht.«

C. – meinte sie womöglich Charlie?

Als es an der Tür klingelte, fuhr ich zusammen. Das Tagebuch rutschte von meinem Schoß und fiel zu Boden. Es klingelte erneut. Was sollte ich tun? Ich rührte mich nicht von der Stelle und wartete darauf, dass der Besucher aufgab.

Aber es klingelte weiter. Unaufhörlich. Der Ton schien sogar lauter zu werden. Wann hörte das nur auf?

Endlich registrierte ich, dass das Klingelgeräusch nicht aus Richtung der Tür kam, sondern aus meiner Handtasche. Das war mein Handy.

Hastig nahm ich das Telefon heraus. Das Display blinkte. Gerit, meldete die Anruferkennung.

»Gerit?«, flüsterte ich und schirmte meinen Mund mit der Hand ab, um Annikas Nachbarn nicht auf mich aufmerksam zu machen.

»Bea, ich kann dich kaum verstehen«, sagte Gerit. »Wo steckst du?«

»Zu Hause.« Diese Lüge kam ohne Zögern.

Gerit wunderte sich nicht darüber, obwohl ich um diese Uhrzeit normalerweise in der Agentur oder im Festzelt war. »Du, eben hat mich ein Kollege aus der Redaktion angerufen«, erklärte sie. Ihre Stimme klang angespannt. »Er hat von der Polizei erfahren, dass der Lkw-Fahrer eine Aussage gemacht hat.«

Da ich mit den Gedanken noch bei Annikas Tagebucheinträgen war, konnte ich Gerit nur schwer folgen. »Welcher Lkw-Fahrer?«

»Na, der Aufbauhelfer, bei dem die Polizei von Holstens Handy gefunden hat. Er hat gestanden, dass er die SMS an Helena Römerstein geschickt hat. Dafür habe er Geld von jemandem aus dem Team des Festwirts bekommen.« Gerits Stimme überschlug sich. Ich musste mehrmals nachfragen, bis ich alles verstanden hatte.

»Wer das genau war«, fuhr sie fort, »weiß ich nicht. Es kann einer der Bauarbeiter gewesen sein oder vielleicht auch einer von weiter oben. Mein Redaktionskollege sagte, er solle dazu einen Artikel schreiben, sobald die Pressemeldung der Soko raus sei.«

Was Gerit mir erzählte, deckte sich auffallend mit der Notiz aus Annikas Tagebuch, die ich entdeckt hatte. Annika hatte geschrieben, sie hätte Geld von einem C. bekommen. Hatte jemand aus dem Team des Festwirts Mitwisser zum Schweigen gebracht? Oder Helfer angeheuert, um von sich abzulenken?

»Es gibt also eine Person in von Holstens Team, die die Fäden zieht«, lautete meine Schlussfolgerung. »Vielleicht sind es auch mehrere.«

»Das sehe ich genauso. Ich vermute, derjenige war es auch, der das Handy dem Aufbauhelfer mitgegeben hat, um die Polizei auf eine falsche Fährte zu locken.«

»Nach Polen.«

»Auf jeden Fall weg von Stuttgart«, präzisierte Gerit. »Carsten hat sich wegen dem Bekennerschreiben noch nicht gemeldet, aber ich habe bei meiner Recherche etwas entdeckt, das uns weiterbringen könnte. Es geht um eine Person aus dem Umkreis der Agentur.«

Jemand aus der Agentur!

»Du kennst ja die Regel Nummer eins bei der Recherche: Folge dem Geld. Was ich dir gleich sage, kann ich noch nicht richtig einordnen. Du weißt mehr über die Agentur und das Team auf dem Wasen, möglicherweise ist diese Information entscheidend für dich.«

Als Gerit schilderte, auf was sie gestoßen war, schnellte mein Puls in die Höhe. Wir vereinbarten, am Abend erneut zu telefonieren.

Ich legte auf und sah ins Leere, um die Neuigkeiten sacken zu lassen. Alles, was ich wusste, durchdachte ich nun unter diesem neuen Blickwinkel. Geld. Das schien der Schlüssel zu sein. Geld und was man damit bewirken konnte. Man konnte sich Einfluss kaufen und Ziele erreichen, die man ohne finanzielle Starthilfe nicht schaffte. Und man war mit den nötigen finanziellen Mitteln in der Lage, sich Schweigen zu erkaufen.

Folge dem Geld. Entschlossen nahm ich Annikas Tagebuch wieder zur Hand. Dieses Mal fahndete ich gezielter nach Hinweisen. Als ich fündig geworden war, durchsuchte ich ihr Apartment erneut und gründlicher als zuvor. In einer Schublade des Nähmaschinentischs entdeckte ich einen weißen Umschlag, auf dem Annikas Name stand. Der Umschlag war prall gefüllt mit Geldscheinen. Beim Durchzählen kam ich auf zweitausend Euro in Zehner- und Zwanzigerscheinen. Eine beachtliche Summe. Aber war es genug, um Annika zum Schweigen zu bringen, wenn es um den Tod eines Menschen ging?

Der Feierabendverkehr ebbte bereits ab, und so gelangte ich über Autobahn und Bundesstraßen rasch nach Süden. Ohne die Landkarte zurate zu ziehen, erreichte ich das Wohngebiet, in dem ich mir letzte Gewissheit erhoffte: die Höhle des Löwen.

Um nicht aufzufallen, parkte ich den Corsa einige Häuser entfernt um eine Kurve. Bald stand ich vor dem massiven Gartentor, das in die Mauer rund ums Grundstück eingelassen war. Nur durch Schlitze erhaschte man einen Blick in den parkähnlichen Garten, der das dreistöckige Haus umgab. Bisher hatte ich keinen Gedanken daran verschwendet, wie ich dieses Hindernis überwinden sollte. Das Gartentor war fast so hoch, wie ich groß war.

Für den Fall, dass mich jemand aus der Nachbarschaft bemerkt hatte, ging ich ein Stück weiter die Straße entlang und hoffte auf einen Geistesblitz. Der kam nicht, dafür fielen mir die braunen Biomülltonnen auf, die für die Abfuhr morgen zentimetergenau am Gehsteigrand platziert waren. Hier galten dieselben Regeln wie in der Landeshauptstadt: Hauptsache, die Fassade stimmte. Sprich, die Mülltonnen standen korrekt.

Bevor mich der Mut verließ, kehrte ich zu meinem Zielobjekt zurück. Kurzerhand rollte ich die Biotonne vom Nachbarhaus vor das Gartentor. Meine Tasche sicherte ich, indem ich den Riemen schräg über die Schulter hängte.

Die ersten Versuche, auf die Tonne zu klettern, scheiterten kläglich. Ich wollte vermeiden, dass sie umkippte und ihren stinkenden Inhalt über die Straße ergoss, daher ging ich es zu zaghaft an. Um hochzukommen, musste ich einen Gang zulegen, sprich das Risiko eingehen. Ich nahm Anlauf, warf mich quer über den Deckel und balancierte mit allen vieren. Die Tonne wankte gefährlich. Als das braune Behältnis wieder fest auf dem Gehsteig stand, schob ich mich in die Höhe und sprang ohne Rücksicht auf Verluste wie ein Schwimmer vom Startblock über das Gartentor.

Kaum war dieses Hindernis überwunden, rollte ich mich in der Luft zusammen und legte vorsorglich die Arme um den Kopf. Mein Schutzengel hatte gerade Schicht. Dank ihm landete ich zwar nicht weich, aber unversehrt auf dem gepflegten englischen Rasen.

Ich prüfte, ob alle Knochen heil geblieben waren, rappelte mich auf und schaute zurück zur Tonne. Sie war nicht umgefallen, sondern stand noch senkrecht – wenn auch dummerweise direkt vor dem Gartentor. Egal, ich hatte eine Mission und durfte mich von solchen Ungereimtheiten nicht abhalten lassen.

Allmählich setzte die Dämmerung ein, aber es war noch hell genug, um als Fremde in diesem Nobelviertel aufzufallen. Von gegenüber konnte man den Plattenweg zum Haus einsehen. Besser, ich machte einen Umweg.

Ich lief an den Kiefern am Rand der Rasenfläche entlang und von einer geschützten Stelle aus zum Haus. Probehalber drückte ich gegen die Eingangstür. Abgeschlossen. Was nun? Ich konnte das Glas der Terrassentür einschlagen und über Beckys Wohnung ins Innere des Hauses gelangen, aber das brachte mich nicht weiter. Mein Ziel waren die oberen Geschosse.

Ich machte kehrt und schlich an der Hauswand entlang auf die andere Seite, bis ich zum Rohbau des Wintergartens kam. Es war kein großes Kunststück, auf die Fensterbrüstung zu steigen und die Schuhspitzen in den schmalen Abstand zwischen den Planziegeln zu platzieren. Dafür waren die Sandalen das falsche Schuhwerk. Es klappte dennoch, indem ich mich mit den Händen an den Kanten und Profilen in die Höhe zog. Bald war ich im oberen Geschoss angekommen und stieg in den Rohbau. Meine Finger schmerzten von der ungewohnten Kletterei. Die Haut war an mehreren Stellen aufgerissen.

Ich durchquerte den Rohbau in Richtung Hauswand. Hier gab es ein großes rechteckiges Fenster, durch das ich ins Innere gelangen konnte.

Bingo, es gab keinen Einbruchsschutz. Erst vor einem Vierteljahr hatte ich eine Broschüre darüber geschrieben, wie sich Fenster vor Einbrechern schützen ließen. Der stolze Firmeninhaber höchstpersönlich hatte mir gezeigt, dass es einfach war, selbst moderne Fenster aufzuhebeln. Ich nahm die Schneiderschere, die ich bei Annika hatte mitgehen lassen, aus der Tasche und setzte die Spitze gute zehn Zentimeter über der Ecke an. Mit einem herzhaften Stoß gegen den Griff der Schere hebelte ich das Fenster auf.

Bevor ich einstieg, lauschte ich ein paar Sekunden, ob wirklich niemand zu Hause war. Dann suchte ich das Arbeitszimmer, auf das ich rasch stieß. Es lag neben dem Wohnzimmer, in das ich eingedrungen war.

Noch reichte das Dämmerlicht von draußen aus, um mich im Raum zu orientieren. Was genau ich hier suchte, war mir selbst noch nicht klar. Aber ich würde es wissen, wenn ich es gefunden hatte. Ein Brief, eine E-Mail, schon eine verräterische Notiz würden ausreichen, um meinen Verdacht zu bestätigen.

Die Einrichtung orientierte sich nicht gerade an zeitgenössischem Design, sondern ähnelte eher einer altmodischen Amtsstube. Der ausladende Schreibtisch war aus dunklem Nussbaumholz, ebenso das Regal an der Schmalseite des Raumes. Einzig die skandinavisch anmutende Sitzgruppe aus hellem Kiefernholz in einer Ecke wirkte halbwegs modern. Ich begann meine Suche mit dem Holzregal. Es enthielt Ratgeberbände über Garten- und Hausbau, reihenweise Aktenordner, dick gefüllte Sammelmappen aus beigem Karton und ein paar Holzstandordner mit alten Jahrgängen von Fachzeitschriften über Messebau und Veranstaltungsmanagement. Einige der Aktenordner trugen Klebeschilder wie Buchhaltung oder Steuer. Die blätterte ich durch, fand aber nichts Hilfreiches, da der Inhalt weit zurückliegende Jahre betraf.

Als Nächstes nahm ich mir die Schubladenfächer des Schreibtisches vor. Mit seinen geschnitzten Verzierungen in Form von Blättern und Eicheln hätte sich das Stück gut im Oval Office gemacht. Aber wer wusste, vielleicht war der Tisch eine wertvolle Antiquität. Das galt nicht für das stylishe MacBook Air, das deutlich weniger als zwei Zentimeter flach war. Falls nötig, würde ich mir das gleich vornehmen.

Ich wühlte mich durch Aktenmappen, Sichthüllen mit Ausdrucken und Notizbücher voller Zahlenkolonnen, die mir nichts sagten. Von dem teils schon vergilbten Papier stieg Staub auf und löste einen Hustenanfall aus.

Im untersten Fach des Schreibtisches lagen nur gebrauchte Ausdrucke, die als Schmierpapier gedacht waren. Ich wollte mich schon dem Rechner zuwenden, als mir eine rote Ecke auffiel, die unter dem Schmierpapierstapel hervorstand. Ich zog daran. Es war eine Sichthülle. Sie enthielt Ausdrucke, die aussahen wie Zeitungsartikel. Das von draußen hereindringende Tageslicht war inzwischen zu schwach, um zu entziffern, worum es in den Artikeln ging. Die Schreibtischlampe konnte ich nicht einschalten. Ihr Lichtschein würde von weither zu sehen sein. Mir fiel die Taschenlampe ein, die ich in der obersten Schublade gesehen hatte.

Um auf Nummer sicher zu gehen, ließ ich die Jalousie herunter. Erst dann wagte ich es, die Taschenlampe anzuknipsen. Der kreisförmige Lichtschein huschte über die Blätter. Es waren Ausdrucke aus Onlinezeitungen oder von computergeschriebenen Briefen, die ich zuerst nicht richtig einordnen konnte. Doch dann fiel mein Blick auf eine Stelle, die mit gelbem Textmarker angestrichen war. Als ich die markierten Wörter las, stellten sich meine Nackenhaare auf.

Noch wollte ich es nicht glauben und überflog den nächsten Ausdruck. Hier hatte jemand einige Wörter mit Kugelschreiber eingekreist.

Ich nahm mir die folgenden Ausdrucke vor und schrak auf, als ich Stimmen hörte. Sie kamen von draußen. Genauer gesagt von der Straße vor dem Haus. Blitzschnell knipste ich die Taschenlampe aus und lauschte. Eine Unterhaltung zwischen zwei oder drei Männern. Das waren wahrscheinlich nur Nachbarn, die von der Arbeit nach Hause kamen.

Um Gewissheit zu haben, wollte ich abwarten, bis die Stimmen verklangen. Doch das taten sie nicht. Im Gegenteil. Sie wurden lauter, dazu kamen Schritte. Und dann waren die Geräusche plötzlich im Haus.

Ich musste mich verstecken, aber wo? Schnell sah ich mich im Raum um. Hinter der Tür? Hinter dem Vorhang?

Die Stimmen waren nun gut zu verstehen. Eine erkannte ich sofort. Dr. Jürgens war zurück! Deutlich früher als erwartet. Ich war davon ausgegangen, dass er seine Abende bis zum Zapfenstreich auf dem Volksfest verbrachte.

Meine Gelenke knackten, als ich auf die Knie ging und in das Dunkel unter dem Schreibtisch robbte. Den letzten Ausdruck hielt ich noch in der Hand.

Als Schritte die Treppe hochkamen, schluckte ich die Panik hinunter und kauerte mich enger zusammen. Ein Lichtschalter knackte, die Deckenlampe im Flur flammte auf. Der Lichtschein fiel durch die offene Tür ins Arbeitszimmer herein, reichte aber nicht bis zu meinem Versteck.

»Bier ist im Kühlschrank, bedient euch!«, rief ein Mann. Es war Dr. Jürgens. Von unten kam Zustimmung.

Jemand überquerte den Flur und ging ins Schlafzimmer nebenan.

Das Fenster!, durchfuhr es mich. Hatte ich es wieder geschlossen, nachdem ich hereingeklettert war?

Meine Frage wurde prompt beantwortet.

»Nanu?«, hörte ich den Hausherrn sagen. »Wieso steht der Fensterflügel offen?«

Schritte ließen den Boden unter mir vibrieren, dann wurde das Fenster nebenan geschlossen. Dr. Jürgens kam aus dem Schlafzimmer, trat an den oberen Absatz der Treppe und rief nach unten: »Jungs, schaut euch um, ob jemand im Haus ist! Hier wurde ein Fenster aufgebrochen!«

»Was? Jemand ist eingestiegen?«, sagte ein Mann unten. Auch diese Stimme kam mir bekannt vor.

Schritte im Flur, als Dr. Jürgens die Türen aller Zimmer öffnete und das Licht einschaltete, um nach dem Eindringling zu suchen. Die Zimmertüren ließ er offen stehen, sodass es im oberen Stockwerk bald taghell war. Bis auf den Raum, in dem ich unter dem Schreibtisch kauerte.

Als Dr. Jürgens in den Türrahmen trat und den Lichtschalter betätigte, hielt ich die Luft an und schob mich in die hinterste Ecke meines Verstecks.

»Das gibt's doch nicht!«, hörte ich ihn sagen. Schritte kamen näher. Zwei dunkelbraune Hosenbeine und Haferlschuhe erschienen vor der Öffnung, in der ich kauerte. »Jemand hat meinen Schreibtisch durchsucht!«

Papier raschelte, und eine Schublade wurde zugeschoben. Dann war es wieder ruhig. Nur vom Erdgeschoss drangen Geräusche und Stimmen herauf.

Als ich es kaum noch aushielt, entfernten sich die Beine endlich.

Schritte auf der Treppe. Dr. Jürgens eilte ins Erdgeschoss hinunter. »Oben ist die Luft rein, habt ihr was entdeckt?«

Ich atmete durch und ließ erleichtert den Kopf sinken. Ob es mir gelang, mich unbemerkt über das Fenster und den Rohbau nach draußen zu schleichen? War es besser, noch zu warten oder die Unruhe im unteren Stockwerk zu nutzen, um abzuhauen?

Ich entschied mich für die zweite Variante und robbte geräuschlos rückwärts aus meinem Versteck. In Zeitlupe richtete ich mich auf und bewegte mich auf Zehenspitzen in Richtung Tür. Von unten drangen Stimmenfetzen herauf. Türen schlugen zu. Jemand lief eine Treppe hinunter in den Keller. Die Stimmen wurden leiser. Das war meine Chance, das Weite zu suchen.

Schnell ließ ich den Raum hinter mir, überquerte den Flur und betrat das Schlafzimmer. Das Fenster war geschlossen, aber das war kein Hindernis. Leise faltete ich den Papierausdruck zusammen, den ich noch in der Hand hielt, und schob ihn in meine Tasche. Ich näherte mich dem Fensterflügel, durch den ich eingestiegen war.

Meine Hand fasste nach dem Fenstergriff, als ein ohrenbetäubendes Klingeln den Raum erfüllte. Diesmal war mir sofort klar, dass es nicht die Haustür war. Das Klingeln kam aus meiner Umhängetasche. Mein Handy war immer noch auf laut gestellt.

Es dauerte einen Moment, bis ich die Schockstarre überwunden hatte. Entschlossen drehte ich den Griff herum, öffnete das Fenster und schwang ein Bein über den Rahmen. Gleich hatte ich es geschafft.

Ein eiserner Griff packte mich am Oberarm. Vor Schreck schrie ich auf. Als ich hochsah, blickte ich in das vor Wut verzerrte Gesicht von Dr. Jürgens.

»Sieh an, es ist eine Einbrecherin! Guten Abend, Frau Pelzer.«

Schritte kamen näher. Ein jüngerer Mann in Jeans und schwarzem T-Shirt trat neben Dr. Jürgens. »Mensch, die kenn ich doch!«, rief er aus. »Das ist eine Kollegin von Annika aus dem Zelt.«

Auch ich erkannte den Mann mit den Stoppeln. Es war Charlie, dem ich vor wenigen Stunden im Marienhospital begegnet war. Er packte meinen anderen Arm und zerrte mich vom offenen Fenster weg. Dr. Jürgens stieß mich auf das Doppelbett, das unter meinem Gewicht auf und ab federte. Ich landete auf der Tagesdecke aus braunem Cord und musste zusehen, wie ein dritter Mann ins Zimmer trat. Er war ungefähr in Charlies Alter und von Kopf bis Fuß in Schwarz gekleidet. Das Haar hing ihm in Strähnen bis auf die Schultern.

»Darf ich vorstellen?«, sagte Dr. Jürgens mit einem hämischen Unterton zu ihm und zeigte auf mich. »Das ist Frau Pelzer. Sie arbeitet für André Hohlberg und mischt sich in Angelegenheiten ein, die sie nichts angehen.«

Charlie trat ans Bett und entriss mir die Tasche, die um meine Schulter hing. Er durchsuchte ihren Inhalt und förderte den zusammengefalteten Ausdruck zutage. Ohne sich das Papier näher anzusehen, reichte er es an Dr. Jürgens weiter. Es war nicht zu übersehen, wer hier das Kommando hatte.

»Was ist das?« Dr. Jürgens warf einen Blick auf das Papier. »Ach, die Dame hat meine Vorlagen für das Bekennerschreiben entdeckt.« Er knüllte den Ausdruck zusammen und warf ihn achtlos in eine Zimmerecke. »Du kannst deine Finger nicht von fremden Sachen lassen, was?« Er gab dem Langhaarigen ein Zeichen. »Mirko, du musst sie loswerden.«

Für einen Augenblick verschwamm alles vor meinen Augen. Wieso war ich so dumm gewesen, mich in die Höhle des Löwen zu wagen? Niemand wusste, dass ich hier war. Niemand würde mir zu Hilfe kommen. Ich musste mir selbst helfen.

»Ich bin nicht allein!«, rief ich und stemmte den Oberkörper hoch, was schwierig war, weil der weiche Untergrund nachgab.

»Was soll das heißen, Schätzchen? Ist jemand bei dir?«, sagte Mirko drohend und griff sich mein Handgelenk. »Oder hast du einfach Schiss vor uns?« Mit einer ruckartigen Bewegung verdrehte er mir die Hand.

Ein heftiger Schmerz fuhr durch mein Gelenk. Ich schrie auf und drehte den Arm, um meine Hand aus der Umklammerung zu befreien. Es gelang mir nicht.

»Nicht hier, Mirko«, sagte Dr. Jürgens, ohne mich eines weiteren Blickes zu würdigen. »Lass sie irgendwo im Wald verschwinden.«

»Jeannette weiß, wo ich bin«, stieß ich aus und zog die Beine an, damit ich im Notfall rasch aufspringen konnte. »Ich hab sie angerufen. Vorhin. Als ich die Ausdrucke entdeckt habe. Sie weiß alles.«

»Wer ist Jeannette?«, fragte Mirko und ließ mich endlich los. Er trat zurück und wandte sich zu Charlie. »Kennst du die auch?«

Charlie nickte, ohne mich anzusehen. »Arbeitet im Zelt.« Er durchsuchte erneut meine Tasche und zog das Handy heraus. Zufrieden reichte er es Mirko.

»So, das haben wir gleich.« Mirko klemmte sich eine Haarsträhne hinters Ohr und wischte auf meinem Telefon herum. Feixend sah er auf. »Dachte ich mir doch. Keine Anrufe in der letzten Stunde.« Achtlos ließ er das Handy auf den Boden fallen und kam wieder näher. Im Gehen rieb er sich die Hände, dass es mir durch und durch ging. »So, was machen wir jetzt, wir zwei Hübschen?«

Plötzlich erinnerte ich mich, wo ich diesen Typen schon einmal gesehen hatte. Er war der Mann mit der Totenkopfmaske in der Hand, den ich im Gespräch mit Annika beobachtet hatte. Der Erschrecker aus der Geisterbahn! Noch ein Grund, mich Stück für Stück rückwärts zu schieben, um aus der Reichweite seiner großen, kräftigen Hände zu gelangen.

Mirko grinste, als er mich zurückweichen sah, und umkreiste das Bett, um mich von der anderen Seite aus zu packen.

Höchste Zeit, mir etwas einfallen zu lassen. Wenn Zurückweichen nicht half, dann vielleicht die andere Richtung. Ich ging in die Offensive. »Ich weiß alles«, schleuderte ich Dr. Jürgens entgegen und wich Mirkos Griff erfolgreich aus. »Sie haben Achim von Holsten den freien Standplatz verschafft und sich dafür von ihm schmieren lassen.« Das war ein Versuch ins Blaue hinein. Gerit hatte mir von einer folgenreichen Umstrukturierung im vergangenen Jahr erzählt. Statt wie erhofft Abteilungsleiter zu werden, war Dr. Jürgens' Team drastisch verkleinert und outgesourct worden. Becky hatte so etwas beim Outlander-Abend erwähnt, aber damals hatte ich dieser Information keine Wichtigkeit beigemessen.

»Ihre Karriere war vorbei. Das Geld kam Ihnen als goldener Handschlag genau richtig, stimmt's?«

Als Dr. Jürgens' Gesicht an Farbe verlor, realisierte ich, dass ich ins Schwarze getroffen hatte. Ich setzte noch eins drauf. Vielleicht konnte ich die Situation nutzen, um zu fliehen. »Achim von Holsten drohte, den Deal auffliegen zu lassen, da haben Sie Ihre Schläger auf ihn angesetzt.« Aus dem Augenwinkel sah ich, wie Charlie zurückwich. Er schien zu begreifen, wie ernst die Lage war, und warf Dr. Jürgens einen ratlosen Blick zu. Das machte mir Mut. »Doch der Streit ist eskaliert, und einer hat den Festwirt hinterrücks erschlagen. Der Brand war ein Ablenkungsmanöver. Genau wie das Bekennerschreiben und der Versuch, meinem Vater den Mord in die Schuhe zu schieben.«

»Mirko, worauf wartest du?«, fuhr Dr. Jürgens seinen Handlanger an. »Stopf ihr endlich das Maul, bevor ich es selbst tue.« Er verließ das Schlafzimmer und warf die Tür hinter sich zu, als wäre ihm egal, was aus mir wurde.

Ich war allein mit den beiden Schlägern. Mirko stürzte sich auf mich und packte mich an den Haaren. Brutal zerrte er mich übers Bett. Ich bekam Todesangst. Ein Adrenalinstoß gab mir genug Kraft, mit den Beinen zu strampeln, um mich loszumachen. Aber ich hatte keine Chance, dem Griff zu entkommen. Körperlich war ich den beiden kräftigen Männern niemals gewachsen. Es gab nur einen Ausweg, wenn ich hier lebend rauskommen wollte.

Mein Blick schoss zu Charlie, der unschlüssig schien, wie er sich verhalten sollte.

»Hilf mir«, flehte ich ihn an. »Du willst doch nicht, dass noch jemand sterben muss. Denk an Annika und wie schlimm dein Freund sie zugerichtet hat.«

Mirko kannte keine Gnade und zog mich an den Haaren zu sich herüber. Als er mich an der Bettkante hatte, löste sich der feste Griff endlich. Der Schmerz an meiner Kopfhaut schwächte sich ab, und ich atmete durch. Doch dann spürte ich seine Finger erneut. Diesmal um meinen Hals. Als er zudrückte, bekam ich Panik und stieß einen spitzen Schrei aus. »Charlie! Hilf mir!«

Wie eine Schraubzwinge schlossen sich die muskulösen Finger um meine Kehle. Als Mirko sich über mich beugte, roch ich das Gel, mit dem er seine Haare zu Strähnen geformt hatte.

»Lena«, stieß ich heraus und sah zu Charlie, der sich dem Bett näherte. »Du liebst sie doch«, krächzte ich mit letzter Kraft. »Was hätte sie dazu gesagt?«

Charlie hielt mitten in der Bewegung inne und schien zu überlegen. Einige Muskeln um seine Augen zuckten, während ich nach Luft rang. Mein Blickfeld verengte sich. Jetzt sah ich nur noch Charlie, der mich nicht aus den Augen ließ. Genauso wenig wie ich ihn.

Hilf mir, flehte ich wortlos.

Nach einer Weile, die sich wie eine kleine Ewigkeit anfühlte, rührte er sich endlich. Er griff in meine Tasche und durchwühlte sie. Dann nahm er Annikas Schneiderschere heraus und umfasste den Griff mit beiden Händen. Ein kleines Zögern, ein letzter Blick zu mir, und er stieß die Spitze in den Rücken seines Freundes.

Mirko brüllte vor Schmerz und bäumte sich auf. Von einer Sekunde auf die andere lockerte sich der gnadenlose Griff um meinen Hals. Mirko versuchte, nach hinten auf seinen Rücken zu greifen und die Schere herauszuziehen, die zwischen seinen Schulterblättern steckte. Es war vergebens. Schnell wich das Leben aus ihm. Wie in Zeitlupe sank er herab und begrub mich unter sich.

## Am Tag darauf ...

»Bist du dir sicher, dass du keine Pause brauchst?« Liebevoll zupfte Jeannette an den Scheitellöckchen meiner Perücke herum und zog sie über die blauen Flecken, die ich aus dem Kampf mit Mirko davongetragen hatte.

»Nein, mir geht's gut«, erwiderte ich und nickte meinem Alter Ego Großfürstin Katharina im Toilettenspiegel zu. Ausnahmsweise trug ich ein gelbes Seidentuch um den Hals, damit die Kratzspuren und die rot-bläulich schimmernden Druckstellen verborgen blieben.

Aus dem Ersatzzelt drang die Stimme einer Coverband. Zum gefühlt hundertsten Mal an diesem Tag stimmte die Sängerin »Atemlos durch die Nacht« an, obwohl wir Mittagszeit hatten.

»Deine Führung beginnt erst in einer Stunde. Warum willst du bereits los, Bea?«

»Ich habe vor, mich vom Freifallturm zu stürzen. Und zwar mit achtundzwanzig Metern pro Sekunde.« Mutig reckte ich das Kinn. Bei dieser unüberlegten Bewegung durchfuhr mich ein heißer Blitz, der von der Halswirbelsäule ausging. Ob meine Mutprobe wirklich eine gute Idee war? Aber noch lagen fast zwei Wochen Wasen vor mir, und es war Zeit, mich endlich mit dem Volksfest zu versöhnen.

»Du willst in den Sky Tower? Du spinnst, Bea!« Jeannette trat einen Schritt zurück und deutete auf meinen Reifrock. »Zuerst legst du dich mutterseelenallein mit drei Gangstern gleichzeitig an, und nun willst du dich im Kostüm in dieses Monster setzen?«

»Zuckerwatte und mehrere Runden im Riesenrad haben nicht geholfen. Also bleibt nur noch die Schocktherapie.«

Jeannette seufzte. »Gut, dass die Polizei Dr. Jürgens heute Nacht gefasst hat. Sonst hättest du die Verfolgungsjagd über die Autobahn auch noch selbst erledigt.«

»Mein Corsa hat sechzig PS, das hätten wir locker ge-schafft«, erwiderte ich und lachte, bis es mir vor Schmerzen verging.

»Du, lass uns heute Abend feiern gehen«, schlug Jeannette vor. »Wie wäre es mit Schweinshaxe und Knödel?«

»Heute geht es nicht. Ein anderes Mal, ja?«

»Hast du ein Date?« Jeannette machte große Augen. »Ist Georg schon aus Hamburg zurück?«

»Nein. Er kommt erst nächste Woche.« Bis dahin hatte ich genug Zeit, um mir über meine Gefühle klar zu werden. Und mir den Kopf zu zermartern, wer diese Frau in seinem Hotelzimmer gewesen sein könnte. Vielleicht würde ich ihn morgen anrufen. Oder übermorgen.

»Aha. Wer ist dann der Glückliche, mit dem du dich triffst?«

»Vater hat mich zum Essen eingeladen. Und zwar in ein richtiges Restaurant mit Porzellantellern und Silberbesteck. Kein Humptata.«

»Verstehe«, brummte Jeannette. »Ihr habt bestimmt viel zu bereden.«

»Zwanzig Jahre sind nicht so schnell erzählt.«

Jeannette drückte mich behutsam an sich. »Ich wünsche euch einen wundervollen Abend. Und vergiss den Nachtisch nicht!«

# Dank

»Tod auf dem Wasen« ist ein Roman und reine Erfindung. Alle realen Schauplätze wurden wirklichkeitsnah, aber unter dem sehr persönlichen Blickwinkel meiner Romanfiguren geschildert. Handlung, Tatort und viele Schauplätze auf dem Cannstatter Wasen, dem Gelände des traditionsreichen Stuttgarter Volksfestes, sind fiktiv.

Sämtliche Romanfiguren sind meiner Phantasie entsprungen – das gilt besonders für die im Buch erwähnten Veranstalter, Organisatoren, Festwirte, Schausteller, Beschicker sowie Mitarbeiterinnen und Mitarbeiter von Attraktionen und Festzelten. Ähnlichkeiten mit lebenden oder toten Personen sind nicht gewollt und rein zufällig.

Dieser Roman ist nicht nur ein Krimi, sondern zugleich eine Art zeitnaher Science-Fiction. Das 200-jährige Jubiläum des Cannstatter Volksfestes findet vom 28. September bis 14. Oktober 2018 statt. Geschrieben wurde dieser Roman im Jahr 2017, als erst wenige Details über den Wasen 2018 und das historische Volksfest auf dem Schlossplatz bekannt waren. Die letzten Änderungen waren im Frühsommer 2018 möglich. Falls die Wirklichkeit an einigen Stellen von den Schilderungen im Buch abweichen sollte, bitte ich um Nachsicht. In die Rubrik künstlerische Freiheit fällt zum Beispiel das Ersatzzelt, das im Buch anstelle des abgebrannten Festzeltes innerhalb kürzester Zeit aufgebaut wird. Auf dem Wasen wäre für ein solches Ersatzzelt kaum Platz, und natürlich würde der Aufbau deutlich mehr Zeit erfordern.

Ein besonderes Dankeschön gilt den zahlreichen Informanten, Helfern und verständnisvollen Menschen in meinem Umfeld, die diesen Roman mit geformt und seine Entstehungsphasen begleitet haben. Wie immer war die Zusammenarbeit mit dem großartigen Team des Emons Verlages eine reine Freude. Mein besonderer Dank gilt Stefanie Rahnfeld für ihr Vertrauen und ihren ganz speziellen, unverwüstlichen Humor. Susann Säuberlich danke ich für die wunderbar konstruktive Zusammenarbeit, wertvolle Anregungen und ihren scharfen Blick, der viel zum Gelingen dieses Romans beigetragen hat.

Martina Fiess
**TOD IN DEGERLOCH**
Stuttgart Krimi
Broschur, 240 Seiten
ISBN 978-3-89705-707-4

»*Eine vergnügliche Ferienlektüre.*« Staatsanzeiger Baden-Württemberg

»*Erneut ist es Martina Fiess gelungen, die Handlung so packend zu präsentieren, dass der Leser Stück für Stück ins kriminalistische Geschehen hineingezogen wird und mit ermittelt.*« Cannstatter Zeitung

www.emons-verlag.de

Martina Fiess
**TOD IN DER MARKTHALLE**
Stuttgart Krimi
Broschur, 224 Seiten
ISBN 978-3-95451-255-3

Bea Pelzer traut ihren Augen nicht, als Agenturchef Hohlberg seinen neuen Geschäftspartner vorstellt: Es ist ihr Vater Peter Herzog, der die Familie vor über zwanzig Jahren verlassen hat. Doch viel Zeit für Persönliches bleibt nicht, denn beim Jubiläumsevent der Markthalle geschieht ein Mord – und der Verdacht fällt auf Beas Vater. Auf der Suche nach dem wahren Täter kommt Bea einem verhängnisvollen Geheimnis auf die Spur und gerät selbst in tödliche Gefahr.

www.emons-verlag.de

Martina Fiess
**TOD AM BÄRENSEE**
Stuttgart Krimi
Broschur, 256 Seiten
ISBN 978-3-95451-815-9

So schnell hatte Bea Pelzer ein Wiedersehen mit Kommissar Gabriel vom Stuttgarter Dezernat für Tötungsdelikte nicht erwartet. Warum muss aber auch ausgerechnet sie über die weibliche Leiche am Bärenschlössle stolpern? Ihre Recherchen führen die schlagfertige Werberin in die Kunst- und Immobilienszene. Doch ist ihr der Mörder vielleicht näher, als sie ahnt?

www.emons-verlag.de